Sean McGuffin

Der Hund

Eine Verschwörung

Aus dem Englischen
von Jürgen Schneider

Publiziert bei
Edition Nautilus

Editorische Notiz: Sean McGuffin wurde 1942 in Belfast geboren. Er bezeichnet sich selbst als Republikaner, Anarchisten, intellektuellen Rowdy und Schriftsteller. Nach zeitweiliger Internierung durch die britische Armee emigrierte er Anfang der 80er Jahre in die USA und lebt heute als Rechtsanwalt in San Francisco. Bei Nautilus sind vom selben Autor u.a. erschienen: *Der Mann, der mit Chuck Berry getanzt hat. Sämtliche Erzählungen* (1993); *Zum Lobe des Poitín. Geschichten aus der irischen Schwarzbrennerei* (1996); *Der fette Bastard oder Die Exegese einer multiplen Persönlichkeit. Roman* (1996).
Originaltitel: *The Hares of the Dog or Inis Fail, The Celtic Conspiracy.* Die deutsche Ausgabe ist im vorliegenden Fall die Erstveröffentlichung, da bislang kein englischsprachiger Verlag für die Publikation gewonnen werden konnte.
Umschlaggestaltung: Irene Vögeli.

Originalveröffentlichung
Edition Nautilus Verlag Lutz Schulenburg
Am Brink 10 · D-21029 Hamburg

2. Auflage 1997 · ISBN: 3-89401-167-X
Printed in Germany

Brian 'the Dog' Keenan und
Gerry 'the Bird' Doherty
und dem Andenken Philip K. Dicks
gewidmet.

PROLOG

Der Hund war allein. Er saß hoch über der Erde, und als er durch den Nebel und die Wolken hinunterblickte, sah er die Firbolg, die Herrscher von Eirne, die sich aus der Schlacht von Moytura zurückzogen. Er sah das Blitzen der schweren Lanzen und das Aufbranden und Abebben der Kämpfe. Vier Tage und vier Nächte wütete die Schlacht. Er sah Eochaid, den König der Firbolg fallen, er sah Streng, den besten ihrer Krieger, wie er Nuadas Hand abhieb, aber Nuada, König der Tuatha de Dana, des Volks von Dana, kämpfte weiter und die Tuatha triumphierten.

Und die Nebel rissen wieder auf, und der Hund sah Breas, der zum König von Eirne oder Irland gekrönt wurde, denn über die Tuatha konnte keiner herrschen, der nicht mehr alle Glieder hatte. Aber Breas war ein ungeschlachter Mensch, und die Tuatha erhoben sich gegen ihn und holten Nuada, nun mit einer silbernen Hand, die Creidne, der berühmteste Schmied des Landes, gefertigt hatte, als König zurück. Und Breas floh auf die Hebriden, in das Land der Fomorianer, und kam mit einem Heer zurück, das die Tuatha aber bei Sligo besiegten. Nun waren die De Dannan die Herren des Landes, und hundert Jahre lang regierten sie der Held Lugh und der große Dagda, bis die Söhne von Mil mit ihren Schiffen von Spanien her kamen.

Es war wahrlich das Goldene Zeitalter. Eine Zeit des Friedens und des Wohlstands, da Kunst und Musik und Kultur aufblühten und niemand hungrig und ohne schützendes Dach war in diesem grünen und friedlichen Land. Aber die Milesier kamen und eroberten das Land. Und der Hund sah die große Schlacht bei Taillte und erkannte, wie all der Mut, die Magie und die Weisheit der Tuatha dennoch nicht über die eisernen Schwerter der Söhne von Mil obsiegten. Und nach der Schlacht war es am weisen Dichter Amergin, über das Schicksal der Besiegten zu entscheiden.

Und er gab all das, was über dem Erdboden war, den siegreichen Milesiern, und alles, was darunter war, den unterlegenen Tuatha De Dannan. Und die Tuatha versammelten sich in Brugh am Fluß Boyne und der große, unsterbliche Manannaun beriet sie. Und sie erwählten Bodh Derg, den Sohn Dagdas, zu ihrem König. Dann drehten sie sich seitlich zur Sonne, so daß sie keinen Schatten warfen, und verschwanden hinter den sanftrollenden Hügeln der Smaragdinsel. Auf einmal war der Hund nicht mehr allein, denn an seiner Seite standen Lugh, Dagda und Manannaun, und zusammen sahen sie zu, wie die Nebel wallten und sich dreitausend Jahre irischer Geschichte vor ihnen ausbreiteten.

Sie gewahrten die Fianna und ihren großen Führer, den legendären Helden Finn Macuhal, dessen Heldentaten selbst die des mächtigen Cuchullain übertrafen. Sie sahen Grania mit ihrem Geliebten Dermott durchbrennen und Deirdre mit Naisi. Sie sahen, wie Oscar, Finns Enkel, in der Schlacht von Gowra fiel, und der tapfere Oisin gen Tir Na Og, das Land der ewigen Jugend, entschwand. Sie wurden Zeugen vom Zerfall des stolzen Tara. Sie beobachteten den Rinderraub von Cooley und Fergus' Kampf am Fluß. Sie sahen die hinterhältige Königin Maeve und Ferdia mit seinem hellblitzenden Speer, aber dann zogen wieder Nebel auf, und als sich diese gelichtet hatten, waren die finsteren Jahrhunderte über das Land hereingebrochen. Saint Patrick und seine Sklavenreligion. Dumme Priester und einander befehdende Feudalherren und das versklavte Volk. Aber erneut erwuchs ein Held, und Brian Boru, der junge dalkassianische Prinz, Brian, der Rebell, einte das Land gegen die Langschiffe der Wikinger, die in die Bucht von Dublin einliefen. Und der Hund und die Älteren der Tuatha verfolgten die große Schlacht von Clontarf und sahen, wie die Nordländer, unterstützt und ermutigt durch die Verräter aus Leinster, Brians Verteidigungsring durchbrachen, dann aber von Malachi und seinen Mannen aus Meath zurückgeschlagen wurden. Den gepanzerten Invasoren blieb nur die Flucht. Aber es war ein Pyrrhussieg, wohl triumphierten die Iren, aber Brian, sein Sohn Murrach und sein Enkel Tordelbach waren alle getötet worden, und so erfüllte sich die Prophezeihung der Sage von Njal, denn „bald erfuhren alle Iren schwerstes Leid". Die Engländer kamen.

Der Hund mußte Jahr für Jahr, Jahrhundert für Jahrhundert mit ansehen, wie die von dem Verräter und Schurken Dermot McMurrough unterstützten und ermutigten Sasanaigh in das Land einfielen, plünderten, raubten und mordeten, das Land kolonisierten und 'zivilisierten'. Er wurde Zeuge der mutigen, aber erfolglosen Aufstände von Shane O'Neill, von Grainne O'Malley, von Feagh MacHugh O'Byrne und Red Hugh O'Neill. Er sah die Niederlage der spanischen Verbündeten bei Kinsale und das Fortgehen der Wild Geese. Er erlebte, wie die Iren als Sklaven nach Westindien verkauft wurden, nachdem Cromwells Männer das eroberte Drogheda geplündert hatten. Er beobachtete, wie der feige König Jakob am Boyne die Flucht ergriff und seine Bauerntruppen im Stich ließ. Er sah die von Sarsfield zurückgelassenen Rapparees in die Berge gehen, Geächtete im eigenen Land. Er sah, wie die tapferen Männer um Father Murphy 1798 in den Wicklow Bergen durch die Piken der Landadels-Miliz umkamen. Er sah den Verrat an den United Irishmen, sah Henry Joy und den kühnen General Munro am Galgen baumeln. Er sah das Halsband aus Hanf, verflochten mit den goldenen Locken von Jung Roddy McCorley, der an der Brücke von Toome hing. Er sah, wie Wolf Tone in seiner Zelle ermordet wurde, und der tapfere Robert Emmet hoch oben im Galgenbaum hing.

Die Jahre vergingen, und er wurde Zeuge der Großen Hungersnot. Er vernahm die Stille, die der Hungertod über das Land brachte, das zu einem offenen Grab geworden war, wo sich stumme Gespenster unter einem zerstörten Himmel dahinschleppten. Er sah das Leiden der Bevölkerung, den Totentanz aus Ruhr, Typhus und Hunger, den die 'Kartoffelfäule' verursachte. Er sah die aufgeblähten und sterbenden Kinder, die mit zerstampften Kartoffeln und Kraut oder auch nur mit Gras gefüttert werden mußten, während die reiche Getreideernte gen England verschifft wurde, um den dort lebenden englischen Grundbesitzern die Taschen zu füllen. Und die Kartoffel verfaulte in der Erde. Er sah die irischen Auswanderer zu Tausenden auf den Sargschiffen dahinsterben, auf dem Weg nach Amerikay. Die Jahre gingen ins Land, in ein Land, das in nur drei Jahren die Hälfte seiner Bevölkerung verloren hatte, Opfer des englischen Völkermordes.

Er sah, wie die Märtyrer von Manchester gehängt wurden. Der reuelose Fenier, der alte O'Donovan Rossa leistete seinen feigen Peinigern Widerstand, obwohl er in seiner Zelle angekettet war und gezwungen wurde, wie ein Hund vom Fußboden zu essen. Der Hund sah das Blitzen der Messer im Phönix Park, mit denen die 'Invincibles' zwei englische Tyrannen töteten, und er hörte das unbändige Lachen des Ziegenhäuters, als dieser mit seiner Kutsche davonfuhr. Die Peitsche knallte und wieder war alles dunkel.

Aber die Nebelschleier lichteten sich, und er sah die Söhne der Freiheit, Männer mit einer Vision, die für die gerechte Sache kämpften, Männer, die sich gegen die Gesetze der Unterdrücker erhoben, Männer, die ihre Ketten gegen Gewehre eintauschten, um sich aus ihrer Sklaverei zu befreien. Pearse, McDermott, McDonagh, McBride, Clarke, Ceannt und – zuvorderst – James Connolly, der im Stuhl sitzend erschossen wurde, seine Wunden aus dem Kampf klaffend und blutend. Er sah, wie die Black and Tans, Englands Söldner, Balbriggan und Cork niederbrannten und Corks Bürgermeister MacCurtain ermordeten. Er sah Tom Ashe im Hungerstreik sterben, als die gefühllosen Ärzte bei der Zwangsernährung statt seinem Magen den Lungen Nahrung zuführten. Er wurde Zeuge der Erschießung Sean Traceys in der Talbot Street. Er sah wie eine schreckliche Schönheit geboren wurde, als die Angelusglocke sich über die Liffey wölbte und durch den Nebel und den Tau schallte. Er verfolgte den von Churchill und seiner feigen Schar entfesselten Bürgerkrieg. Er sah die Pogrome der Orangeisten in seiner Heimatstadt Belfast. Er sah, wie Cathal Brugha mit der Pistole in der Hand aus dem brennenden Hammam Hotel kam und von den Freistaatlern niedergeschossen wurde. Er sah, wie die Mörderbande der Kollaborateure die Gefangenen aus ihren Zellen holte und umbrachte – Barrett, McKelvey, Mellows, Connor und 73 weitere Gefangene. Er sah, wie die Freistaatler mit britischen Waffen die Four Courts bombardierten, ihre eigene Stadt zerstörten, ihre Genossen töteten, alles unternahmen, um das Werk des Feindes zu vollbringen.

Wieder breitete sich ein schwarzer Schleier aus und fünfzig Jahre vergingen. Fünf Jahrzehnte der Hoffnungslosigkeit und Diskriminierung im Norden. Ein halbes Jahrhundert schlimmster Mißherrschaft in der Karikatur eines Freistaats, der sich nicht nur erdreistete, die Toten von 1916 in den Dreck zu ziehen, sondern sich auch noch Republik nannte. Aber die Nebel teilten sich erneut, und die rote Flamme der Freiheit zeigte zögernd ihre Zungen, und der Hund sah all das, was er selbst erlebt hatte. Er sah, wie die unbewaffnet demonstrierenden Bürgerrechtler durch die flaschengrünen Schweinehunde der Royal Ulster Constabulary in die Gettos zurückgeknüppelt wurden. Er konnte sehen, wie Barrikaden errichtet wurden und die Kleinen Leute sich erneut gegen die Unterdrücker erhoben – so wie sie es in 3000 Jahren immer wieder getan hatten. Er sah Phönix aus der Asche aufsteigen.

Er sah, wie die ihm vertrauten Türen im Morgengrauen von britischen Soldaten mit geschwärzten Gesichtern eingetreten und die Männer aus ihren Betten auf die Straßen der Städte und Dörfer gezerrt wurden. Er mußte mitansehen, wie britische Fallschirmjäger 14 unbewaffnete Menschen erschossen, am Blutsonntag in Derry, der Stadt der Eiche. Er hörte die Schreie aus den Folterzentren, das Abfeuern und Aufschlagen der tödlichen Plastikgeschosse, die Kindergesichter zerfetzten und Hausfrauen erblinden ließen. Er hörte die Worte der sich wie Wiesel windenden gekauften, meineidigen Zeugen, die Urteile der orangeistischen Richter, und er hörte die Explosionen der Bomben, als das Volk den Kampf aufnahm, das Knattern eines Gewehres, das die Menschen aus dem Schlaf schreckte, er vernahm eine Stimme aus der Menge, die laut und vernehmlich rief: „Diese Kugeln sind nicht verschwendet, da liegen zwei tote Schweine."

Er sah, wie seine Genossen in den engen Straßen Belfasts für Sinn Fein starben, so wie ihre Großväter vor ihnen gestorben waren. Er sah, wie sie in Long Kesh dahinvegetierten, oder, wie Bobby und Kevin und Patsy und die anderen, im Hungerstreik das höchste Opfer darbrachten, wie sie sich Gandhis Taktik der Satjagraha zu eigen machten, um den Unterdrücker bloßzustellen, ihre moralische Stärke selbst dann noch demonstrierten, als ihr körperlicher Verfall offensichtlich wurde, die Augen aus ihren Höhlen hervortraten und sie in Agonie starben. Selbst ihre Leichname wurden noch getreten und malträtiert von den Gefängniswärtern, diesen Tieren! Wut kochte in ihm, sein Blut geriet in Wallung, und der Hund wandte sich an seine Gefährten, an Lugh und Dagda und Manannaun, und schrie auf:

„Tut doch etwas, ihr selbsternannten Beschützer! Ihr mystischen Fakire! Wie könnt ihr behaupten, dieses Land zu lieben und all dies wieder und wieder geschehen lassen? Ihr Pharisäer!"

Und Manannaun, der weiseste aller Tuatha De Dannan, lächelte traurig, schaute ihn an und fragte: „Sinn Fein. Wir selbst. Ist das nicht der Weg? Niemand kann euch eure Freiheit geben, ihr müßt sie euch selbst erkämpfen. Wir können euch wohl unterstützen, aber helfen können wir euch nicht. Es kommt ganz auf die jetzige Generation der Iren und Irinnen an. Zählt nicht auf die Toten, nicht einmal auf die Unsterblichen! Und glaubt ja nicht, die Schamlosen, diese Nation ohne Seele, Herz und Rückgrat beschämen zu können. Glaubt nicht, daß ihre steinernen Herzen sich erweichen lassen, sie Gewissensbisse empfinden. Sie haben weder ein Herz noch ein Gewissen. Beides haben sie vor vielen Jahren verkauft. Sie sind wie Vampire, Kreaturen ohne eigenes Fleisch und Blut, die nur vom Blut anderer leben. Von Barbaren kann man nichts anderes erwarten. Lernt dies und lernt es gut – dann zahlt es den Sasanaigh tüchtig heim!"

Die anderen Tuatha vernahmen Manannauns Worte, behielten aber ihre rebellischen Gedanken für sich, und wie Hassan I Sabbah, der weise alte Mann aus dem Gebirge, der Urvater der Assassinen, kamen sie zu den verschiedensten Schlüssen darüber, was getan werden müsse.

Und Brian Arthur O'Brien, seinen engsten politischen Freunden als 'der Hund' bekannt, erwachte schweißgebadet aus seinem Traum, irgendwo im besetzten Irland in einem einfachen Quartier im Jahre des Herrn 1986.

DIE HASEN DES HUNDES

BELFAST

Sie schnappten den Hund um vier Uhr morgens. Es war eine reibungslose Operation. Er hatte kaum Gelegenheit, nach der Luger unter seinem Kopfkissen zu greifen, bevor der schwarzgesichtige Soldat ihn mit seinem Gewehr ohnmächtig schlug. Binnen drei Minuten wurde der Hund aus dem kleinen Reihenhaus gezerrt und bäuchlings in einen Saracen-Panzer geworfen. Innerhalb von zehn Minuten stellte man ihn an die kahle, weißgekalkte Wand des Verhörzentrums im Fort Monagh, Westbelfast, Nordirland. Indianergebiet – wie die britischen Soldaten Westbelfast nennen. Eine Stunde später befand er sich bereits im berüchtigten Folterzentrum Castlereagh, Ostbelfast. Zuvor hatte man ihn fotografiert, seine Fingerabdrücke genommen und seinen Kopf bandagiert. Es war der Morgen des 12. Mai 1986. Das Rennen hatte begonnen.

Der Hauptmann machte sich Sorgen. Dies war die wichtigste geheimdienstliche Operation, an der er je beteiligt sein sollte. Man hatte ihn wegen seines Wissens über die neugebildeten Zellen der Provisorischen IRA, der Provos, auf diesen Posten abkommandiert. Er fing an, in seinen Aufzeichnungen zu stöbern, als ihn der Oberst zu sich beorderte.

SAN FRANCISCO

Sechstausend Meilen und eine achtstündige Zeitverschiebung weit weg tanzte Chuck Hennessey im *DV 8,* dem Nachtklub im South-of-Market-District. Während der monotone Beat hämmerte, verspürte er einen leichten Schmerz an der Schläfe. Er entschuldigte sich bei der Blonden, mit der er offensichtlich getanzt hatte, und schlich behutsam zur Toilette, betrat eine Kabine, verschloß die Tür und kauerte sich nieder. Er fummelte hektisch in seiner Brieftasche, verstreute mehrere Kreditkarten auf dem gekachelten Boden und zog das kleine Päckchen mit weißem Pulver und das Silberlöffelchen heraus. Sobald die ‘Schuppen der Götter’ seine Stirnhöhle kitzelten, entspannte er sich. Der Stoff war guter Stoff, auch wenn das Gramm 120 Dollar gekostet hatte. Rico hatte diesmal Zauberzeug gebracht. Er richtete sich seinen Designeranzug, öffnete die Kabinentür und schritt zu den Waschbecken, um sich die Haare zu kämmen. Die Uhr über der Tür zeigte 1 Uhr 30. Noch früh am Tag. Die Uhr war eines jener kitschigen Modelle, die in nahezu jeder Bar der Stadt hingen, Werbegeschenk einer Mineralwasserfirma. ‘Belfast Mineral Waters’. Belfast? Wo verdammt noch mal lag das denn, sinnierte Chuck angeschlagen. Ja – das war doch jener Ort in Irland, wo sie sich ständig gegenseitig die Köpfe einschlugen. Sein Vater war vor Jahren von dort hierher emigriert. Dem Himmel sei Dank, daß der alte Mann damals von dort verschwinden konnte und seine Familie hier gründete. Ich habe wahrscheinlich noch Verwandte dort, überlegte er. Tumbe Torfköpfe.

Als er zur Tanzfläche zurückkehrte, saß die Blonde händchenhaltend neben einem texanischen Millionär oder so etwas Ähnlichem. Teufel noch mal! Frauen wie die gibt es doch zuhauf. Das war einer der Vorteile, den Babylon an der Bai bot. Da überall nur Schwule sind, hat ein richtiger Mann keinerlei Probleme, jede Menge frustrierter Ladies zu finden, dachte er.

BELFAST

„Der Hund“, sinnierte der Captain. „Arthur Francis O’Brien, geboren in der New Lodge Road in Belfast, 1942, am 30. April. Mitglied des Armeerates der IRA. Nahm 1957 als junger Mann an der gescheiterten Grenzkampagne der IRA teil. Von 1959 bis 1960 kurz interniert. Nach seiner Freilassung bereiste er Europa und Amerika, unternahm aber offenbar nichts, was die Aufmerksamkeit der britischen oder der amerikanischen Geheimdienste geweckt hätte. Vermutlich während der loyalistischen Angriffe auf die katholischen Gettos 1969 nach Irland zurückgekehrt und wieder der IRA beigetreten. Wurde verdächtigt, einer der Hardliner gewesen zu sein, die 1969 die Provisorische IRA gründeten, als die sogenannte Offizielle IRA, deren Mitglieder in ganz Nordirland ‘Stickies’ genannt werden, nicht in der Lage war, die katholische Minderheit zu verteidigen. War auf der Liste derer, die 1971 interniert werden sollten, hatte sich aber stets der Festnahme entzogen, bis zum heutigen Morgen. Eine lange Zeit. Nur wenigen gelang es, so lange abzutauchen. Gilt als ‘Falke’ im Armeerat, hielt sich aber stets bedeckt, tauchte weder bei Beerdigungszeremonien noch bei Demonstrationen auf und schon gar nicht bei den jährlichen Gedenkfeierlichkeiten der IRA in Bodenstown. Keine Familie.“

Das war alles, was der Captain der vor ihm liegenden Akte entnehmen konnte. Nicht sehr viel. Ein vergilbtes, uraltes Foto und einige verblaßte Fingerabdrücke. Dies und einen besorgniserregenden Bericht von ‘Emerald’. ‘Emerald’ war eines der wenigen

Glanzlichter der britischen Armee. Ein Agent, dem es gelungen war, die höheren Ränge der IRA zu infiltrieren. Jesus, grübelte der Captain, nach dem Fiasko in der *Four-Square*-Wäscherei hätten wir ein paar Pluspunkte bitter nötig. Da hat uns doch diese verdammte IRA eine ganze Undercover-Einheit ausgelöscht. Und dann diese Geschichte mit Captain Nairac, dessen Leiche wir immer noch suchen. Und die Schlappe mit diesem Dokument 37, in dem einer von uns eingesteht, daß wir diese irischen Bastarde nicht besiegen können. Gott sei Dank, daß wir wenigstens Emerald haben, murmelte er. Aber sein letzter Bericht verhieß nichts Gutes. Im Armeerat der IRA verhielt man sich offensichtlich abwartend. Anscheinend hatte der Hund dafür plädiert, Kommandos zu organisieren, die so geheim operieren sollten, daß nicht einmal die übrigen Armeeratsmitglieder deren personelle Zusammensetzung und Angriffsziele kannten. Das Projekt war offenbar abgesegnet worden. Das bedeutete Gefahr.

Nach den Attentaten auf Airey Neave, auf den britischen Botschafter Christopher Ewart-Biggs, auf Lord Mountbatten, nach dem Anschlag auf das Grand Hotel in Brighton und den Ausbrüchen aus dem Crumlin-Road-Gefängnis und aus Long Kesh würden weitere spektakuläre Aktionen der Moral der Sicherheitskräfte einen schweren Schlag versetzen. Deshalb war es so wichtig, den Hund zu brechen, und diese jüngste irische Bedrohung im Keim zu ersticken. Seine Festnahme war ein reiner Glückstreffer. Reiner Zufall, wirklich. Emerald hatte läuten hören, daß 'der Hund' auf dem Weg nach Norden sein könnte. Einer wachsamen Patrouille fiel ein bekannter republikanischer Aktivist beim Verlassen eines Hauses auf, das bislang nicht einmal mit der IRA in Verbindung gebracht worden war. Die Armeepatrouille legte einen Hinterhalt und versuchte mit Hilfe von Nachtsichtgeräten, den Mann zu identifizieren. Ein mutiger Sergeant beschloß schließlich die Erstürmung des Hauses. Und doch war es nur ein Zufallstreffer. Wirklich, und jetzt hatte er, Captain Jock MacIntyre, exakt sieben Tage Zeit, um den Schweinehund zu brechen und herauszufinden, was genau er geplant hatte. Sieben Tage. Normalerweise reichte dieser Zeitraum. Die meisten Männer wurden durch Stiefeltritte und Faustschläge der Verhörspezialisten von Armee und Polizei in den Verhörzentren – wie etwa Castlereagh – gebrochen, aber der Hund galt als knallharter Typ. Sobald die Tatsache seiner Festnahme bekannt würde, was unvermeidlich war, käme wieder so ein Schwarm von Geistlichen, Rechtsanwälten und hundertprozentigen Liberalen mit der Forderung, ein Arzt solle den Hund in seiner Zelle aufsuchen dürfen. Vor ein paar Jahren war es einfach, aber jetzt, da das Internationale Rote Kreuz Castlereagh als Folterzentrum verurteilt hatte und England vom Internationalen Gerichtshof für Menschenrechte wegen der „unmenschlichen und erniedrigenden Behandlung“ angeprangert wurde und der verdammte Bennett-Bericht eingestanden hatte, daß Menschen gefoltert worden waren, war es schwieriger geworden, „Informationen zu erlangen“, weswegen MacIntyres Aufgabe keinen Aufschub duldete. Darüber hinaus mußte er an seine Karriere denken. Ein Erfolg an dieser Sache könnte Beförderung bedeuten, Versagen jedoch einen Anschiß.

MacIntyre war kein beliebter Typ, nicht einmal unter seinen Offizierskameraden. Er war ein Fanatiker und er gab es jederzeit zu, wenn es jemand von ihm wissen wollte. Sein Diensteifer und seine finstere Entschlossenheit schreckten selbst diejenigen ab, die eigentlich auf seiner Seite hätten sein sollen. Mac galt als ein „guter, wenn auch etwas verklemmter Kerl“, der aber manchmal „über das Ziel hinausschoß“. Deswegen mußte der Altgediente trotz seiner Tapferkeitsmedaillen immer noch den Rang eines Captain bekleiden.

Er war ein Kind Doktor Barnados, ein Waisenkind aus den Glasgower Slums, wo er als Einzelkind aufgewachsen war. Klein und von verkümmerter Statur, mußte er immer das härteste Kind in der Gruppe sein, derjenige, der sich selbst beweisen, den Starken mimen mußte. Er hatte keine Freunde, und als er mit siebzehn Jahren zur Armee ging, war dies sein unvermeidliches Schicksal. Die Armee wurde sein erstes wirkliches Zuhause. Der Kameradschaftsgeist gefiel ihm, wenn ihm auch klar war, daß man ihn nicht besonders gut leiden konnte. Er stand auf Disziplin, erteilte gerne Befehle, er stand auf Aggression, weswegen er sich auch – im Gegensatz zu den meisten anderen – wiederholt freiwillig für den Einsatz in Unruheherden wie Nordirland meldete. Das Wasserskifahren in Hongkong oder das billige Bier in Deutschland bei der Rheinarmee waren nichts für ihn. Er bevorzugte das Rückwärtslaufen in den Straßen Belfasts – ein Gewehr in der Hand und stets auf der Hut vor Heckenschützen und Nagelbomben. Er liebte es, die Greiftrupps anzuführen und die Teenager aus Derrys Bogside oder Belfasts Falls Road, die sie immer verhohnepiepelten, niederzuknüppeln – oder sie an ihren langen Haaren in die Saracen-Panzer zu zerren und ‘unverzüglich zu bestrafen’.

Er war ein Schinder, aber auf seine Weise auch ein tapferer Kerl. „Ideales Kanonenfutter“, hatte ein Lauscher einen ziemlich betrunkenen Colonel in der Offiziersmesse sagen hören. 1971 war er das erste Mal für die Rettung einer seiner Männer belobigt worden. Ein vierzehnjähriges Kid hatte in Short Strand in Belfast einen Molotowcocktail geworfen und der Soldat in Flammen gestanden. MacIntyre hatte daraufhin dem Teenager mit seinem Knüppel die Nase zertrümmert und den schreienden Kameraden in ein 'Schwein' verfrachtet, wie die gepanzerten Armeefahrzeuge genannt wurden. Er genoß es, daß er im Musgrave-Park-Militärhospital am Bett des verwundeten Soldaten fotografiert wurde (den er persönlich – um es in seiner Ausdrucksweise zu sagen – für einen blöden Wichser hielt). Und er hatte das Foto von sich ausgeschnitten, das in der Zeitung *The Sun* erschienen war, auf der gegenüberliegenden Seite prangte das Bild der üppigen und knapp bekleideten „Miß Eiscreme des Jahres“, mit der Bildunterschrift „Lutschen und genießen!“. Sein Foto hatte er an seine einzige Verwandte, eine Tante in Galashiels, geschickt. Am nächsten Tag kämpfte er jedoch wieder gegen die Kids auf den Straßen. Diese kleinen Scheißkerle, wie er sie nannte.

Er war persönlich höchst erfreut, als die tödlichen Gummigeschosse zur Aufstandskontrolle durch die noch tödlicheren Plastikgeschosse ersetzt wurden. Er instruierte als einer der ersten seine Männer, wie man die zwölf Zentimeter langen Projektile aufschnitt und mit Taschenlampenbatterien füllte, um den Jugendlichen noch schrecklichere Verletzungen beizubringen. Während der Hungerstreikproteste im Jahre 1981 wurden acht Jugendliche getötet, was MacIntyre mit tiefer Befriedigung erfüllt hatte. Sein damaliger Captain war entsetzt gewesen, aber MacIntyre hatte schon lange vorher 'herausgefunden', daß der bloß ein schlapper Kinnriemen, ein liberaler Public-School-Absolvent war, der sich leicht in die Hosen machte.

„Er's nur ein verdammter Wichser“, erklärte MacIntyre in der Messe den anderen Sergeants. „Er glaubt wirklich diesen Mist, daß wir hier sind, um die Streitereien zwischen den Micks und den Prods zu schlichten. Der Volldepp! Wir sind hier, um diesen irischen Dappschädeln Gottesfurcht beizubringen. Darum geht es und um nichts anderes. Wären uns nicht immer die Hände gebunden, hätten wir diesen Paddies schon längst den Garaus gemacht.“

Die übrigen Sergeants hatten nur stumm genickt. Einige hatten ihm heimlich recht gegeben, für die meisten aber war der Job lediglich eine langweilige, unangenehme und manchmal gefährliche Angelegenheit, und je schneller sie aus Nordirland verschwinden und in zivile Verhältnisse zurückkehren konnten, desto besser. Außerdem war es nicht ratsam, allzu engen Kontakt zu diesem „verrückten schottischen Bastard“ zu pflegen. Es gab einige nicht publik gewordene, aber weithin bekannte Fälle, in denen er armeeintern für „exzessive grobe Behandlung von Gefangenen“ gerügt worden war. Die Gefangenen waren freigelassen worden und hatten – wie so viele – erst Jahre nach den erlittenen Wunden eine Entschädigung aus der Tasche des britischen Steuerzahlers erhalten. Gegen MacIntyre war zwar keine öffentliche Anklage erhoben worden, aber die Vorwürfe hingen ihm noch nach.

MacIntyre war das egal. Er hatte studiert und versucht, das Defizit seiner mangelnden Schulbildung wettzumachen, um schließlich beim dritten Anlauf die Prüfungen zu bestehen und daraufhin zum Captain befördert zu werden. Und da er seinen Dienst in Ulster nun schon länger als kaum ein anderer verrichtete – fünfzehn lange Jahre – und das Patrouillieren in den Gettos sicheren Dienststunden vorzog, wo er den turnusmäßig wechselnden Regimentern die bekannten Gesichter aus der republikanischen Bewegung ausdeutete, war er für die Geheimdienstler und Undercover-Einheiten des SAS-Regimentes und der Military Reconnaissance Force unersetzlich geworden. Und nun saß er hier in Castlereagh, um den legendären ‘Hund’ zu treffen. Nie zuvor hatte er die Chance bekommen, einen so hochrangigen IRA-Mann zu ‘verhören’. Jahrelang hatten ihm nur die Jungs von der Straße gegenübergesessen, die Steine- und Molotowcocktailwerfer. Er hatte in einer Bombenfalle in den Divis Flats einen Finger verloren und war bei einem Schußwechsel im Bernagh Drive verwundet worden. Er hatte mitansehen müssen, wie sein Mentor, Major Lloyd, der einzige Offizier, dem er je Respekt gezollt hatte, im Helikopter über Crossmaglen vom Himmel geholt wurde. Er mußte den Spott seiner Offizierskameraden ertragen, die ihn roh und bescheuert fanden, ihn Kanonenfutter nannten. Nun, er war besser als sie alle zusammen, und kein torftrotteliger Paddypate würde der offiziellen Würdigung seines wahren Wertes im Wege stehen.

Während er die Akte beiseite schob, drückte er den Summer und sprach in die Gegensprechanlage: „Bringen Sie den Gefangenen herein ...“

Der Adjutant machte sich Sorgen. „Himmel noch mal, wo bleibt er bloß?“, fluchte er und schaute dabei auf seine Armbanduhr. Es war zehn Uhr dreißig. Der Hund kam eigentlich nie zu spät.

Vielleicht war er in einer Straßensperre der Armee aufgehalten oder von einer Patrouille einer Personenkontrolle unterzogen worden. Aber es sah dem Hund gar nicht ähnlich, aus irgendeinem Grund eine Verabredung nicht einzuhalten.

„Ich bin gespannt, warum er mich treffen will", sinnierte der Adjutant. „Er ist fast ein Jahr nicht im Norden gewesen und jetzt diese Nachricht von ihm. Will nicht einmal, daß wir ihm ein Quartier verschaffen. Sagt, darum kümmere er sich selber." Insgeheim war McCourt ziemlich stolz, vom Hund eine Mitteilung erhalten zu haben. Das passierte nicht jeden Tag. Ein Gedanke schwirrte ihm durch den Kopf. „Habe ich mir in der letzten Zeit einen größeren Schnitzer geleistet?" Nö! Es konnte sich nicht um eine Disziplinarmaßnahme handeln. Er beherrschte seinen Job, schließlich war er zwei Jahre in der Illegalität und vier Jahre an der Universität von Long Kesh gewesen. Es mußte dennoch wichtig für den Hund sein, die relative Sicherheit Dublins zu verlassen und zu riskieren, mitten in die Gettos von Andersonstown zu kommen, um mit ihm persönlich zu sprechen. Warum hatte man ihn nicht gebeten, nach Dublin zu kommen? Er schaute erneut auf die Uhr. Zehn Uhr fünfunddreißig. „Ich werde noch zehn Minuten warten", beschloß er.

Zehn Minuten vor elf stand er auf und verließ den Club durch die Hintertür. Es war an der Zeit, ein paar Nachforschungen anzustellen. Er hielt ein Falls Road Taxi an, das ihn und die anderen acht Fahrgäste die Whiterock Road hochbrachte. Oben auf dem Hügel stieg er aus und stand vor einem Trümmerfeld. Hier war einst Kellys Bar, bevor eine Bombe sie in Stücke gerissen hatte. Er schaute sich ein wenig um. Die Luft schien rein zu sein. Er überquerte die Straße und ging einen Schleichweg hinunter, bis er zu einer grünen Tür kam, an die er anklopfte. Die Tür wurde aufgerissen, Farbe blätterte ab, und McCourt betrat die dunkle, verräucherte, illegale Trinkhöhle. Seine Augen schmerzten, als er durch die Rauchschwaden die Vormittagssäufer beäugte, die schweigsam herumsaßen und verdrießlich ihre Guinness-Flaschen umklammert hielten, ihre Medizin gegen den Kater. Dann erblickte er 'seinen Mann', Mickey. Er rutschte neben ihn auf die Bank und lehnte die ihm angebotene Flasche mit lauwarmem Porter ab.

„Wie geht's, Mac. Irgendwas los?"

„Ich weiß es nicht, mein Sohn, um das herauszufinden, bin ich ja gerade hier."

„Ach ja?"

„Klar, wegen deinem Typen. Wegen dem, den du gestern abend

in Dundalk abgeholt und hierher gefahren hast. Wo hast du ihn untergebracht?"

„Er hat mir gesagt, wo ich hinfahren und daß ich meinen Mund halten soll."

„Gut, Mickey, ich weiß, das wirst du. Aber er ist heute morgen nicht aufgetaucht. Also, wo hast du ihn gelassen?"

„Monagh Crescent."

„Welche Nummer?"

„Weiß ich nicht. Er wollte oben an der Straße abgesetzt werden."

„Okay, Mickey, danke – und halt' den Mund, okay?"

„Klar, Mac, du kennst mich doch."

Zeit zu gehn, dachte McCourt, sein IRA-Offizier erwartete prompte Berichterstattung. Zehn Minuten später schlenderte McCourt den Monagh Crescent hinunter, eine lange Häuserzeile aus verfallenden Pappschachteln, die nach dem Zweiten Weltkrieg von einer nachlässigen Regierung für eine vernachlässigte Arbeiterklasse gebaut worden war. Lack blätterte von den Türen ab, einige Fenster waren vernagelt und rotteten vor sich hin. Ausgebrannte Autos, Überbleibsel der letzten Straßenschlacht, versperrten die Bürgersteige. Auf der rechten Straßenseite spielten Kinder auf dem Müllplatz, zwischen dem vergammelnden städtischen Schrott, den Relikten einer Technologie, die in den Jahrzehnten vernachlässigter Stadtentwicklung und sozialer Unruhen nie gebraucht worden war.

Vor Nummer 23 blieb er stehen. Äußerlich unterschied sich das Haus in nichts von dem der Nachbarhäuser, außer daß offenbar die Tür eingetreten worden war und nun völlig windschief nur noch an einer Angel baumelte. Die Nachbarin hängte in dem winzigen Garten hinter dem Haus gerade ihre Wäsche auf.

„Was ist denn im Nachbarhaus passiert, gnä' Frau?"

„Weiß der Himmel, mein Sohn. Ich hörte mitten in der Nacht nebenan ein Krachen, und bis ich aufgestanden war, um zu gucken, konnte ich nur noch einen Saracen-Panzer die Straße hochfahren sehen. Sie müssen die Tür einfach aus Mutwillen eingeschlagen haben, denn sie sind nicht länger als zwei Minuten hier gewesen. Die Sullivans, die nebenan wohnen, sind in Glenarm in Urlaub. Ich bin nach dem Frühstück rübergegangen, um nach dem Rechten zu sehen, ich glaube aber nicht, daß sie etwas mitgenommen haben. Ich werde das Haus im Auge behalten, bis der Wohnungsverwaltung einfällt, die Tür zu reparieren. Aber weiß der Himmel, wie lange das wieder dauert. Saukerle!"

Sie hatte entweder die Wohnungsverwaltung oder die britische Armee gemeint. Das blieb sich gleich.

„Sind die Sullivans Freunde von dir, mein Sohn?"

„Nö, gnä' Frau, ich war nur neugierig, sonst nichts."

Er trollte sich und schlenderte die Straße hinunter. Sie schaute ihm nach und schüttelte den Kopf. Es schickt sich nicht, zuviele Fragen zu stellen. Nicht in Belfast jedenfalls.

*

„Das war's, Joe. Es sieht ganz danach aus, daß die Briten ihn haben." Joe, der verantwortliche IRA-Offizier fluchte. Dann fluchte er noch einmal.

„Welchen Namen benutzte er?"

„Peel, John Peel."

„Mein Gott, der Hund verliert auch nie seinen Humor."

„Er braucht mehr als das, wenn ihn die Briten wirklich haben."

„Okay, mach dich auf, schalt einen Rechtsanwalt ein. Versuch's bei Clarke oder Davis. Und nimm einen Arzt und einen Priester in die Pflicht. Das kannst du ja vom Sinn-Fein-Beratungszentrum aus machen. Sag ihnen, sie sollen in Castlereagh anrufen. Wir wissen ja noch nicht, ob sie draufgekommen sind, mit wem sie es eigentlich zu tun haben. Wenn der Hund Glück hat, kriegen sie seine wirkliche Identität gar nicht raus. Das glaub ich aber kaum. Ein Zufallstreffer war seine Festnahme nicht. Die Operation der vergangenen Nacht zeigt eigentlich, daß sie wußten, hinter wem sie her waren."

„Werden sie ihn kleinkriegen?"

„Wer weiß, Mac, wer weiß. Er ist ein zäher Bursche, einer der Besten. Ich kenne ihn seit den fünfziger Jahren. Er ist wirklich ein knallharter Typ, aber wenn sie wissen, wer er ist, werden sie vor nichts zurückschrecken ..."

*

„Da ich aber ein Hund bin, hütet euch vor meinen Fängen."
(Shylock, Kaufmann von Venedig)

O'Brien kam langsam zu sich. Er lag auf dem Boden in einer Zelle. Er versuchte sich zu bewegen, aber höllische Schmerzen durchfuhren ihn. Er blieb regungslos liegen. Mein Gott, dachte er, sie haben mir alle Knochen gebrochen. Er wußte nicht, ob es Tag oder Nacht war. Zum Glück konnte er seinen Rücken nicht sehen. Der sah aus wie eine Landkarte. Völlig groggy versuchte sich O'Brien zu erinnern, wie oft er ohnmächtig geworden war, gab es aber auf. Das einzige, woran er sich dunkel erinnern konnte, war, daß er die ganze Zeit geschwiegen hatte. Und an das Gesicht von MacIntyre, der haßerfüllt über ihm gestanden und ihn getreten, geboxt und auf ihn eingeschlagen hatte.

Oh Gott, dachte er, dieser schottische Schweinehund ist wahnsinnig. Er hat etwas wirklich Abartiges an sich. Er sackte wieder weg. Er hatte die Lache von Erbrochenem, in der er lag, überhaupt nicht bemerkt. Es war sein Erbrochenes.

„Dieser irische Dreckskerl", murmelte MacIntyre. Seit der Festnahme des Hundes waren fast achtundvierzig Stunden vergangen. Er fürchtete, daß ihm die Zeit davonlaufen würde. Ein entsetzter Polizeiarzt hatte einen Blick auf den geschundenen O'Brien geworfen und sich dann bei dem verantwortlichen Polizeiinspektor bitter beklagt. Er wollte, daß O'Brien sofort in ein Krankenhaus gebracht würde, aber MacIntyre war es gelungen, dies mit Unterstützung seiner Vorgesetzten zu verhindern. Aber für wie lange? Trotz all seiner Anstrengungen hatte er diesem Schweinehund bislang nicht ein Wort entlocken können, und es war selbst MacIntyre bewußt, daß weitere Mißhandlungen den Hund bei seinem Zustand eher umbringen als zum Reden bringen würden.

Dazu kam, daß die RUC, die örtliche Polizei, in arger Verlegenheit steckte, da das Telefon nicht stillstand. Widerwillig verneinten die Konstabler gegenüber den zahlreichen Anrufern, daß sie einen 'Sean Peel' oder 'John Peel' in Gewahrsam hätten. Auch sonst befände sich niemand in Haft, der innerhalb der letzten achtundvierzig Stunden in einem Haus im Monagh Crescent festgenommen worden sei. Aber mittlerweile rief sogar die Presse an, und den verantwortlichen Polizeiinspektor begann die Angelegenheit zu ärgern. Er konnte es nicht leiden, daß die Armee ihm in seiner eigenen Polizeistation das Heft aus der Hand nahm. Er wollte keinen zweiten 'Zwischenfall' à la Brian McGuire serviert bekommen. (McGuire, ein Gewerkschaftsfunktionär, war tot in seiner Zelle gefunden worden; er hatte sich angeblich nach einem langen 'Verhör' selbst erhängt. Die Polizei wurde von jeglicher Schuld freigesprochen, aber viele Menschen waren davon überzeugt, daß McGuire ermordet und dann aufgehängt worden war. Die Affäre hatte der RUC eine schlechte Presse eingebracht.) Und dieser schottische Psychopath regte ihn wirklich auf. Er spielte doch nicht den Sündenbock für einen Sadisten aus der Armee. Er rief erneut den verantwortlichen Armeeoffizier an, um sich zu beschweren. Dieser hatte jedoch kaum den Hörer niedergelegt, als erneut das Telefon läutete. Dieses Mal war es MacIntyre, der mehr Zeit erbat.

„Kommt überhaupt nicht in Frage, Captain! Wir haben Ihnen diesen Mann überlassen, damit Sie ihn schnell zum Sprechen bringen. Wir hatten nicht darum gebeten, ihn halbtot zu schlagen. Wenn das draußen bekannt wird, ist die Hölle los. Wir handeln ohnehin bereits illegal. Sie haben den Hahn überspannt. Wie dem auch sei, ich habe damit nichts mehr zu tun. Das SAS und die Psyop-Jungs sind ab jetzt dafür zuständig. Sehen Sie zu, daß O'Brien so gut es geht zusammengeflickt wird. Die Jungs werden in einer Stunde da sein. Sie werden den Gefangenen begleiten und mich unterrichten, wenn sie etwas aus ihm rausbekommen. Aber lassen Sie ab jetzt die Finger von ihm. Haben Sie mich verstanden?"

MacIntyres Proteste wurden jäh unterbrochen. Er fluchte vor sich hin, stand auf, ging durch den Zellenflur zu O'Briens Zelle und lugte durch den Spion. Der Arzt tat sein Bestes, den Hund wieder aufzupäppeln, aber der war immer noch mehr tot als lebendig. Als die für psychologische Operationen zuständigen Herren in weißen Laborkitteln ankamen, waren sie entsetzt.

Der Major hielt MacIntyre eine Standpauke. „Roh, brutal und vor allem erfolglos!" MacIntyre fühlte sich durch den Tadel getroffen und gedemütigt. Abgrundtiefer Haß gegen O'Brien stieg in ihm auf.

O'Brien bekam von all dem nichts mit. Der Arzt hatte ihm eine Spritze verpaßt, bevor er ihn so gut es ging zusammenflickte, und nun fand er ersten wirklichen Schlaf seit Tagen. Immer noch ohne Bewußtsein, wurde er aus der Polizeistation geschleppt und in den Fond eines Zivilwagens geworfen. Der Major und der Fahrer saßen vorn, während MacIntyre gezwungen war, sich auf den Rücksitz zu quetschen und den geschundenen Leib des Hundes anzustarren. Die drei SAS-Männer, die nicht ein Wort gesprochen hatten, fuhren in einem mit normalen Autokennzeichen versehenen, frisierten Ford Cortina davon.

Die von der RUC waren überhaupt nicht betrübt, sie wegfahren zu sehen. Der Konstabler, der Telefondienst hatte, einer von 'Paisleys Wiedergeborenen', lächelte sogar. „Es ist ein besseres Gefühl, die Wahrheit sagen zu können, wenn der nächste neugierige Anrufer sich wieder nach diesem Mann erkundigt." Sein Kollege nickte. Das Los des Polizisten ist wahrlich kein leichtes.

DUBLIN

In den Redaktionsräumen des *Irish Spectator* saß Harry Thornton, ein dürrer, grauhaariger Reporter, am Textverarbeitungsgerät. Er war aufgebracht. „Blödes Scheißding“, fluchte er. Seit den Tagen, als er noch ein zartgesichtiger Reportersäugling war, hatte sich alles verändert. Damals, in den ‘guten alten Zeiten’, wie Harry schwärmte, mußte man sich noch auf den Weg machen, Kontaktpersonen zusammentreiben, sich abrackern, harte Beinarbeit auf sich nehmen, um seine Geschichte schreiben zu können. Die Reporter hatten es heutzutage viel zu leicht. Der ganze blöde Kram kam über die Ticker, hauptsächlich von Presseagenturen. Arbeiteten aber nicht mittlerweile alle so? Selbst die Provos bedienten sich eines Fernschreibers in ihrem Büro in der Falls Road in Belfast und in ihrem Hauptquartier in Dublin. Weit ist es gekommen, wenn Terroristen, die etwas auf sich halten, über Telex und Telefax verfügen. Harry war seit alters her ein ‘Anhänger der Gewalt’, ein Sympathisant der Republikaner, der immer über gute Kontakte in ‘der Bewegung’ verfügte, aber jetzt, verdammt noch mal, verbreiteten sie ihre Verlautbarungen an die Weltpresse über so eine dämliche Maschine. Harry war zwar kein Provo, aber ein gestandener Nationalist.

Scheiß drauf, dachte er sich und schaute auf die Uhr. Zeit für einen Drink. Er setzte seinen Hut auf, zog seinen zerschlissenen Mantel über, ging die Treppe hinunter und verließ das Haus. Die Empfangsdame wünschte ihm einen schönen Abend, was ihm aber bloß ein Stöhnen entlockte. Typisch. Überall, wo man heutzutage hinkam, saßen diese aufgetakelten Mädels mit ihren lackierten Fingernägeln an der Rezeption. Es wurde höchste Zeit, daß er in Rente ging. Er hüllte sich in seinen Mantel, schritt in den Nieselregen hinaus und bog nach links auf die Quais ab. Der Regen sprenkelte die dreckige, graue Liffey, und Thornton steuerte das verqualmte Hinterzimmer von *Mulligans Saloon Bar* an. Er brauchte ein Pint Guinness.

PARIS

„Startklar, Pater? Sitzt die Soutane nicht ausgezeichnet?“

Der ‘Priester’ nickte seinem ‘Glaubensbruder’ zu. „Klar, sie wird es auch müssen. Ich muß in ihr aber keine Messe lesen, oder?“

Sein Kumpan lächelte. Er wandte sich dem Fenster zu und

schaute hinaus. Auf der Rue Bernard Palissey im siebten Arrondissement herrschte friedliche Stille. Das Kino war noch nicht aus und nur wenige Gäste saßen in den Straßencafés in der Nähe des Drugstores auf dem teuren Boulevard.

„Nihil obstat, Pater, genug für heute abend. Wir haben morgen einen schweren Tag vor uns."

DER HUND WIRD AUSGEFÜHRT

LUFTWAFFENBASIS BALLYKELLY, NORDIRLAND

Er erwachte. Es war stockdunkel, aber er konnte winzige Lichtflecken sehen, die von ganz weit her zu leuchten schienen. Er glaubte zu schweben, aber er konnte sich nicht rühren. Über seinem Mund war etwas, das ihn niederdrückte. Mein Gott! Er fürchtete zu ersticken, und eine panische Angst ergriff ihn, aber irgendwie fand er aus sich selbst heraus die Kraft, das Gefühl des Erstickens und der Übelkeit im Magen loszuwerden.

War er tot? Befand er sich in einer Art Vorhölle, in der man umherschwebte, wo man aber weder sehen, hören, fühlen, geschweige denn denken konnte? Allerdings war der Hund kein frommer Mensch. Er war Marxist. Ein Groucho-Marxist, wie er von sich selbst behauptete. Und er würde über diese Träume wohl auch noch zu einem keltischen Mystiker werden. Langsam und peinlich genau zählte er von eins bis hundert. Danach versuchte er, seine letzten Erinnerungen wachzurufen. Castlereagh. Die stinkende Zelle und das Blut und das Erbrochene auf dem Boden. Jesus Maria! Er mußte demnach tot sein. Dieser durchgeknallte Schotte war zu weit gegangen und hatte ihn tatsächlich kalt gemacht. Tiefste Verzweiflung überkam ihn. Das sollte also das Ende sein? Statt mit Pauken und Trompeten war er leise winselnd in diese irre, düstere Vorhölle eingegangen? Waren deswegen die Wild Geese geflohen? Er versuchte zu beten, aber die richtigen Worte fielen ihm nicht ein. Sein letzter Gottesdienstbesuch lag lange zurück. Plötzlich aber hörte er wie von weit, weit her eine Stimme. Es war eine ruhige, besänftigende Stimme, akzentfrei und mit beruhigendem Timbre. „Arthur, Arthur O'Brien, kannst du mich hören?" Waren es etwa die Tuatha?

MacIntyre glotzte verständnislos. Neben ihm stand der Major, der mit vor Aufregung blitzenden Augen auf den Mann im Tank herunterschaute. Der Hund, die Jagdbeute. Sie befanden sich in einem großen, leeren Flugzeughangar. Leer bis auf den breiten

Plastiktank in der Mitte der Halle. Der Tank maß zwei Meter und fünfzig auf einen Meter und achtzig Zentimeter und war einen Meter und achtzig Zentimeter tief und fast bis an den Rand mit lauwarmem Wasser gefüllt. O'Brien schwamm auf der Wasseroberfläche, die Arme und Beine gespreizt und jeweils mit Stricken an den Ecken angebunden. Er steckte in einer übergroßen, hellroten Schwimmweste. Sein Gesicht war mit einer Maske bedeckt, die ihm das Atmen erlaubte, aber kein Licht durchließ. Die an seinem Körper befestigten Drähte dienten der Überwachung seiner Herztätigkeit. Ein Elektroenzephalograph piepste vor sich hin und verriet dem weißgekleideten Techniker, der an einer kleinen Reihe von Apparaturen saß, was im Gehirn des Hunds vor sich ging. Daneben hockte ein weiterer Psyop-Spezialist mit einem Mikrophon und einem Tonbandgerät.

„Faszinierend, nicht wahr?" flüsterte der Major. MacIntyre begriff noch immer nichts. Er war eben über die Rollbahn des vermeintlich verlassenen Flugplatzes gebracht worden, nachdem er in einer kleinen Nissenhütte, die sich als Offiziersmesse ausgeben durfte, seine erste richtige Mahlzeit seit drei Tagen genossen hatte, obwohl 'genossen' nicht das *mot juste* sein mochte. Das Steak, die Kartoffeln und Erbsen steckten ihm noch in der Speiseröhre, so daß er heftig würgen mußte. Der Beaujolais hatte auch nicht geholfen. MacIntyre wäre ein Halber seines gewohnten Starkbieres lieber gewesen. Aber er hatte Kohldampf geschoben und deshalb verbissen das Essen verschlungen und den Wein getrunken, während es in ihm vor Wut über sein Versagen kochte. Zu allem Überfluß schwafelte irgendein Lieutenant auch noch pausenlos über den 'Kriegszustand' und von der Notwendigkeit der Gleichzeitigkeit des Kampfes um die Herzen und Hirne und der Unterdrückung mit eiserner Faust. MacIntyre hatte bloß finster vor sich hin gestarrt und das Essen hinuntergeschaufelt.

„Sie verstehen natürlich das Prinzip, nicht wahr?" fuhr der Major fort. „Es ist der alten sensorischen Deprivation von 1971 sehr ähnlich. Sie erinnern sich doch sicher an unsere Kapuzenmänner? Aber unsere Methoden sind natürlich sehr viel verfeinerter."

MacIntyre wurde nervös. Er mußte nach dem, was er hier gesehen hatte, unbedingt seinem Offizier Bericht erstatten und ihn darüber informieren, was diese Frankensteins hier anstellten. „Sensorische Deprivation", grübelte er laut. „Stinkt an der Sache nicht etwas? Sind wir deswegen nicht in Verruf gebracht worden? Haben die Paddies uns deswegen nicht vor einen

Internationalen Gerichtshof oder so was Ähnliches gebracht?"

Der Major lächelte. „Ganz recht", antwortete er. „1976 wurden wir in Straßburg der unmenschlichen und erniedrigenden Behandlung für schuldig befunden. Das war gänzlich unnötig. Lediglich eine Bösartigkeit der Freistaatler in Dublin. Fünf Jahre Hinhaltemanöver, dann haben wir den sogenannten 'Versuchskaninchen' eine Entschädigung gezahlt und versprochen, daß sich die Praktiken nicht wiederholen werden. Das paßte uns ohnehin gerade in den Kram, das Ganze hatte doch sowieso zu nichts geführt."

MacIntyre dachte angestrengt nach. „Sie meinen, Gefangenen eine Kapuze überstülpen, sie auf Zehenspitzen und mit weit ausgestreckten Armen an einer Wand stehenlassen, sie einem monotonen Dauerton aussetzen, diese Possen, oder?"

Der Major strahlte. „Stimmt. Sehr lästig. Wir haben vierzehn Paddies sieben Tage lang so behandelt, aber nichts aus ihnen rausgekriegt. Das ging zu weit, wissen Sie. Die wurden total fertiggemacht, so daß einige nicht einmal mehr ihren Namen wußten und uns auch keine Informationen liefern konnten, selbst wenn sie es gewollt hätten. Das bekam denen auch nicht besonders. Zwei von ihnen mußten in die Psychiatrie und einer erlag einem Herzschlag, der – unter uns gesagt – Folge der alten SD war. Wie gesagt, eine lästige Angelegenheit. Dieser neue Tank hier nun ...", schwärmte er, während er ihn so liebevoll wie ein Vater ein neues Spielzeug an Weihnachten anstarrte. „... ist eine Schönheit. Ich bettle seit einem Jahr darum, ihn ausprobieren zu dürfen. Mit freiwilligen Versuchspersonen ist es doch etwas anderes. Man muß ihnen einen Panikknopf zugestehen, und außerdem wissen sie sowieso, was läuft. Aber Ihr Mann dort unten, der wacht auf und hat nicht die leiseste Ahnung davon, was wir mit ihm anstellen."

„Aber was passiert denn nun?" fragte der Schotte.

„Nun, um ehrlich zu sein, wir wissen es nicht genau. Ganz neu ist die Sache natürlich auch nicht. Ein Typ namens Lilley arbeitete 1956 mit einem Tank, der diesem ähnlich war, aber natürlich mit Freiwilligen, was wie gesagt nicht besonders effektiv ist. Wir wissen, daß der Reizentzug bei unserer Versuchsperson zu Konfusion, Sinnestäuschung und Konzentrationsunfähigkeit führt. Halluzination und Identitätsverlust folgen. Die Wahrscheinlichkeit ist groß, daß die Versuchsperson dann für Suggestion sehr empfänglich ist."

MacIntyre blickte finster drein. Das ging über sein Begriffsvermögen. Er kam sich wie ein Trottel vor. „Wie lange, glauben Sie, kann man ihn so liegen lassen?“

„Das ist das Schöne an der Sache. Wir wissen es tatsächlich nicht. Das Maximale waren drei Stunden, die ein Freiwilliger aushielt, aber der hier wird es nicht so lange machen. Wir lassen ihn noch eine halbe Stunde da liegen und beginnen dann mit dem Verhör. Auf die subtile Art, vergessen Sie das nicht! Nicht mit Ihrer Brutalotour.“

MacIntyre ächzte. Er hätte den Major freudigen Herzens erwürgen können, als der mit seinem Wissenschaftskram fortfuhr und über Hirnschäden durch Sauerstoff- und Zuckerentzug, Stoffwechselstörungen und kinästhetische und taktile Deprivation schwadronierte.

Der im Tank wie im Mutterleib schwebend gehaltene Hund fühlte in Trance, wie das Fruchtwasser über ihn hinwegspülte. Er marterte die Windungen seiner grauen Zellen. Es war gar nicht mal so unangenehm hier, könnte er bloß ergründen, was zum Teufel vor sich ging. Er versuchte, seine Hände und Beine zu bewegen, aber es war unmöglich. Die Synapsen in seinem Schädel waren träge. Seine Gedanken drifteten ab. Sein Kopf kam ihm vor wie ein wirbelnder Kegel, der sich von seinem Körper entfernte, und als eine Woge der Angst in ihm aufstieg, war ihm, als schlügen schwarze Wellen über sein Bewußtsein. Irgendetwas bedeckte seinen Mund, und er erinnerte sich plötzlich daran, wie er in der New Lodge Road als kleiner Junge aufgewacht war, weil ihm eine Ratte über das Gesicht krabbelte. Seine Schreie hatten seine beiden Brüder, die im Bett neben ihm schliefen, aus dem Schlaf geschreckt. Wie hatten sie noch mal geheißen? Zunehmende Panik erfüllte ihn, als er feststellte, daß er sich die Namen nicht ins Gedächtnis zurückrufen konnte. Sie waren wohl da, lauerten aber im Verborgenen, jederzeit abrufbar, wenn ihm nur der richtige Code einfiele.

Die Stimme, die ihn geweckt hatte, war verstummt, aber er erinnerte sich dunkel daran. Wie lange war das her? Zehn Minuten? Eine Stunde? Einen Tag? Er hatte keinerlei Vorstellung. Er befand sich in einem Zeitloch. Einem blinden Hund fällt nicht auf, daß in der Nacht alle Katzen grau sind, sinnierte er. Nur an die Stimme, die irgendwie beruhigend und freundlich geklungen hatte, konnte er sich erinnern. Sie hatte ihn beim Namen gerufen. Das war es, sein Name. Würde ihm sein Name wieder einfallen, könnte er sich auch an die anderen Namen erinnern. Es mußten die Tuatha gewesen sein. Die Stimme hatte zweifellos beruhigend geklungen. Sie war auf seiner Seite gewesen. Erst dann hatte ihn Panik verschlungen, ihn umströmt wie die Wellen, die in die kleinen Felslöcher klatschten, an denen er als Kind in Donegal immer gespielt hatte, die Strudel bildeten, zurückfluteten und wiederkehrten. Die Angst vor der Dunkelheit, vor den Ratten, der Einsamkeit und – was das Schlimmste war – die Angst, dem Wahnsinn zu verfallen.

Nach anderthalb Stunden zogen sie ihn aus dem Tank, aber der Hund wurde sich seiner veränderten Situation nicht bewußt. Er hatte sich in einen entfernten, unbekannten Winkel seiner Gedankenwelt zurückgezogen, wo er sich nahezu bewegungslos, einem Fötus gleich, an der Grenzmauer zum Wahnsinn zusammenkauerte.

Sie gingen systematisch daran, ihn zu entkleiden, die Elektroden zu lösen, ihn zu fotografieren, zu wiegen und ihm dann die Nadel in den Arm zu jagen. Als er eine halbe Stunde später zu sich kam, saß er auf einem harten Stuhl. Er steckte in einem losen Overall, den Kopf unter einer schwarzen groben Jutetasche. Die Tasche hatte Löcher für Mund und Ohren, aber keines für die Augen, damit er nicht den Major und die sanfte 'Stimme', die ihm gegenüber saßen, fixieren konnte. Er konnte daher auch MacIntyre nicht erkennen, der in einer Ecke stand und nervös die Fäuste ballte und wieder öffnete, während der 'Experte' langsam und geduldig ans Werk ging, um den von MacIntyre angerichteten Schaden wieder gutzumachen. Der Major hatte bereits sehr deutlich zum Ausdruck gebracht, was er von dem Vorgehen des Schotten hielt.

„Dumm, zu dumm. Es hätte Ihnen doch klar sein müssen, daß Sie es mit einem harten Typen zu tun haben. Physische Gewalt hilft bei solchen Leuten gar nichts, man kann ihnen aber sehr wohl psychologisch beikommen. Ich weiß wirklich nicht, warum der befehlshabende Offizier ihn ausgerechnet Ihnen anvertraut hat.“ So ging es immer weiter, und der Schotte versuchte, den nahezu unwiderstehlichen Drang zu unterdrükken, diesen englischen Softie an die Wand zu klatschen. Unterdessen war die 'Stimme' zu vernehmen. Leise, sanft, beruhigend.

„Arthur“, sagte sie, „Arthur, kannst du mich hören?“ Sanft schmeichelte sie sich in das Bewußtsein des Hundes, zeigte ihm, daß hier ein Freund sprach, der ihn mochte und ihn 'dort' herausholen würde. Die Stimme sagte nicht, wo 'dort' war, erzählte ihm aber, daß sie auch 'dort' sei und wüßte, wie schrecklich alles wäre und sie ließ ihn wissen, daß nur sie, die Stimme, ihn 'hier' herbringen könnte. Während sich die Stimme ein- und mitfühlend gab und Hilfe versprach, kam ein Teil des Hundes zaghaft und ängstlich aus den Tiefen des Erinnerungsvermögens hervor und leckte wie ein eingeschüchterter Hund im Geiste die Hand, die zum Schlag ausholte, aber nicht zuschlug. Er konnte den Tuatha vertrauen.

Es war schwierig, denn ein Teil von ihm wollte nicht über die Dinge nachdenken, über die die Stimme zu sprechen wünschte. Wenn es sich jedoch um die Tuatha handelte, war es richtig, und an vieles besaß er ohnehin nur eine nebelhafte Erinnerung, wenn auch langsam und nach und nach Erinnerungsfetzen auftauchten. Er mußte der Stimme davon erzählen, denn die Stimme war sein Freund. Sie gaben ihm warmen, stark gezuckerten Tee, um seine ausgetrockneten Lippen zu befeuchten. Der Tee schmeckte sonderbar, aber war nicht alles höchst sonderbar, und half der Tee nicht, ihn zum Sprechen zu bringen, obwohl er davon etwas schwindlig wurde. Er verspürte das Bedürfnis, zu der Stimme zu sprechen, seinem neuen, alten Freund, seinem einzigen Freund, denn dann mußte er nicht nach 'dort' zurück.

Es dauerte fast fünf Stunden. Stunden peinlich genauesten Eingebens, Suggerierens und Überzeugens. Aber zu guter Letzt konnte die Stimme den Stuhl zurückschieben und aufstehen. Die Stimme, die nur ein Lieutenant war, aber mehr erreicht hatte als die meisten hohen Tiere in einem Monat ihrer Trainingsseminare in Maresfield, Old Sarum oder wie immer die Akademien für psychologische Kriegsführung heißen. Seine Stimme war heiser, seine Augen rot und tränend, aber er hatte seinen Auftrag erfüllt.

Auf der anderen Seite war der Hund in beinah katatonische Trance versunken. Die Wirkung der ihm mit dem Tee verabreichten Amphetamine hatte nachgelassen, und es funktionierte nur ein kleiner Teil seines Gehirns. Er betete zu allen erdenklichen Göttern um Schlaf, die ersehnte Betäubung. Aber die würde sich nicht einstellen, da tiefe Angst an ihm nagte, starke Selbstzweifel ihn plagten, daß er etwas getan hatte, was er nicht hätte tun sollen.

Der erschöpften Stimme ging es auch nicht besonders gut. Der Lieutenant hatte, wohl wahr, den Hund 'gebrochen' und sämtliche Informationen aus ihm herausgequetscht, die sie über seine 'Hasen' bekommen konnten. Aber sehr weit gekommen waren sie damit nicht, und, was viel schlimmer war, sie wußten, daß sie eine heiße Zeit erwartete – die 'Hundstage' standen bevor. Die Zeit drängte nicht nur, sie drängte sogar sehr.

Im Hinterraum des *Mulligans* saß Harry Thornton bei seinem fünften Pint. Sein Begleiter, ein schlitzohriger Dubliner Knabe namens Bowsie Reynolds, hatte gerade seinen sechsten Jameson Whiskey hinuntergekippt und erreichte damit langsam das Blinzel-Blinzel-Zwinker-Zwinker-Stadium für diesen Abend. Thornton kannte das seit Jahren und zeigte sich geduldig. Immerhin hatte Bowsie ihm in der Vergangenheit immer den neuesten Klatsch, den republikanischen Tratsch zugetragen, wenn es sich auch meistens um belanglosen 'Scheißdreck' gehandelt hatte, wie Thornton sich auszudrücken pflegte, der in den frühen sechziger Jahren sechs Monate in den USA verbracht hatte, um über Kennedys Wahlkampf zu berichten. Doch es gab niemand anderen, mit dem er sich hätte unterhalten können, und zuhause wartete auch kein Mensch auf ihn, bis auf seine ältere ledige Schwester, und die mißbilligte das Trinken, Zeitungsfritzen und das späte Schlafengehen – in dieser Reihenfolge. Sie besuchte fanatisch jede Wohltätigkeitsveranstaltung, jedes Temperenzlertreffen. Ihr Bruder titulierte sie 'olle Schrulle' und behauptete von ihr, sie beiße sich am Altar fest. Nein, da zog er es doch vor, diesem Schwätzer zuzuhören, auch wenn er nur Mist quasselte.

Reynolds griff nach seinem Glas und zwinkerte konspirativ. Das brachte ihn zwar auch nicht besser zur Geltung, aber wen interessierte das schon?

„Du weißt, Harry“, säuselte er, „wir sind seit Jahren gute Kumpels. Ich habe dich mit ein paar ganz guten Stories versorgt, oder? Na?“

Thornton nickte. Dabei fielen ihm all die ärgerlichen Situationen ein, in die ihn diese Knalltüte immer wieder gebracht hatte. Im Jahre 1977 etwa, als ihm Reynolds feierlich versichert hatte, daß die Provos einen Waffenstillstand erklären würden, und er ihm das vorschnell geglaubt und seinen Herausgeber überzeugt hatte, diesen 'weltexklusiven Knüller' abzudrucken. Bis der Verkauf der Ausgabe des *Spectator* mit der weltbewegenden Waffenstillstandsschlagzeile in Belfast anlief, waren sechzehn Bomben explodiert und hatten die Geschäftsstraßen in der Innenstadt Belfasts verwüstet. Thornton war über Nacht zum Gespött seiner schreibenden Zunftgenossen geworden, die sich im *Bowes, Mulligans* oder im Presseclub herumtrieben. Reynolds hatte ihn weiterhin mit guten Insiderinformationen versorgt. Und ging nicht alles ohnehin auf Spesen? Er mußte die Drinks für diesen Schluckspecht ja nicht aus eigener Tasche zahlen.

„Ja, Bowsie“, pflichtete er ihm bei, „wir haben einige Geschichten zusammen durchgemacht, oder? Nehmen wir noch eine Runde, bevor es nach Hause geht?“ Reynolds zierte sich.

„Du versuchst doch nicht etwa, mich besoffen zu machen, oder Harry? Nur weil ich heut' abend auf einer ganz heißen Geschichte sitze, he?“

Thornton schüttelte den Kopf und rief den Barkeeper. „Noch zweimal dasselbe, Michael. Also Bowsie, was für eine Story hast du denn auf Lager?“

Vierzig Minuten später, nach drei weiteren Drinks und viel ärgerlichem Hin und Her verließ Thornton Mulligans Bar, ging aber nicht zu seinem Bus, sondern über die Brücke zurück in sein Büro an den Quais. Sein Hirn war leicht benebelt und die Story insgesamt nicht ganz schlüssig, aber sein guter Riecher, sein sechster Sinn als Journalist sagte ihm, daß er einen Knüller landen würde. Die Story konnte unter Umständen sogar mehrfach verwertet werden und Harry eine nette, fette Gehaltsaufbesserung einbringen.

BELFAST
Töte einen Menschen wegen seiner Gedanken im Kopf

„Es verhält sich so, Sir“, berichtete MacIntyre dem kommandierenden Offizier, „O'Brien ist verantwortlich für eine geplante schwere Attentatsserie. Nun, aber nach dem, was wir zusammentragen konnten, kennt nicht einmal er die Anschlagsziele, die beteiligten Personen oder auch nur deren Decknamen. Er hat drei Männer rekrutiert. Wir haben ihre Namen ermittelt, schön, aber er hat sie instruiert, sich total aus der Bewegung zurückzuziehen und jeweils eine weitere Person zu rekrutieren. Wir haben es also mit drei in England oder auf dem Kontinent untergetauchten Kommandos zu tun, die über viel Geld verfügen, das wohl aus der Serie von Banküberfällen stammt, die im letzten Monat im Süden begangen wurden. Bewaffnet sind sie auch, und wir wissen nicht, wo sie zuschlagen werden.“

„Wie sieht es mit ihren Pässen aus? Ausweise? Sonstige Papiere?“

„Auch da war er auf Draht. Er hat sie nicht gesehen. Ein Jemand, den er 'Onkel Chris' nennt, ist dafür zuständig. O'Brien hat keine Ahnung, wer dieser Jemand ist, nannte ihn aber den 'Yank'. Ich sage Ihnen, Sir, die haben sich diesmal wirklich total abgeschottet.“

„Na schön, MacIntyre, beginnen wir mit dem, was wir haben. Ich brauche die drei Namen und die dazugehörigen Akten." MacIntyre war bestens darauf vorbereitet und zog die Akten aus seiner Tasche.

„Der erste, Sir, ist Gerard Pius Enwright, 29. Kommt aus der Jamaica Street in Ardoyne. Saß zwei Jahre wegen des Hijackings eines Autos im Jahre '77. Hätte nach zehn Monaten rauskommen können, beteiligte sich aber mit Nugent und den Jungs am Dreckstreik in den H-Blocks und hat dort auch seine volle Strafe abgesessen. Mai '79 entlassen. Seitdem unbekannten Aufenthalts. Ist in Belfast gesehen worden. Der zweite ist William Delaney, Rufname Liam. Er ist aus dem Brandywell in Derry. Als Teenager am Blutsonntag in Derry verwundet. Ist wohl kurz darauf Mitglied der Fianna geworden und dann in die PIRA aufgestiegen. Sprengstoffspezialist. Operierte vermutlich im Grenzgebiet. Im Norden nicht vorbestraft, saß aber '76 ein Jahr im Süden wegen Mitgliedschaft. Der dritte Mann ist uns ein Rätsel. Phil Clarke. Über den haben wir überhaupt nichts. Alle Fragen, die von der Stimme deswegen an O'Brien gestellt wurden, beantwortete er nur mit einem irrsinnigen Gekicher und brabbelte unaufhörlich 'unser Tag wird kommen' oder so etwas Ähnliches. Der Sergeant geht die Akten noch einmal durch, und wir haben Unterstützung von der Garda in Dublin erbeten. Sie haben versprochen, sich um diesen Mann zu kümmern, und uns alle ihre Daten über Delaney und ein Foto von ihm zu schicken. Von Enwright haben wir eins, aber das ist mehr als fünf Jahre alt, und er hat ganz sicher sein Aussehen verändert."

„Na schön, MacIntyre. Ich möchte einen kompletten Überblick über den Bekanntenkreis von Enwright und Delaney. Wir müssen wissen, mit wem sie aufgewachsen sind, mit wem sie zur Schule gegangen sind. Wir brauchen die Namen ihrer Verwandten und der Angeheirateten. Mit wem trinken sie und wo? Jagen sie die Namen durch den Computer. Wir werden sehen, was dabei herauskommt. Wir prahlen genug damit, daß der Computer uns die Farbe von jedermanns Tapete nennen kann, also sollten wir in der Lage sein, ihr Umfeld durchzuchecken. Und kriegt raus, wer dieser Clarke ist. Und diesen 'Onkel Chris' gibt es ja auch noch. Kriegen wir aus O'Brien nicht den Nachnamen raus? Wenn er in Amerika ist, unterhält er vermutlich Kontakte zu Noraid oder dem Caucus. Rückt dem FBI auf den Pelz. Vielleicht ist er illegal eingereist, und wir können erreichen, daß er des Landes verwiesen und uns überlassen wird. Washington und Langley sind ja seit Reagans Amtsantritt kooperationswillig, aber offen gesagt, gibt es in Sachen Auslieferung noch einige Schwierigkeiten. Die irischen Amerikaner werden es an die große Glocke hängen, wenn so ein betagter Veteran des irischen Bürgerkrieges ausgeliefert werden soll, und Politiker wie Kennedy und Biaggi werden sich an die Paddy-Kampagne dranhängen. Nun, haben Sie irgendwas darüber aus O'Brien rausgekriegt, wann seine sogenannten 'Hasen' in Aktion treten werden?"

MacIntyre schüttelte mit finsterer Miene den Kopf.

„Nein, Sir. Er hat wohl selber keine Ahnung, meinte der Major. Er weiß nur, daß es bald sein wird. Obwohl wir den Saukerl zum Reden gebracht haben, macht er sich immer noch über uns lustig."

„Erzählen Sie mir doch nichts, Mann, der hat doch sicher Vorkehrungen getroffen, wie sie mit ihm in Kontakt treten können und umgekehrt?"

„Natürlich haben sie ihn das gefragt, Sir, aber es ist doch alles sehr vage. Kurz bevor er das letzte Mal ohnmächtig wurde, erwähnte er den 'Korporal' – wohl eine Art Spitzname. Aber sonst nichts."

„Die Gardai sollen das mal im Computer abgleichen. Schließlich haben wir ja das Ding von ihnen bekommen. Oder war es umgekehrt? Die Gardai werden kooperieren, ob sie wollen oder nicht. Sie möchten, wie wir auch, keine weiteren spektakulären Anschläge à la Mountbatten. Dieser Idiot von einem 'Prämier' wird doch zum Arschkriecher, wenn man ihn nur als 'Staatsmann' anerkennt. Mit Michael Collins haben wir es 1921 doch auch hingekriegt. Kraule einen Paddy, und die bekommst einen Stiefellecker."

„Mit Verlaub, Sir, ich glaube, der Hund ist doch etwas anders."

„Das weiß ich, Sie Idiot, was glauben Sie denn, warum wir ihn dieser Behandlung unterziehen mußten? 'Irredentisten' gibt es immer, diese Wahnsinnigen, die nie vergessen, nie vergeben, die wir nicht kaufen, die wir aber eliminieren können. Um diesen schmutzigen, kleinen Krieg zu gewinnen, müssen wir sie nur identifizieren."

MacIntyre hustete. „Da ist noch so eine Sache, Sir. Es ist alles auf Band, aber ich weiß nicht, was ich damit anfangen soll. Ich glaube, er ist ein verdammter Irrer. Kurz bevor er schließlich ohnmächtig wurde, hat er noch etwas rausgelassen."

„Ja?" hakte der Offizier nach. MacIntyre drückte die Taste, und den Raum erfüllten schauerliche Töne, ein leises Raunen, das so unheimlich wie verrückt klang. Es war die Stimme des Hundes. Ein monotoner Singsang.

„Ich entstamme den O'Briens von Ara, von Conagh, von Podelbrien, von den Königen von Thomond. Sieg der starken Hand. Unser Banner mit den drei Löwen war mit Brian Boru in Clontarf. Wir waren die Grafen von Inchiquin, die Markgrafen von Thomond und die Barone des Burren. Wir begleiteten die Wild Geese. Wir erschütterten alle Imperien, aber wir errichteten keines. Wir sind die Tuatha. Wir sind überall."

Der Offizier starrte MacIntyre an. „Er mag ja ein Irrer sein, aber dann ein sehr gefährlicher."

MacIntyre räusperte sich. „Gewiß, Sir, aber was ist jetzt mit dem Gefangenen? Die RUC beschwert sich immer noch, daß die Telefone wegen ihm heißlaufen."

„Dafür ist es jetzt etwas spät, MacIntyre. Ich muß zum Appell. Wir werden ihn zusammenflicken und dann die Jungs von der Londoner Polizei benachrichtigen, daß sie rüberkommen sollen, damit wir ihn los sind. Die können ihn dann wegen Mitgliedschaft in einer terroristischen Vereinigung anklagen und in einem Hochsicherheitstrakt begraben. Auf diese Weise können wir ihn ein paar Monate festsetzen, ohne daß jemand weiß, wo er steckt, und verhindern, daß er sich in Belfast oder Dublin zurückmeldet. Unsere Kollegen in Europa müssen wir ebenfalls umgehend alarmieren und sicherstellen, daß kein Sterbenswörtchen an die verdammte Presse dringt. Wir sind um eine Kopflänge voraus, wissen aber immer noch nicht genug. Die Häfen und Flugplätze müssen rund um die Uhr verstärkt überwacht werden, und wir brauchen alle Unterlagen über sämtliche Gruppen auf dem Kontinent, die Kontakte zu den Paddies haben, also Basken, Bretonen und versprengte Baader-Meinhof-Reste. Und soweit wir wissen, haben sie sich auch mit den verdammten Roten Brigaden in Italien zusammengetan. Jede Menge Leute müssen in dieser Angelegenheit kontaktiert werden. Kümmern Sie sich darum, daß die beiden Fotos abgezogen und gleichzeitig per Telex rausgejagt werden. Los, an die Arbeit!"

MacIntyre salutierte und verschwand auf der Stelle. Der Offizier lehnte sich zurück und zündete sich eine Pfeife an. Es war eine unangenehme Sache, und MacIntyre hatte sie verpfuscht. Er hätte O'Brien nicht diesem Schotten überlassen sollen. MacIntyre war eifrig, aber für eine so wichtige Aufgabe ungeeignet. Er mußte ihn aus dieser Operation herausnehmen. Sollte sie schief gehen, wäre er ein idealer Sündenbock. Die verdammten Psyop-Jungs würden hämisch grinsen. Ihr Feldversuch mit ihrem neuen 'Spielzeug' war ja abgeschlossen. Nun ja, scheißegal, dachte er. Bald würde er damit nichts mehr zu tun haben.

London war dazu verurteilt, sich der Angelegenheit anzunehmen. Er mußte jetzt nur noch seinen Arsch aus der Schußlinie bringen.

O'Brien hatte ebenfalls die Kontrolle verloren. Er lag halb bewußtlos und starr auf einem Feldbett. Er war mit Riemen festgeschnürt, und sein Hirn befand sich auf einer langen Ferienreise. Er spürte den Ruck kaum, als der Hubschrauber abhob und über die Irische See hinweg gen London davonflog. Als O'Brien zwei Tage später im Gerichtsgebäude von Marylebone zum ersten Mal dem Haftrichter vorgeführt wurde, was sich noch mehrmals wiederholen sollte, sah er aus wie ein Zombie. Der in den Gerichtssaal entsandte stille Beobachter der IRA hatte Schwierigkeiten, den Mann wiederzuerkennen, mit dem er erst wenige Monate zuvor in den Wicklow Bergen bei dem Treffen des Armeerates der IRA gesprochen hatte. Der mit O'Briens Verteidigung betraute Vertrauensanwalt konnte kein Wort aus ihm herausbekommen. Sein merkwürdiges Lächeln, sein leerer Gesichtsausdruck waren beängstigend. Selbst die Schließer beunruhigten sich.

„Der ist übergeschnappt", brummelte einer von ihnen.

„Nur zu wahr", antwortete sein Kollege. „Was in Teufels Namen haben sie denn mit dem angestellt?"

Ein flüchtiges Lächeln zeigte sich auf O'Briens Gesicht. Verschwommen dämmerte es ihm aus den Tiefen seines Bewußtseins. Er sprach nach drei Tagen zum ersten Mal. Gedämpft, leise. „Meine Hasen!" murmelte er. „Meine Jungs werden die Saukerle ins Schwitzen bringen."

PARIS

Die Concierge, Madame Dabré, schaute zu dem jungen Priester hinauf. Sie fand kaum Zeit, sich zu wundern, was der denn im Foyer ihres exklusiven Appartementhauses in der Rue Rivoli tat, da wurde ihr der Kopf nach hinten gerissen, und sie nahm den süßen Geruch von Chloroform wahr. Als sie zu sich kam, fand sie sich in ihrer eigenen Besenkammer auf einen Stuhl gefesselt und geknebelt. Sie versuchte zu zappeln und zu schreien, aber ohne Erfolg. Mit gallischem Stoizismus entspannte sie sich und lehnte den Rücken an die Wand. Sie bekam in der Besenkammer genug Luft, und man würde sie sicher bald finden. Es war wirklich aufregend. Bestimmt würde ein Foto von ihr im *Le Souvenir* erscheinen, vielleicht sogar in *Paris Match*. Ihre Schwester in Louvain, diese Hexe, würde vor Neid erblassen.

Sie wunderte sich über den Priester. Warum in aller Welt trug er einen Golfsack?

Über ihr, im luxuriösen Erste-Etage-Appartement von Monsieur und Madame Benoit, die sich gerade in Gstaad im Urlaub befanden, hatte der Priester ganz andere Dinge im Kopf als Madame Dabré. Er war damit beschäftigt, den RPG-Raketenwerfer zusammenzumontieren und dessen Visiereinrichtung zu kontrollieren. Neben ihm entleerte sein 'geistlicher Bruder' gerade die Kiste mit den Percussionsgranaten und überprüfte sein Armalite-Gewehr. Keiner von beiden sprach viel. Sie waren von Natur aus nicht geschwätzig und hatten genug damit zu tun, sich um ihre Ausrüstung zu kümmern.

Der erste 'Priester', Pater Ambrose, den britischen Sicherheitskräften besser unter dem Namen Gerry Enwright bekannt, war an Ruhe gewöhnt. Er hatte vor kurzem erst zwei Jahre im H-Block 5 im Lager Long Kesh in Isolationshaft gesessen. Beim Überprüfen des RPG 7 fiel ihm – wie jeden Tag – die Zelle ein. Der Gestand der Exkremente hatte den ganzen Trakt erfüllt, und sein einziger Einrichtungsgegenstand, eine urinfleckige Matratze, die von den Wärtern jeden Tag mit einem starken Desinfektionsmittel getränkt wurde, hatte wenig Ähnlichkeit mit dem opulent ausgestatteten Appartement der Benoits mit den Gemälden, Teppichen und anderen Kunstwerken. Er spürte die feine Serge seiner erst vor kurzem geschneiderten Soutane und dachte zurück an die grobe Decke, die zwei schreckliche Jahre lang sein einziges Kleidungsstück gewesen war. „Die edelste Kleidung, die ein aufrichtiger Ire tragen kann, ist die Decke eines Gefangenen im Deckenstreik“, hieß es in einem Lied. In einem Lied, das die Emotionen der Guinness und Whiskey trinkenden Biertischpatrioten in den illegalen Trinkhöhlen Belfasts und Derrys oder in den Bars von Bosten oder New York wecken soll, mag das richtig sein, dachte Enwright, aber man will auch irgendwann einmal anständig angezogen sein.

Nicht etwa, daß er die zwei Jahre im Deckenstreik bedauerte. Es war seine Entscheidung. Er hatte seine Prinzipien und sich folglich geweigert, die 'Kriminalisierung' zu akzeptieren. Er war kein Krimineller, sondern Kriegsgefangener. Von Sondergerichten nach Sondergesetzen abgeurteilt. Keine Geschworenen und ein korrupter unionistischer Richter. Er war dem Beispiel Kieran Nugents gefolgt, der ebenfalls aus Belfast stammt und erklärt hatte: „Wenn ihr wollt, daß ich Gefängniskleidung trage, müßt ihr sie mir auf den Rücken nageln.“ Und so haben sie leiden müssen, die Deckenstreikenden. Und Bobby Sands und neun weitere Gefangene waren im Hungerstreik gestorben. Enwright hatte die meisten von ihnen persönlich gekannt. Er war entlassen worden, bevor 1980 die Hungerstreiks anfingen, aber noch immer fühlte er sich emotional als Mann im Deckenstreik.

Es war für ihn 1977 logisch, in den Deckenstreik zu treten, so logisch wie es für ihn 1974 war, sich den Provos anzuschließen, nachdem die Briten seinen jüngeren Bruder erschossen hatten. Sein Knastaufenthalt hatte ihn nur noch härter gemacht, ihn von der Richtigkeit der Sache überzeugt, ihm Zeit zu Reflexion und Analyse verschafft, in der er auch den kathartischen Prozeß durchmachte, ein überzeugter Revolutionär zu werden.

Terence MacSwiney, der Bürgermeister von Cork, der 1920 nach 73tägigem Hungerstreik starb, hatte gesagt: „Nicht die, die das größte Leid zufügen, sondern jene, die das größte Leid tragen können, werden siegen." Nach zwei Jahren Deckenstreik konnte Enwright dem zustimmen. Die täglichen Prügel und die Schikanen der Wärter, die sie verhungern ließen, hatten ihm klar gemacht, daß es dem Quatsch vom 'selbstverschuldeten Leid' jede Menge zu erwidern gab. Als er durch das Visier des RPG 7 schielte, das auf die Tore der auf der anderen Seite der engen Straße gelegenen britischen Botschaft gerichtet war, dachte er plötzlich an 'die Lerche', an Bobby Sands, Unterhausabgeordneter und Märtyrer. „Dir zu Ehre, Bobby", murmelte er.

LONDON

In einer kahlen Zelle, in der die starke Glühbirne rund um die Uhr brannte, schlief der Hund. Der Schließer, der durch den Spion äugte, konnte am unruhigen Schlaf ersehen, daß er träumte. Plötzlich klafften seine Kiefer zu einem schrecklichen Schlund, und ein Krampf verzerrte sein eingefallenes Gesicht. Er lachte. Ein paar gelallte Worte drangen aus einem entstellten Mund. Der Schließer konnte sie nicht verstehen, aber das machte nichts. Den in der Wand versteckten elektronischen Abhörgeräten würde nichts entgehen. Er schob die Klappe vor den Spion und setzte seinen Rundgang fort.

Zwei Monate später würde die Transkription der Bänder, auf denen der Traum des Hundes mitgeschnitten wurde, in Washington, D.C., eine seltsame Kettenreaktion auslösen. Aber der Agent der mit Irland betrauten Abteilung des britischen Geheimdienstes, der am nächsten Morgen die Bänder im Büro des Gefängnisdirektors abhörte, hatte nicht die leiseste Ahnung, was er da akustisch wahrnahm, und versuchte, die entstellten Worte zu entschlüsseln, die über die ausgetrockneten Lippen des Hundes kamen.

„Die Windhunde. Diese Arschlöcher kennen die Windhunde nicht."

Hegarty, der Geheimdienstler, lachte. „Windhunde, um Gottes Willen. Der Paddy ist restlos durchgeknallt", sagte er sich, während er gewissenhaft die Worte in seinen Tagesbericht aufnahm.

PARIS

Damien Morgan saß am Fenster und hätschelte sein Armalite-Gewehr. Er wußte, daß dies die Gelegenheit war, Schadenersatz zu bekommen. Er würde sie sich nicht entgehen lassen.

Morgan war im Belfast der fünfziger und sechziger Jahre aufgewachsen. Bis zu seinem fünfzehnten Geburtstag im Jahre 1969 war er gänzlich unpolitisch gewesen, aber die Pogrome der Orangeisten in jenem Jahr hatten dies schlagartig geändert. Wie vielen anderen Katholiken auch hatte ein johlender Mob besoffener Orangeisten Damien und seiner Familie das Haus niedergebrannt und sie aus der Spamount Street vertrieben, während die sektiererischen durch und durch protestantisch bekennenden Polizeikräfte dabeigestanden und lächelnd zugeschaut hatten. Die Orangeisten waren aus dem gegenüberliegenden Tiger-Bay-Viertel gekommen, und als sie in den frühen Morgenstunden die schwelende Straße verließen und nach Hause stolperten, um einen weiteren großen Sieg über die Papistenbrut zu feiern, mußten Damien und seine Familie ihr vom Feuer zerstörtes Zuhause verlassen, ihre wenigen Habseligkeiten auf einen Handkarren laden und eines der Obdachlosenasyle ansteuern, die in den Gettos eiligst geschaffen worden waren.

Am nächsten Tag hatte Damien das Asyl verlassen und sich zu einem Haus in Turf Lodge begeben, um sich der IRA anzuschließen. Binnen einer Woche war er Mitglied der Fianna, der Jugendorganisation der IRA. Als sich die IRA spaltete, zögerte Morgan nicht einen Moment, sich den Abtrünnigen anzuschließen, die bald als 'die Provos' bekannt waren. Anfangs dominierten ältere Republikaner der vierziger und fünfziger Jahre die eher konservative Truppe. Diese Oldies hatten in den sechziger Jahren der Bewegung den Rücken gekehrt, da die 'offizielle' IRA der Gewalt abgeschworen und sozialistische Phrasen stalinistischer Prägung übernommen hatte.

Die neuen, jungen Mitglieder wie Damien hatten die politischen Differenzen überhaupt nicht interessiert. Sie wollten Action. Sie wollten Gewehre, um ihre Gettos gegen die Polizei und den Orangeistenmob zu verteidigen. Die 'Offiziellen', die schmierigen Schweinehunde, wie sie die jetzige Generation nannte, hatten das IRA-Waffenarsenal der fünfziger Jahre an eine nichtexistente 'Armee für ein Freies Wales' verkauft. Belfast und Derry waren dadurch 1969 den Pogromen schutzlos ausgeliefert. „IRA" stand zwar an den Wänden, wurde aber spöttisch gelesen als „I run away". Die Provos wollten dafür sorgen, daß dies nie mehr geschehen würde.

Morgan entwuchs der Fianna und trat der IRA bei. Er war 1971 in der New Lodge Road, als der erste britische Soldat, der Artillerist Curtis, erschossen wurde. Wie so viele war Morgan verblüfft, als die ersten Truppen in Derry einmarschierten, um die Katholiken vor den Orangeisten und der 'sektiererischen' Polizei zu 'schützen'. Die Flitterwochen waren aber schnell zu Ende gegangen. Die Belagerung der Leeson Street in Belfast und die zunehmenden Brutalitäten gegen die Katholiken brachten große Teile der katholischen Arbeiterklasse dazu, in den britischen Soldaten ihre Feinde zu sehen. Das Lügengebäude britischer Unparteilichkeit war mit dem Beginn der Internierungen im August 1971 endgültig in sich zusammengebrochen. Nur Bürgerrechtsaktivisten und Republikaner, nicht aber die loyalistischen Waffenbrüder und Mörder wurden interniert.

Damien war der Festnahmewelle entkommen, da er sich zu der Zeit auf einem Ausbildungskurs in Dundalk befunden, sich zu der Clique der harten Jungs aus dem Norden gesellt hatte. Die verwandelten die einst verschlafene Grenzstadt in ein El Paso, mit Schußwechseln, Geldbeschaffungsmaßnahmen und Operationen jenseits der nahen Grenze, um es 'mit den Briten aufzunehmen'. In den wenigen Monaten wuchs der Respekt für Damien bei den harten Jungs, bei Männern wie Martin Meehan und Dutch Doherty, die aus dem Gefängnis an der Crumlin Road ausgebrochen und in der Grenzstadt aktiv geworden waren. Damien hatte sich danach gesehnt, einer der ihren zu sein, aber seine erste wirkliche Operation, ein Bombenanschlag in Newry, endete mit einem persönlichen Mißgeschick. Er war auf frischer Tat ertappt und in das Folterzentrum der Polizei in den Gough Barracks von Armagh gebracht worden.

Dort brach der Achtzehnjährige nach zwei Tagen Prügel zusammen, verriet zwei kleine Waffenverstecke und gab die Namen von zwei IRA-Leuten preis. Die RUC ließ ihn unter der Auflage frei, für sie als bezahlter Spitzel zu arbeiten, „sonst ..." Sonst würden sie ihn eben wieder verhaften, ihm einen Mord anhängen oder die IRA wissen lassen, daß er Spitzeldienste geleistet hatte. In letzterem Falle würde die IRA ihn erschießen. Damien hatte sich trotzdem bei seiner Einheit zurückgemeldet und alles offen eingestanden. Der kommandierende IRA-Offizier seiner Brigade war verständnisvoll gewesen, weil ihm bewußt war, daß der Teenager viel durchgemacht hatte. Sie konnten ihm aber nur das Exil nahelegen. Eine Wiederaufnahme in die IRA war ausgeschlossen. Noch am gleichen Abend wurde Damien in Belfast auf die Liverpool-Fähre gebracht und erhielt eine einfache Verhaltensmaßregel: Kehre niemals mehr zurück!

Die folgenden Jahre waren ein Alptraum für ihn. Gelegenheitsarbeiten im Hafen und die Abendkurse an einer höheren technischen Schule, die ihm zwar eine Halbbildung, aber keine vernünftige Arbeit einbrachten. Der Krieg in Irland ging weiter, und irische Bomben gingen sporadisch auch in England hoch. Da war ein Ire aus Belfast auf dem Arbeitsmarkt nicht willkommen, und die Belästigungen durch die englische Polizei garantierten, daß er nie zu lange in demselben Job tätig war. Es gelang ihm ein paarmal, sich in Belfast einzuschleichen, um seine Familie zu besuchen. Er traf auch alte Freunde wie etwa Enwright, mit dem er zusammen zur Schule gegangen war. Aber obwohl die Männer, die sein Exil befohlen hatten, entweder tot oder im Knast waren, galt deren einstige Order weiterhin. Und die ganze Zeit über plagte ihn sein Gewissen. Er hatte Informationen geliefert. Er war, wenn auch gegen seinen Willen, zum Verräter geworden.

Und dann hatte er diesen Brief bekommen. Aus heiterem Himmel – von Enwright. Ein sehr vorsichtiger Brief. Ohne Versprechungen. Dem Brief lag aber eine Eisenbahnfahrkarte nach Dublin bei und die Instruktion, sich zu einem bestimmten Termin im *Carney Arms* in Dun Laoighaire einzufinden. Morgan ließ seinen Wochenlohn, den man ihm noch schuldete, Wochenlohn sein. Noch am gleichen Abend nahm er die Fähre, da der Brief – wenn auch versteckt – auf eine Begnadigung angespielt hatte.

Und nun befand er sich hier in Paris, war als Priester verkleidet und hielt das Armalite-Gewehr, das er in einem kleinen Haus in einer Vorstadt von Paris in Empfang genommen hatte. Das Haus gehörte einem bretonischen Separatisten, der regelmäßig der 'keltischen Musik' wegen Irland besuchte, und sich immer bereit zeigte, den Jungs einen Gefallen zu tun. Morgan wartete mit seinem Gewehr darauf, daß Sir Henry Wakehurst, Botschafter Ihrer Majestät in Frankreich und einer der führenden Geheimdienstexperten Europas, durch die säulengeschmückten Tore der Botschaft fuhr. Er schaute auf seine Armbanduhr. Nur noch ein paar Minuten. Er blickte zu Gerry hinüber und bewunderte erneut, wie der die Ruhe bewahrte. Wenn zwei Jahre im Deckenstreik den etwas gelehrt hatten, dann Geduld. Es war fünf vor zwölf, Donnerstag, der 19. Mai.

LONDON

Zur gleichen Zeit saß Liam Delaney in London im *Codgers Pub,* in einer Seitengasse der Fleet Street, im Herzen der Stadt. Nur wenige seiner alten Freunde, die ihn aus dem Brandywell-Viertel in Derry kannten, wo er aufgewachsen war, hätten ihn so wiedererkannt. Die langen Haare, der Bart und die Koteletten, die sein Vater Halbstarkenlitze nannte, waren verschwunden, Jeans und Jeansjacke abgelegt. Nun war er glatt rasiert und trug einen teuren Armani-Anzug. Seinen Derry-Slang konnte er schwerlich verheimlichen, aber er gab sich ohnehin äußerst wortkarg. Reden war Sache des 'Schufts', seines Genossen. Er schaute erneut auf die Uhr.

Jim Jackson betrat den Raum, schaute sich in der überfüllten Kneipe um, erspähte Delaney und ging an die Bar. Fünf Minuten später setzte er sich an Delaneys Tisch und befreite sich von zwei Pints Watneys, das Delaney, der Guinnesstrinker, als Katzenpisse bezeichnete, und von zwei schottischen Eiern, die auch schon mal bessere Zeiten gesehen hatten.

„Und?"

„Keine Probleme, altes Haus, ich überanstreng' mich schon nicht!"

Wie Delaney war auch er als Gentleman gekleidet, aber während Delaney in seinem ungewohnten Aufzug ungemein komisch aussah, trug Jackson die Dienstkleidung mit einer Selbstsicherheit, als sei ihm die distinguierte Art des Auftretens in die Wiege gelegt worden. Das war nicht weiter erstaunlich, hatte er doch seine ersten zwanzig Lebensjahre, wenn nicht in Harrow, dann mit seinen Eltern, Lord und Lady Gregory Jackson, auf dem Landgut seiner Ahnen in East Grinstead außerhalb Londons verbracht. Sein Vater, ein Londoner Finanzmann, war vor ein paar Jahren gestorben, während Jim in Brunel Chemie studiert hatte. Seine Mutter und sein Stiefvater lebten noch immer auf dem Landgut, Jim hingegen nicht. Er war von zuhause fortgegangen und hatte seine Herkunft verleugnet, den Kontakt zu seiner Mutter aber nicht gänzlich abgebrochen, so daß er noch immer über Zugang zu dem alten Pförtnerhaus auf dem Familiengrundstück verfügte, in dem er in den letzten drei Tagen dem Mann aus Derry bei der Arbeit zugeschaut hatte.

Sie waren ein ungewöhnliches Duo. Der Ire unnachgiebig, stur, ein Macho, zielstrebig bis zur Besessenheit. Im Gegensatz dazu gab sich Jackson verbindlich, gewandt, fast verweichlicht, aber das war alles bloß Fassade. Dahinter verbarg sich kein verzogenes Aristokratensöhnchen. Er pfiff auf Wohlstand und gesellschaftliche Anerkennung. Er haßte diese Gesellschaft, in die er geboren worden war, abgrundtief. Für ihn waren Rebellion, Widerstand, selbst das Böse immer anziehender gewesen als Autorität, Repression und das 'Gute'. Die goldene Mitte, davon war er überzeugt, bedeutete eben Mittelmaß. Wo sollte da das Gold sein? Er war Anarchist und deshalb mit dem Iren zusammen.

Sie waren sich ein Jahr zuvor im Jemen begegnet, in einem Ausbildungslager der PLO. Jackson hatte es als einen der wenigen Überlebenden der Symbionese Liberation Army, der er 1974 während seines Studiums in Berkeley kurz vor der Entführung von Patti Hearst beigetreten war, dorthin verschlagen. Er war den Amerikanern ein Rätsel, aber seine Chemiekenntnisse erwiesen sich als nützlich, obwohl er die SLA kurz nach der Schießerei, bei der General Cinque alias Ex-Betrüger Donald DeFreeze getötet worden war, verlassen hatte. Den Staatsschützern war er nie aufgefallen, obwohl er aus dem Herzen der Bestie, wie er mit Che Guevara Amerika nannte, internationale Verbindungen geknüpft hatte. Er besaß immer noch ein Apartment im North-Beach-Distrikt von San Francisco. Daher also, Jahre später, sein Auftauchen im Ausbildungslager in Sana.

Sie waren ein bunter Haufen in diesem Lager gewesen: hauptsächlich Araber, einige Türken, ein paar versprengte Deutsche aus der RAF und der Bewegung 2. Juni, fünf Mitglieder der Roten Brigaden, ein paar Basken und zwei Iren. Einer dieser Iren war Delaney, und in den kurzen drei Wochen, die sie dort verbrachten, hatte sich eine seltsame Freundschaft zwischen dem schweigsamen Iren aus Derry und dem geselligen Mann aus London entwickelt.

Delaney hatte nicht gewußt, was er mit dem Brit, wie er ihn im Geiste nannte, anfangen sollte, als sie sich das erste Mal begegnet waren. Die Zeit für geselliges Beisammensein war ohnehin knapp bemessen. Die PLO-Ausbilder setzten jedem Einzelnen hart zu. Die Leibeserziehung begann um sechs Uhr morgens. Der Rest des Vormittags war mit Vorlesungen über Waffen und Bombenbau ausgefüllt. Nachmittags folgten Geländeübungen. Anschließend wurden Vorträge über die Schandtaten des Zionismus und die Notwendigkeit internationaler revolutionärer Solidarität gehalten, und um neun Uhr abends waren die meisten Männer und die wenigen Frauen reif für die Koje. Den Iren hatten die Ruhe, das methodische Geschick und die gnadenlose Entschlossenheit des Briten beeindruckt, und so war es zu dieser seltsamen Freundschaft und Kameraderie gekommen. Delaney hatte Wert darauf gelegt, eine Kontaktadresse des Mannes aus London zu bekommen, und daher war ihm auch ein Jahr später, als der Hund ihn mit der Absicht rekrutiert hatte, ihn nach London zu schicken, der ruhige, bombenbastelnde Brit eingefallen. Während er nun, vom Feind umzingelt, in diesem englischen Pub saß und sich in seinem Dreiteiler unwohl fühlte, kam ihm die Gewißheit, die richtige Wahl getroffen zu haben. Es war soweit vorbereitet. Der erste Schritt konnte nun getan werden. Sie würden nur noch schwer aufzuhalten sein.

Jackson war überrascht, als der Mann aus Derry aus heiterem Himmel aufgetaucht war und ihm den Plan unterbreitet hatte. „Ein Gebäude hijacken? Bist du verrückt geworden, Paddy?“ war seine erste Reaktion. Als ihm dann gesteckt wurde, daß tatsächlich vierundzwanzig Gebäude gehijackt würden, glaubte er, der Ire sei von allen guten Geistern verlassen. Nachdem aber Delaney den Plan geduldig und in allen Einzelheiten erläutert hatte, strahlten Jacksons Augen. Es könnte klappen, verdammt, es würde klappen.

Die Tage im Pförtnerhaus hatten sich ebenso gelohnt wie die drei Vormittage im Bankenviertel. Es war, so mußte er sich eingestehen, ein ganz schöner Nervenkitzel. Er hatte sich immer gewünscht, Schauspieler zu werden. Jetzt war dieser Traum in Erfüllung gegangen. Seine Kleidung, sein Auftreten, sein Akzent taten das Ihrige, und es hatte keinerlei Probleme gegeben. Die Bankdirektoren hatten freundliches Entgegenkommen gezeigt und ihm die gewünschten Tresorfächer vermietet. Zwei Banker hatten ihn sogar eingeladen, auf ein Schnäpschen nach oben in den Empfangsraum zu kommen. Drei tödliche Päckchen lagen im Depot, tickten in den Gewölben dreier Filialen der Barclay Bank vor sich hin.

Das erste Päckchen enthielt einen einfachen Sprengsatz, der an diesem Abend um Mitternacht explodierten sollte. Der Zeitzünder der zweiten Bombe würde diese eine Woche später, und der der dritten diese in vierzehn Tagen zur Explosion bringen. Nach der Explosion der ersten Bombe würde natürlich eine Personenbeschreibung von ihm in ganz Großbritannien verbreitet werden, aber das beunruhigte ihn nicht im geringsten. Er war ja schließlich verkleidet gewesen, hatte keine Fingerabdrücke hinterlassen, befand sich auf keiner Polizei- oder Interpol-Liste und würde bis dahin ohnehin weit, weit weg sein. Er berührte sein Portemonnaie in der Innentasche und betastete das Einzelflugticket nach San Francisco, das dort neben seinem falschen Paß und den Reiseschecks ruhte.

Es würde ihm gut tun, die Golden-Gate-Brücke wiederzusehen, sich in sein kleines Apartment auf dem Telegraph Hill zu begeben, bei *Specs* und *Im Zoo* im North-Beach-Distrikt zu trinken, mit der Fähre nach Tiburon überzusetzen und sich unter den coolen Yuppies von Marin zu tummeln, in der Sauna zu sitzen, nach Tahoe hinauf zu fahren und in Squaw Valley Ski zu laufen. Spaß muß sein, nicht immer nur Arbeit, Arbeit, Arbeit. Er lächelte.

„Komm, mein kleiner torftrotteliger Kumpel, trinken wir noch einen. Ich glaube, ein G und T wäre jetzt genau das Richtige für mich."

Delaney runzelte die Stirn. Er gab sich ja wirklich alle Mühe, aber er würde sich an die Frechheiten dieses Engländers nie gewöhnen können. Aber, dachte er, während er sich durch die Menge der Mittagsgäste schlängelte, um die Bestellung aufzugeben, der Brit hatte gute Arbeit geleistet. Jackson lag vermutlich die irische Sache nicht so sehr am Herzen wie ihm, doch sein Haß auf England war so sicher wie das Amen in der Kirche. Ganz sicher.

„Bushmills und einen Gin Tonic", sagte er zu dem Barmädchen. Hatte man nicht immer bloß ein paar Tropfen am Boden seine Glases? Sehnsüchtig dachte er an ein schäumendes Pint Guinness im *Rocker* in Derry. Das Zeug, das sie hier verkauften, war einfach nicht dasselbe.

Mach' dir nichts draus, Liam, sagte er sich. Dafür wird Zeit genug sein, wenn dieser Job erledigt ist. Cuchullain wird es diesen Saukerlen tüchtig heimzahlen.

*

Philomena Clarke bewegte sich. Sie warf einen Blick auf den Radiowecker neben dem Bett. Mein Gott! Es war Mittag. Sie versuchte, sich auf die ungewohnte Umgebung zu konzentrieren.

Die Hochzeitssuite des Carleton Hotels in der Nähe der Kensington High Street. Schlaftrunken räkelte sie sich. Sie fühlte sich nicht besonders gut. In der Nacht, die, wie ihr allmählich dämmerte, sexuell ziemlich aufregend verlaufen war, hatte sie sich schließlich mit einem Plätzchen an der Bettkante des riesigen Doppelbettes zufriedengeben müssen. Sie setzte sich auf, schüttelte ihr langes blondes Haar und griff unter dem zerwühlten Kopfkissen nach der automatischen Walther P. 38, dem Grund für ihren schlechten Schlaf. Neben ihr bewegte sich ihr Partner Tim Kelly alias Bennet alias Mulcahy, drehte sich um und begann zu schnarchen.

Vorsichtig kletterte Phil aus dem Bett, zog sich ihr Kleid über und ging auf Zehenspitzen ins Badezimmer. Sie schloß die Tür und ließ heißes Wasser in die Badewanne einlaufen. Als sie in die Wanne stieg, tat ihr alles weh, dann aber planschte sie vergnügt in den Badesalzen, einer Aufmerksamkeit der *Carleton Hotels Ltd...* Es war lange her, daß sie sich einem solchen Exzeß hingegeben hatte. Zu lange, dachte sie. Fast sieben Jahre. Während sie sich in dem warmen Seifenwasser entspannte, dachte sie an das letzte Mal zurück. Da war im doofen, dumpfen, ollen Belfast, zu der Zeit, als sie Eddie kennengelernt hatte. Den großen Eddie. Eddie mit den lachenden Augen. Eddie, der Extrovertierte, Mittelpunkt und Seele jeder Party. Eddie, der sanfte und leidenschaftliche Liebhaber. Eddie, der unerschrockene, tollkühne, verrückte, dumme, mutige Provo, der seit sieben Jahren einen Meter unter der Erde des republikanischen Ehrenplatzes auf dem Milltown Friedhof ruhte. Sie sah auf ihrer Armbanduhr auf dem Regal neben der Badewanne, welches Datum war. Nur noch drei Tage bis zu seinem Todestag. Der Todestag, an dem sie ihm, tot hin, tot her, ein Geschenk machen würde, das er zu schätzen wüßte. Rache.

Rache hatte immer wieder ihre Schatten auf Phils Leben geworfen. Sie war als Philomena Mary Clarke in New York geboren worden und erstmals als einundzwanzigjährige Studentin nach Irland gereist, aus dem ihre Großeltern in die USA emigriert waren. Ihre Eltern waren Protestanten, wenn auch keine sehr gläubigen, so daß sie nicht in der Tradtion der Großen Hungersnot und des irischen Bürgerkrieges erzogen wurde. Sie war nach Irland gegangen, um an der Queen's Universität von Belfast zu studieren und bei einer Tante zu wohnen. Für irische Geschichte hatte sie sich bis dahin überhaupt nicht interessiert. Aber das änderte sich bald. Es änderte sich an jenem Abend, als sie Eddie Doyle bei einem Schwof an der Universität begegnete und sich auf den ersten Blick leidenschaftlich, hoffnungslos, irrsinnig und unsterblich in ihn verliebt hatte.

Eddie hatte ihr Leben total verändert. Binnen eines Monats hatte sie das Studium gesteckt. Sie war aus dem Haus ihrer Tante aus- und in Eddies enge, heruntergekommene Studentenbude in der Fitzroy Avenue hinter der Universität eingezogen. Das folgende Jahr war das wunderbarste ihres Lebens. Sie lachten viel, tranken billigen Wein, liebten sich, rauchten Dope und gingen jeden Abend zu den Sessions traditioneller irischer Musik. In *Pat's Bar,* bei *Kellys* in Short Strand, oben in der Nähe von Toomebridge im *Crosskeys* und im *Prisoners Defence Club* in Andersonstown. Im *Pure Drop.* Im *Felons Club,* wo man, um Vollmitglied zu werden, mindestens zehn Jahre Knast für Irland auf dem Buckel haben mußte. Eddie hatte sie in wenigen Monaten mit Jahrhunderten irischer Geschichte vollgestopft. Sie lebte in einer keltischen Dämmerung. Sie gehörte zur gar nicht so seltenen Spezies derjenigen, die von heute auf morgen zu Republikanern werden. Eddie kam aus einer republikanischen Familie. Sein Vater war in den vierziger Jahren interniert gewesen, seine Tante ebenso. Ein Onkel war bei dem Versuch, aus dem Knast auszubrechen, erschossen worden. Einer seiner Großväter dirigierte um die Jahrhundertwende die Irish Republican Brotherhood. Zu der Zeit, als Eddie Phil kennenlernte, saßen zwei seiner älteren Brüder in Long Kesh und eine Schwester im Frauengefängnis von Armagh. Alles für die gerechte Sache. Zwangsläufig war Eddie natürlich bei den Provos.

Sie verbrachten zwei wonnevolle Jahre miteinander, die ein jähres Ende fanden, als der unbewaffnete Eddie von einer Undercoverpatrouille des Special Air Services, dem britischen SAS, abgeknallt wurde, als er sich einem Waffenversteck näherte. Irgendjemand hatte Eddie verpfiffen, und er war erschossen worden. So einfach war das. Stadtguerillakrieg in Belfast. Die alte Dame Britannia konnte die Lage nicht mehr länger kontrollieren, würde sich aber weiterhin als Gesetzeshüterin gebärden, ihre Soldaten, Richter, Geschworene und Vollstrecker in einem sein.

Bei der Beerdigung, einer der seit Jahren größten in Westbelfast, hatte die untröstliche Phil zum ersten Mal den Hund getroffen. Eddies Familienangehörige waren freundlich, aber weiterhin reserviert ihr gegenüber. Sie mochten das überschäumend glückliche amerikanische Mädchen und hatten versucht, sie freundlich aufzunehmen. Phil war aber ganz anders als sie. Ihre Religion, ihre Aussprache, ihre Moralvorstellungen, all das war ihnen fremd. Sie hatten Besseres zu tun, als zu versuchen, sie Eddie auszureden oder Phil in ihrer Gegenwart zu kritisieren, aber jetzt, da er tot war, verband sie der Verlust, und Phil fühlte sich in ihrer Gegenwart unbeholfen.

Der Hund war aus anderem Holz geschnitzt. Er zeigte ehrliche Anteilnahme, fast wie ein Onkel. Phil hatte nicht gewußt, daß Eddie zur Truppe des Hundes gehört hatte, einer seiner Jungs gewesen war. Sein Tod machte dem Hund fast so sehr zu schaffen wie Phil, obwohl er das als Soldat nicht zeigen konnte. Aber er war sehr bekümmert und rücksichtsvoll. Als die vom Kummer überwältigte Phil begann, Rache zu schwören, nahm er sie zur Seite und beruhigte sie. Im Lauf der folgenden Wochen war er es, der sich die Zeit nahm, ihr zu erklären, warum sie nicht Mitglied einer kämpfenden Einheit der IRA werden und mit der Waffe in der Hand ihren toten Liebhaber rächen konnte. Er war es auch, der ihre Fähigkeiten zu würdigen wußte und sie überzeugte, eine 'Schläferin' zu werden.

Jahre waren vergangen. Sie hatte ihr Studium an der Universität wieder aufgenommen. In die Staaten würde sie nicht zurückkehren. Sie heulte nicht mehr nächtelang, lebte aber im Zölibat und hielt sich von den Studenten fern. Es verging nicht ein Tag, an dem sie sich nicht nach Eddie sehnte. Das schmerzliche Gefühl der Leere verließ sie nicht, die Zeit konnte die Wunde nicht heilen. Sie legte ihr Examen ab und unterrichtete danach an einer Belfaster Mittelschule. Die Erinnerung an Eddie band sie an diese Stadt. Eines Abends dann hatte es zu später Stunde an der Tür ihrer Wohnung geklopft. Es war der Hund. Sie war gerade damit beschäftigt gewesen, sich auf die Sommerferien vorzubereiten. Sie hatte mit einer Freundin eine Reise nach Korfu geplant, aber was der Hund ihr zu sagen hatte, ließ sie all das vergessen. In der darauffolgenden Woche verschwand sie unmittelbar nach Ferienbeginn zu einem Kursus, zu einem der Kurse des Hundes.

Der fand in einer Villa außerhalb Roms statt, die den Roten Brigaden gehörte. Es war keine Vergnügungsreise, sie hatte dort härter als alle anderen gearbeitet, um zu beweisen, daß sie, wenn es um den Umgang mit Waffen oder Sprengstoff, um Planung und revolutionäre Strategie ging, den Männern ebenbürtig war. Am Ende des Sommers war sie als veränderte Frau in die öde Langeweile ihres Lehrerinnendaseins zurückgekehrt. Sie hatte jetzt eine Aufgabe und sich fortan abrufbereit gehalten. Als die Aufforderung ein Jahr später kam, war sie einsatzbereit.

Sie wußte auch, wen sie als Partner rekrutieren würde. Monatelang hatte sie darüber nachgedacht. Tim Kelly. Aus Short Strand in Belfast. Clyde Street. Der Internierungswelle von 1971 war er entkommen und hatte seitdem in Dublin gewohnt. Er war ein enger Freund von Eddie gewesen. Er hatte mit ihm zusammen auf den unwegsamen Straßen, die in Zickzacklinien diese wahnwitzige, künstliche, 317 Meilen lange Grenze kreuzten, Waffen nach Norden geschmuggelt. Fünf Jahre lang war er Monat für Monat entweder selber mit dem Kriegsgerät über die Grenze gefahren oder hatte den Schmuggel über die von Hecken gesäumten, mäandernden Nebenstraßen überwacht.

Er war sehr geschickt vorgegangen, hatte aber auch Glück gehabt. Mehrere Male wären die Transporte beinah schief gegangen, aber er war nie erwischt worden. Er war sauber, nicht erfaßt. Dann hatte er anscheinend der Bewegung den Rücken gekehrt und war einer angesehenen Tätigkeit als Mitherausgeber einer konservativen Dubliner Zeitung nachgegangen. Er blieb für sich, mied die Rebellen-Kneipen und die Beerdigungen. Aber er war ein stiller Fanatiker. Ein überzeugter Republikaner. So dachte sie. Was aber weder Phil noch irgendjemand sonst aus der Bewegung wußte: Er hütete ein Geheimnis.

Es hatte alles mit einem merkwürdigen Ereignis begonnen, einem Vorfall, den er sich bis zum heutigen Tage nicht recht erklären konnte. Oder hatte er lediglich halluziniert? Oder war er nur rein zufällig auf etwas gestoßen? War ein Paranoiker nicht ein Mensch, der eine unbewußte Vorstellung davon hatte, was wirklich vor sich ging? Er konnte sich darauf keinen rechten Reim machen. Vor vier Jahren war er eines Freitagnachmittags in das Personalbüro zitiert worden, um wegen seines Zuspätkommens gerügt zu werden – der Schmuggel von Zündern nach Newry hatte länger gedauert als erwartet. Als er das Kämmerchen betrat, das Frank Doherty sein Büro nannte, war er nicht besonders nervös gewesen.

„Ah, Mulcahy (diesen Namen benutzte Kelly damals), ich höre, Sie sind heute schon wieder zu spät gekommen."

Kelly wollte die üblichen Entschuldigungen vorbringen. In Wirklichkeit interessierte ihn dieser Job, der darin bestand, Texte zu kürzen und zusammenzukleben und in den Artikeln anderer nicht des Inhalts, sondern der Länge wegen herumzustreichen, nicht die Bohne. Er hätte, wenn er wollte, auf der Stelle einen anderen Job bekommen können. Dann aber überkam es ihn. Er starrte Doherty an, als hätte er ihn nie zuvor gesehen. Der Mann war tot. Er konnte durch seine Haut hindurch das Skelett sehen. Die Knochen wurden durch feinen Kupferdraht zusammengehalten. Die Organe, das Herz, die Leber, die Niere – alles aus Plastik und rostfreiem Stahl. Die Stimme hallte über eine Verstärkeranlage vom Band. Er hatte einen Roboter vor sich.

Er schüttelte sich, aber das nützte nichts. Die Halluzination, wenn es denn eine war, verschwand nicht. Er hörte den milden Tadel nicht, und es schien Minuten zu dauern, bis er feststellte, daß er entlassen war, nicht aus dem Job, lediglich aus der Gegenwart des Roboters, entlassen mit einer Verwarnung. Als ihn Panik erfaßte, machte er auf dem Absatz kehrt und verließ das Büro. Er ging aus dem Haus. Er starrte die Leute auf der Straße an. Die Dubliner Arbeiter gingen beflissen ihrer jeweiligen Tätigkeit nach. Er spazierte die Quais entlang, betrat Barneys Pub und hatte so schnell ein Pint geordert, daß er es selbst kaum realisierte. Normalerweise rührte er kein Bier an. Er saß an diesem schmuddeligen, schäbigen Tisch und stützte den Kopf in die Hände. Es mußte doch eine logische Erklärung dafür geben, sinnierte er. Klar doch, logisch – er stand vor dem Zusammenbruch. Katatonie, begleitet von paranoiden Wahnideen. Er versuchte aus seinem Gedächtnis hervorzukramen, was er über Schizophrenie wußte. Ein Schizophrener war eine Person, die gesellschaftlich determinierten Normen nicht entsprechen konnte. Die Realität, von der ein Schizophrener abwich, beziehungsweise an die er sich nie hatte anpassen können, war die Realität gesellschaftlichen Lebens, eines Lebens in einer vorgegebenen Kultur? Leben, das von Kindheit an Stück für Stück erlernt war, dessen Regeln von Autoritätspersonen: Eltern, Lehrern, Priestern, Kameraden vermittelt wurde. Er mußte auf die Couch!

Irgendetwas jedoch hielt ihn zurück. Ein Terrorpeut! Was könnte der schon tun? Ihm eine Gehirnwäsche verpassen, ihn zwingen, das Inakzeptable zu akzeptieren. Natürlich konnte er ihn konformes Verhalten, Anpassung an die Norm lehren, wenn es situationale Schizophrenie wäre. Diese lästige Norm, der sich die überwiegende Mehrheit, wenn auch in vielen Fällen nur zögernd, fügte. Aber angenommen, es war keine Halluzination, nur einmal angenommen, was dann? Was sollte er tun, wenn es eine Vision, ein Zeichen war. Nein, dann würde er ja verrückt werden. Sie würden ihn in die Klapsmühle zu den anderen Verrückten stecken, wenn er weiter derartigen Gedanken nachhängen sollte. Er war nicht stark genug, dunklen Pfaden zu folgen, sich aus der Realität auszuklinken und zu sehen, was dann passierte.

Er unternahm zunächst nichts. Er ging weiter seiner langweiligen, sicheren Arbeit nach, achtete darauf, nicht noch einmal Frank Doherty zu begegnen oder dem Wesen, das sich Frank

Doherty nannte. Er verließ die Bewegung. Er war ja schließlich lange genug dabei gewesen. Fünf Jahre – weitaus länger als der Durchschnitt. Seine Genossen zeigten Verständnis, obwohl sie ihn nicht gern gehen ließen, denn schließlich war er ein guter Kämpfer. Nur wenige konnten so viel auf sich nehmen wie er. Er wurde zu einem weltabgeschiedenen Einzelgänger. Er vermutete, daß Schizophrene dazu tendierten, mit anderen Menschen durch ihr Unterbewußtsein zu kommunizieren, die äußere Erscheinungswelt ignorierten und unter die Oberfläche schauten. Was er sah, bot keinen schönen Anblick.

Er ging von diesem Zeitpunkt an häufig in die Volksbücherei. Er entlieh zunächst Psychologiebücher, Bücher, denen er mehr über Schizophrenie entnehmen konnte. Aber je mehr er las, desto unzufriedener wurde er. Diese Leute waren Scharlatane. Er nahm sich Jung vor und wurde durch das kollektive Unbewußte voll in Anspruch genommen. Er kehrte zu irischen Mythen und Legenden zurück und stieß auf die Tuatha de Dannan und allmählich dämmerte ihm, daß sie in ihm kommunizierten. Er hörte in der Nacht keine Stimmen, sah keine furchterregenden Gespenster, aber sie suchten ihn heim. Im Traum. Und er bekam eine Vorstellung davon, was Paranoia ist. Burroughs behauptet, daß ein Paranoiker ein Mensch sei, der eine vage Vorstellung davon habe, was wirklich vor sich geht, und Kelly stimmte dem zu. Er postulierte jedoch auch, daß Paranoia die unfreiwillige Aufnahme der unterdrückten und feindseligen Gedanken anderer Leute sein könnte.

Und plötzlich, wie aus heiterem Himmel, hatte ihn Phil aufgesucht, ihn an Eddie erinnert und daran, was er seinem toten Freund schuldig sei. Ihm war keine Wahl geblieben. Und nun war er hier.

Während Phil sich einseifte, überlegte sie erstaunt, welch verdammt guter Liebhaber er war. Sie hatte sich auf ihn eigentlich gar nicht körperlich einlassen wollen. Das war das letzte, wonach ihr der Sinn gestanden hatte, als sie die Hochzeitssuite als Flitterwöchner am Abend zuvor unter falschem Namen angemietet hatten. Aber die vom Hotelmanagement spendierte, im Eiskübel wartende Flasche Champagner und ihre nervöse Gespanntheit hatten alle Vorsätze vergessen gemacht. So schien alles ganz natürlich zu sein.

Während sie sich abtrocknete, begann sie zu pfeifen. Sie war nicht gerade gut darin, aber die selige Edith Piaf würde womöglich die ersten paar Takte von „Je ne regrette rien“ erkannt haben. Eddie hätte sicher nichts dagegen gehabt, dachte sie sich.

BELFAST

Der befehlshabende Offizier war sehr gelassen.

„Das ist so eine Sache, MacIntyre", sagte er. „Irgendeiner muß den Kopf hinhalten, aber ich werde es nicht tun. Sie sind ab sofort des Dienstes enthoben. Ich kommandiere Sie zu einer Übung ab, damit wir Sie hier los sind. Es gab einigen Wirbel Ihretwegen, und die RUC zeigt sich nicht sehr kooperativ. Einige dieser verdammten Labour-Abgeordneten bezichtigen uns erneut der Folter. MacIntyre, Sie sind schlichtweg ein Ärgernis! Ich weiß auch gar nicht, wieso Sie sich so anstellen. Die meisten unserer Männer würden sich doch ein Bein ausreißen, um kostenlos nach Amerika fahren zu dürfen. Auch noch nach Kalifornien. Dort findet eine gemeinsame Übung mit den Yanks statt. Ich bin sicher, daß Sie dort viel frische Luft abkriegen werden, ganz zu schweigen von einigen gesellschaftsfeindlichen Krankheiten. San Francisco scheint von Homos überschwemmt zu sein. Nein, kein Wort mehr. Wegtreten!"

MacIntyre salutierte zähneknirschend und trat ab. Der befehlshabende Offizier widmete sich wieder der Lektüre der *Times.*

DUBLIN

Harry Thornton konferierte mit seinem Chefredakteur. Es war wie immer eine frustrierende Angelegenheit. Matt Ryan, Chefredakteur des *Spectator,* war ein Geschäftsmann und kein Journalist. Seine Philosophie, wie sich eine Zeitung verkaufen ließ, war simpel.

„Ärsche und Titten, Jungs, das will doch der Durchschnittsleser zu sehen kriegen, und wir werden ihn nicht enttäuschen", pflegte Ryan auszuposaunen, wenn er im *Jury* ein paar Whiskey zuviel gekippt hatte. Er und Thornton, den er insgeheim mit dem Namen „Erstmeldung" verspottete, machten aus ihrer gegenseitigen Abneigung keinen Hehl. Thornton, der aufgrund seines Alters nicht entlassen werden konnte, wurde gewöhnlich angewiesen, sich in den Fernschreiberraum zu verdrücken und sich um die Agenturmeldungen zu kümmern. Das war manchmal äußerst frustrierend, aber im großen und ganzen gefiel es Harry. An diesem Morgen war es anders. Harry war davon überzeugt, mit *der* Geschichte überhaupt aufwarten zu können, aber um sie schreiben zu können, benötigte er Ryans Erlaubnis. Nach fünfzehnminütiger hitziger Diskussion ging es nicht mehr weiter, hatten sich unüberbrückbare Differenzen aufgetan. Thornton startete einen allerletzten Anlauf.

„Also, Mr. Ryan, sehen Sie denn nicht, daß das der Knüller ist? Wenn es sich bei dem Mann, den die Brits in Belfast festgenommen und dann in England haben verschwinden lassen, wirklich um den Hund handelt, und wenn er diese selbständig operierenden Zellen organisiert hat, dann ist mit wirklich spektakulären Aktionen zu rechnen, dann ist es vorbei mit den Friedensgesprächen."

„Moment mal, Harry. Diese Gerüchte über Friedensgespräche basieren doch auf reiner Spekulation. Die Briten haben wiederholt dementiert, Kontakte zu den Provos zu unterhalten. 'Keine Gespräche mit Terroristen!' Sie kennen diese Linie so gut wie jeder andere auch."

„Mr. Ryan ..." Harry zügelte ausnahmsweise einmal seine Zunge. „Mr. Ryan, es hat Friedensgespräche gegeben, inoffiziell, sicher, aber der Armeerat der Provos ist gespalten und wenn wirklich der Hund festgenommen wurde, kann es sein, daß die Tauben die Oberhand gewinnen. Natürlich werden die Brits verlautbaren lassen, daß es keine Verhandlungen mit Terroristen gibt, das haben sie doch immer getan. Aber wurden nicht 1972 Internierte aus Long Kesh nach London geflogen, um einen Waffenstillstand auszuhandeln? Makarios, Kenyatta und Mugabe galten doch auch gestern noch als Terroristen und einen Tag später als Staatsmänner, die mit Ihrer Majestät im *Buckhaus* Tee trinken durften. Kapieren Sie das doch, Mr. Ryan, das ist ein abgekartetes Spiel der Briten. Wir haben die Exklusivstory und können damit vor allen anderen rauskommen."

Ryan zog an seiner Zigarre. Er haßte die Raucherei, glaubte aber, daß sie zu seinem Image gehörte. Weit gefehlt. Die Redaktion sah in ihm dadurch einen noch größeren Aufschneider. Er beugte sich nach vorn. „Nein, Harry, für mich ist die Sache klar. Das einzige, was Sie vorzubringen haben, ist das Getratsche von einem Ihrer besoffenen republikanischen Kneipenhänger. Deswegen ändere ich doch keine Titelseite. Wir haben einen netten kleinen Aufmacher über eine singende Nonne, die gerade ihre erste Langspielplatte besingt. So etwas wollen die Leser. Die haben die Schnauze voll von den Provos und der Politik. Kommt nicht in Frage und damit basta!"

Thornton stand auf. Er war müde. Sehr müde. Er hatte die ganze Nacht damit verbracht, an der Geschichte zu zimmern, Bestätigungen, 'keinen Kommentar' und ähnliche Dementi einzuholen. Er wußte, daß er recht hatte und daß etwas wirklich

Großes in der Luft lag, aber dieser Schleimscheißer ließ ihn das nicht schreiben! Scheiß drauf! Für Harry Thornton, 62, war die Sache noch längst nicht erledigt. Er würde es bei einer anderen Zeitung versuchen. Er begab sich an seinen Schreibtisch, setzte sich an die klapprige *Underwood,* die immer noch besser war als diese neumodischen Textverarbeitungsgeräte und zog sein abgeschabtes, eselsohriges Adreßbuch hervor. Er griff zum Telefon, überlegte es sich dann aber anders. Nein, es wäre besser, von einem Pub aus anzurufen. Außerdem brummte ihm der Schädel, und er brauchte eine 'Kur'.

„Ich bin in einer Stunde zurück, Dymphna", murmelte er, während er die Hintertreppe ansteuerte, die auf den Burgh Quay führte. Die Sekretärin nickte. Wen kümmert das schon, dachte sie. Sie arbeitete zwar erst seit drei Monaten hier, wußte aber längst, wer aufsteigen würde und wer auf dem absteigenden Ast war, und Harry Thornton war für sie längst die Zeitung von gestern.

Wieder in seinem Büro, verschnaufte Matt Ryan einen Moment. Dann griff er zu seinem Privattelefon. „Verbinde mich auf einer sicheren Leitung nach draußen, Maeve", sagte er zur Telefonistin. Binnen weniger Minuten sprach er mit einem ranghohen britischen Geheimdienstler, der in seinem kleinen Büro in einer Seitenstraße von Stephens Green saß.

PARIS

Sir Henry Wakehurst, Träger des Ordens, Komtur des britischen Empire und geschmückt mit anderem Lametta, zu langweilig, um sich damit aufzuhalten, war in ausgezeichneter Stimmung. Er hatte gerade ein vorzügliches, vom französischen Küchenchef der Botschaft zubereitetes Diner eingenommen, ein superbes Wachtelconsommé, gefolgt von einem in Weißwein pochierten und mit Kaviar gefüllten Gürkchen, garniertem Sterletfilet à l'Orloff, und es mit recht außergewöhnlichem Moselwein aus den Botschaftskellern runtergespült. Jetzt saß er im chauffeurgelenkten Rolls Royce und sinnierte über den Rest des Tages nach. Das Treffen am Nachmittag mit den alliierten Generalstabschefs würde wohl äußerst langweilig werden. Diese Amerikaner neigten dazu, sich ziemlich unzivilisiert aufzuführen, aber um sieben würde alles vorbei sein, und er könnte sich danach in den Club begeben. Henri hatte ihm einen Bordeaux Ausone, Jahrgang 75, verhießen, den er unbedingt probieren müsse. Danach würde er es einmal mit dem neuen russischen Restaurant auf der Rue

Amelot probieren, das Sir Lionel ihm empfohlen hatte. Anschließend würde er in das diskrete Etablissement von Madame LeFebre gehen, das sich in der Nähe des Boulevard George V befand. Das letzte Mal, als er dort war, hatte er sich wahrlich selbst übertroffen, und diese zwei kleinen Flittchen hatten ihn inständig um mehr gebeten. Na, heute abend würden sie bekommen, wonach sie verlangten.

Er grinste vergnügt in sich hinein und biß das Ende seiner Corona ab. Das mochte die Etikette nicht erlauben, hatte aber etwas äußerst Männliches. Sir Henry fühlte sich – Orden hin, staatliche Auszeichnungen her – als gestandenes Mannsbild. Er warf einen flüchtigen Blick auf das Interieur des gerade neu ausgebauten Rolls. Die Amerikaner hatten ganze Arbeit geleistet. Angesichts dieser terroristischen Anschläge konnte man doch nicht vorsichtig genug sein. Die kugelsicheren Reifen, der Mikrowellen-TV-Scanner, der explosionssichere Benzintank, der Sprengstoffdetektor und die Sauerstoffgeräte waren alle äußerst geschmackvoll eingebaut worden. Es ging nicht an, den Feind gleich sehen zu lassen, daß man Angst hatte. Man mußte eine gute Figur abgeben. Die Einheimischen erwarteten das, und alles in allem war das hier sehr gelungen: Würde, Stil und versteckter Schutz! Schade nur, daß sie die Sau nicht ganz rausgelassen und keine versteckten Maschinengewehre, keine Ölauslaßventile am Heck und keinen Schleudersitz angebracht hatten. Sir Henry war ein glühender Bewunderer des guten, alten Ian Fleming, wenngleich er dies niemals zugeben würde. Diese ewigen Kürzungen im Staatshaushalt! Dennoch war er insgesamt zufrieden. Er zog an der Corona und sprach in die Gegensprechanlage. „Fahren Sie los, Maurice!“

Geräuschlos glitt der Wagen durch das schmiedeeiserne Tor der Botschaft auf die Rue de Rivoli. Die Motorradeskorte folgte. Als der Rolls nach rechts abbog, blickte Sir Henry auf. Es war ein wunderschöner Tag. Ihm fiel ein Satz aus seinem Schulfranzösisch ein. Er war mehr Soldat als Diplomat, und so war sein abscheuliches Französisch seinen Kollegen bei Empfängen ein Greuel, aber dieses Mal glaubte er richtig zu liegen. „Il fait beau jour. Le soleil brille et les oiseaux chantent dans les arbres.“ Das waren die letzten Gedanken dieses alten Schnarchsacks, denn Pater Ambrose drückte auf den Abzug des RPG 7.

Die Rakete erzielte einen Volltreffer, brach durch die schußsichere Windschutzscheibe, und pflatschte Maurice Robson aus Bethnal Green, London, vor seinem Tod Chauffeur im Staatsdienst, und Sir Henry, ehemaliger Spion, an den doppeltverstärkten, feuerbeständigen Benzintank im Heck der Limousine. Der Tank hatte die Erwartungen der amerikanischen Autobastler erfüllt und war nicht explodiert, aber das spielte für das, was von Sir Henry und seinem Chauffeur übriggeblieben war, keine Rolle mehr. Als die Sicherheitsbeamten mit gezückten Knarren von ihren Motorrädern sprangen, eröffnete Morgan aus seinem Armalite-Gewehr das Feuer. Enwright ließ den Raketenwerfer fallen und lobbte zwei Granaten in das blutige Chaos unten auf der Straße. Morgan hatte bereits sein Armalite-Gewehr zerlegt und verstaute nun den Raketenwerfer in einen Golfbeutel.

„Sollen wir gehen, Pater?"

„Warum nicht, mein Sohn."

Als sie aus dem Appartement rannten und das Haus über die Hintertreppe verließen, hinterließen sie eine traurige Szenerie für Monsieur und Madame Benoit. Einer ihrer unbezahlbaren Wandteppiche vom Hofe Ludwig XIV. war durch den Feuerrückstoß des RPG ins Schwelen geraten und dann in Flammen aufgegangen. Als sie im Erdgeschoß den Lärm vernahm, begann Madame Dabré sich seelisch für die Fernsehkameras aufzuputzen. Sie war sich nicht sicher, was sich ereignet hatte, aber es war gewiß etwas für die Sechs-Uhr-Nachrichten. Sie war im Begriff, ein Star zu werden, und machte sich eine Notiz im Geiste, ja ihre Schwester anzurufen. Die Zicke würde blaß werden vor Neid.

Da das Verkehrschaos auf der Rue Faubourg de la Rivoli immer mehr anwuchs, begannen die aufgebrachten Pariser Autofahrer mit einem Hupkonzert. Das Blaulicht und die durchdringenden Sirenen der Polizei- und Krankenwagen halfen den Einsatzkräften wenig, um in die enge, zur Botschaft führende Einbahnstraße zu gelangen. Als sie schließlich dort ankamen, trafen sie auf bestürzte und entsetzte britische Sicherheitsbeamte. Der Botschafter und sein Chauffeur waren tot, ebenso drei Leibwächter, zwei französische Polizisten lagen verwundet auf dem Bürgersteig. Die Schaufensterscheiben der gegenüber der Botschaft gelegenen Modeboutiquen waren zertrümmert, und Dutzende von Touristen und Passanten hatten einen Schock erlitten oder waren durch umherfliegende Glassplitter verletzt worden. In diesem Chaos hatten nur wenige, wenn überhaupt jemand Zeit, den zwei Priestern auf dem Kawasaki-Motorroller Beachtung zu schenken, die in hundert Meter Entfernung aus einem Gäßchen auftauchten, das parallel zur Hauptstraße verlief. Der Roller wand sich mühelos durch den Verkehr und überquerte die Seine. Eine halbe Stunde später saßen die Priester, die sich ihrer Soutanen entledigt hatten, vor einem ruhigen Bistro und nippten an ihren zwei 'demis'. Morgan hatte bereits zweimal jeweils dreißig Sekunden lang telefoniert, einmal mit *Le Monde* und das zweite Mal mit *Libération,* der führenden linken Tageszeitung. Sein Französisch war nicht das beste, aber die erstaunten Telefonistinnen hatten das Codewort Bastard enträtseln und und aus dem Tatbericht entnehmen können, daß 'La Brigade Cuchullain' in Aktion getreten war.

Beim DST, dem französichen Geheimdienst, rauchte Inspektor René Carasso, ein fetter, glatzköpfiger Karriereoffizier, seine siebenundvierzigste Gauloise. Sales Anglaises, brummelte er vor sich hin. Maudits Irelandaises. Der Inspektor war nicht anglophil und nahm den britischen Geheimdiensten die Flut wutentbrannter Anrufe übel, die ihn aus ganz Europa und direkt aus London erreichten. Mußte ihn denn gleich jeder britische Agent anrufen? Seit zehn Jahren war er mit seinem Auftrag, der Verfolgung des anglo-irischen Krieges, ganz glücklich. Paris war der Tummelplatz vieler Freiheitskämpfer aus aller Herren Länder. Bislang hatte er sich mit der andauernden Fehde zwischen Arabern und Israelis zu befassen, die sich gegenseitig umbrachten. Mit Carlos' Waffenlieferungen. Den Mitgliedern der Roten Armee Fraktion. Den Roten Brigaden. Den lateinamerikanischen Exilanten der Tupamaros und Montoneros. Das letzte, was er jetzt brauchen konnte, waren die Paddies und die Brits.

Resigniert instruierte er seinen Stellvertreter. „Machen Sie sich an die Akten über alle französischen Irlandsolidaritätskomitees! Durchkämmen Sie alle Bars, in denen die Kelten rumhängen! Zusätzliche Polizeistreifen auf den Straßen und in den Bistros!" Insgeheim wußte er, daß das Zeitverschwendung war. Diese Gruppe war zu professionell. Ihre Mitglieder würden auf keinen Fall zu den örtlichen pro-irischen Organisationen Kontakt aufgenommen haben und waren vermutlich längst außer Landes. Madame Dabré, die Concièrge, hatte sie als einzige gesehen, und ihre Beschreibung war keinen Pfifferling wert. Die Flughäfen und Bahnhöfe waren offiziell abgeriegelt, aber kein Mensch wußte, wonach eigentlich gesucht wurde. Einige irische Touristen würden Unannehmlichkeiten bekommen. Jede Menge Flics würde Überstundengeld beanspruchen. Und das war alles. Er war sich sicher, daß, wer immer sich auch hinter der Cuchullain Brigade verbergen mochte, jetzt – zehn Stunden nach dem Attentat – längst weit, weit weg war. Er sollte Recht behalten. Während er frustriert den Telefonhörer abnahm, um ein weiteres Mal die Kollegen in London anzurufen, lief der Zug Paris–Amsterdam in Rhenen in Holland ein.

LONDON

Zur gleichen Zeit, da Sir Henry seine Empfehlungsschreiben bei der Großen Botschaft im Himmel präsentierte, versuchte Phil Clarke einen schnarchenden Tim Kelly wach zu kriegen, indem sie ihm ein Biskuit in den Mund stopfte. Eine Stunde später schaltete sie den Fernseher ein, um sich mit den Dreizehn-Uhr-Nachrichten des ITN die Zeit zu vertreiben, bis Kelly seine Morgentoilette beendet hatte. Phil sprang auf, als die laufende Sendung durch eine Kurznachricht unterbrochen wurde, schleuderte ihr Notizbuch in die Ecke und eilte ins Badezimmer.

„Tim, komm raus und hör dir das an!"

Kelly erschien verschlafen und nur mit einem Handtuch bekleidet im Schlafzimmer.

„Was ist los, Kindchen?"

„Pst! Sie werden es gleich noch einmal ausführlicher bringen, wenn sie weitere Einzelheiten wissen. Es hat begonnen."

„Ja!" Kelly wachte auf. „Wo?"

„Paris."

„Wer?"

„Der britische Botschafter."

„Ist er tot?"

„Halt den Mund. Da sind sie wieder."

Sie schauten sich zusammen an, wie der Nachrichtensprecher mit ernster Miene die wenigen Einzelheiten wiederholte, die gerade bekannt geworden waren. Wie es hieß, war auf den britischen Botschafter in Paris ein Anschlag verübt worden. Man befürchtete, daß der Botschafter, Sir Henry Wakehurst, zusammen mit einigen Leibwächtern dabei ums Leben gekommen war. Es seien noch keine Verdächtigen festgenommen worden, aber unbestätigten Meldungen zufolge habe eine bislang unbekannte irische Organisation, die 'Kuckulinn', die Verantwortung übernommen. Der Nachrichtensprecher versicherte, daß man sich um weitere Einzelheiten bemühte und ein zusammenfassender Bericht in den Nachrichten um siebzehn Uhr fünfzig ausgestrahlt würde. Phil schaltete aufgeregt den Fernseher ab.

„Kuckulinn? Was zum Teufel ist das denn, Tim? Was gickelst du denn so, du alberner Mick?"

Kelly lag auf dem Rücken im Bett, strampelte mit den Beinen

und konnte sich vor Lachen kaum mehr halten. Langsam faßte er sich wieder. „Cuchullain, meine liebe Freundin, Cuchullain ist der Hund von Ulster. Der Held, der an Ulsters Furt zur Zeit des Rinderraubes von Cooley gegen Königin Maeve und Vierfünftel Irlands gekämpft hat. Der tapferste aller Kämpen des Roten Zweiges. Ich weiß nicht, wer die Leute sind, die der Hund nach Paris geschickt hat, sie kennen jedenfalls ihre keltische Geschichte. Alle Achtung! Nun, Liebchen, was liegt an? Du hast bis jetzt kein Sterbenswörtchen darüber verloren, wen wir angreifen werden. Es ist aber offenbar an der Zeit loszulegen."

Phil atmete tief durch. Er hatte recht. Es waren nur noch knapp zwei Tage bis zu Eddies Todestag. „Tim", sagte sie, „hast du schon einmal etwas von der Bilderberg Gruppe gehört?"

„Nein, was machen die denn? Versicherungsgeschäfte?"

Sie schüttelte den Kopf und klärte ihn auf. Seit der Hund ihr den Plan erläutert, auf ihre Selbständigkeit verwiesen und ihr freie Hand gelassen hatte, wen sie rekrutieren und welche Ziele sie angreifen solle, las Phil begierig alle möglichen Zeitungen, besonders die Finanzblätter. Diese Aktion mußte spektakulär sein, mußte das Establishment erschüttern, mußte der chauvinistischen Altmännergarde in der Bewegung beweisen, daß sie ebenso gut ihren Mann stehen konnte wie ein Typ. Vor einem Monat war sie auf das ideale Angriffsziel gestoßen – die Bilderberg Gruppe.

1952 auf Initiative des mittlerweile verstorbenen, obskuren polnischen Staatskundlers Dr. Joseph Retinger und Prinz Bernhards der Niederlande gegründet, erregte die Gruppe das Interesse von Walter Bedell Smith, dem damaligen CIA-Direktor. Aus den bescheidenen Anfängen vor mehr als dreißig Jahren hatte sich die Gruppe in aller Heimlichkeit zur mächtigsten Lobby der westlichen Welt entwickelt. Jahr für Jahr diskutieren 120 einflußreiche Männer und ein paar Frauen drei Tage lang hinter verschlossenen Türen, um festzulegen, welche Politik die 'demokratischen' Nationen der Welt betreiben sollten. Das ist ihnen möglich, weil zur Bilderberg Gruppe die Führungseliten der Industrienationen gehören: Bankiers, Industriemagnaten, Regierungschefs, Diplomaten und die grauen Eminenzen aus den Chefetagen der multinationalen Konzerne. Aus Großbritannien hatten Heath, Wilson, Callaghan, Thatcher und sogar Enoch Powell die Bilderberg-Zusammenkünfte besucht, um sich Rat zu holen. Die Vereinigten Staaten von Amerika entsandten Gerald Ford, Henry Kissinger, Walter Mondale und Cyrus Vance. Der frühere Bundespräsident Walter Scheel übernahm bei der Bilderbergkonferenz 1980 in Aachen den Vorsitz von Lord Home. Giscard d'Estaing, Frankreich, ließ – wie jeweils einer der Rockefellers – kaum eine Gelegenheit aus, an den Treffen teilzunehmen. Die diesjährige Konferenz würde in England stattfinden. In zwei Tagen.

„Ein 200-Kilo-Ding in dieser Gesellschaft, und du würdest kaum einen Unschuldigen treffen", grinste Kelly. „Großartiges Angriffsziel, meine Kleine, aber wie zum Teufel kommt man an die ran? Wir sind bloß zu zweit, und die Sicherheitsvorkehrungen werden unglaublich sein. Und wo zur Hölle ist überhaupt Ditchley Park?"

„In Oxfordshire. Sechzig Meilen von hier. Das ist eines ihrer Hauptquartiere. Wurde 53 von Wills Tabak gekauft, und, um Steuern zu sparen, 58 an Bilderberg als gemeinnützige Organisation vermietet. Das andere Hauptquartier befindet sich in Manhattan. 39, East 51street, um genau zu sein, und, ja, wir haben keine vier Zentner Plastiksprengstoff, und sicher, der Sicherheitsaufwand wird gigantisch sein. Einer der Verantwortlichen ist Sir David Palliser, Chef des diplomatischen Korps. Es wird wimmeln von Geheimdienstlern des MI 5 und MI 6, von den örtlichen Cops ganz zu schweigen. Aber was soll's. Sie haben keine Ahnung, was BZ ist."

Der verständnislose Blick Kellys zeigte, daß auch er nicht den geringsten Schimmer hatte. Phil setzte sich, um ihm einen Vortrag zu halten. Während des Lehrganges in Italien im Jahr zuvor hatte Phil David Schram kennengelernt, einen Amerikaner mit einer bewegten Vergangenheit. Einst überzeugter und aktiver Hippie, hatte ihn seine Desillusionierung zur Scientology gebracht. Aber diese Phase war nur von kurzer Dauer gewesen, da er es bald satt hatte, ein Günstling des autoritären L. Ron Hubbard zu sein. Bevor er aber als 'gehemmt' ausgeschlossen wurde, hatte er eine Zeitlang am englischen Hauptsitz, dem Landgut Saint Hill bei Grinstead gearbeitet. Dort hatte er von der Existenz von BZ erfahren, und eine Kopie der chemischen Formel entwendet. Und noch besser war, zumindest aus Phils Sicht, daß sie diese Kopie eines Abends in Rom von ihm bekommen hatte. Er war unter dem Schirm einer dieser unbedeutenden englischen Anarchosekten nach Rom gelangt und hatte dem amerikanischen Mädchen Avancen gemacht. Alles Schöntun, um sie ins Bett zu locken, war vergebens gewesen, aber in der Verfolgung seiner amourösen Absichten und um Eindruck zu schinden, hatte er ihr geheimnistuerisch von revolutionärem Genossen zu Genossin die BZ-Formel überreicht. Sie hatte sie eingesteckt. Die Formel konnte ja eines Tages nützlich sein.

BZ, oder Quinuclidinylbenzilat, um den offiziellen Namen zu gebrauchen, ist, wie Phil Kelly erzählte, geruch-, farb- und geschmacklos und darüber hinaus hundertmal wirksamer als LSD. Fünfunddreißig Gramm davon reichen aus, um 200 000 Menschen für vier Tage auf den Trip zu schicken, 50 000 weitere außer Gefecht zu setzen und womöglich 1000 Menschen zu töten. Die amerikanische Regierung, die BZ im Rahmen ihrer Bewußtseinskontrollprogramme MK Ultra und Bluebird entwickelte, hat fünfzig Tonnen davon eingelagert, genug um jeden Erdenbewohner zehnfach lahm zu legen, oder die gesamte amerikanische Bevölkerung vierfach umzubringen. Es ist einfach schreckenerregendes Zeug. Es ist so stark, daß man es nicht einmal zu sich nehmen muß, da es durch die Haut absorbiert werden kann.

Die Scientologen waren dank des 'Freedom of Information Act' auf Dokumente gestoßen, die auch den Namen des Labors in Kalifornien enthielten, in denen das Zeug hergestellt wurde. Ein einfaches Telefonat eines vermeintlichen Doktor Young und vierzig Cents Porto hatten ausgereicht, um an eine Probe und die Formel zu gelangen. Die zur Herstellung benötigten Chemikalien waren bei jedem Drogisten erhältlich. Und es bedurfte weder besonderer Apparaturen noch Fertigkeiten, um das Zeug zu fabrizieren. Die Scientologen hatten die Produktion nicht aufgenommen, sondern die Information lediglich benutzt, um die US-amerikanischen Bewußtseinskontrollprogramme zu kritisieren und die Sache dann auf sich beruhen zu lassen. Für Schram war es ein leichtes, die Formel zu fotokopieren.

Weder Phil Clarke noch Tim Kelly wußten etwas über die 'Titanen', die L. Ron Hubbard folgten, es war ihnen auch furchtbar egal. Sie erkannten allerdings die enormen Verwendungsmöglichkeiten für das BZ. Die Bilderberg Gruppe war *die* Kryptokratie, die geheime Regierungselite. Ein paar Worte und der Ölpreis stieg, und ganze Staaten wurden in den Ruin getrieben, Hungersnot erhob ihr häßliches Haupt in den Ländern der Dritten Welt. Riesige Summen wurden für die Vorbereitungen des nuklearen Todes ausgegeben. Phil und Tim war ganz klar, diese Leute waren auf einem megalomanischen Machttrip. Vielleicht würde BZ einigen über die Klippe helfen.

*

Sir Peter White, Chef des britischen Geheimdienstes, saß ein paar Meilen entfernt in seinem Büro in der Curzon Street in London, rührte in seinem Kaffee und wühlte sich durch die Akten auf seinem Schreibtisch. Eine verabscheuungswürdige Sache, sinnierte er, verabscheuungswürdig! Sir Henry war ein enger Freund von ihm gewesen. Seine Ermordung hatte weltweit für Schlagzeilen gesorgt und die Moral dieser irischen Dreckskerle gestärkt, während doch diese idiotischen Generäle gerade wieder behaupteten, daß die „IRA im Rückzug begriffen war und durch die zahlreichen Aussagen von Informanten schwere Rückschläge erlitten hat". Der Nordirlandminister hatte diese Aussagen bekräftigt und vorschnell die aberwitzige Behauptung aufgestellt, den Männern der Gewalt sei in Kürze ein für alle Mal das Handwerk gelegt. Ein Zucken durchfuhr Sir Peter. Verdammt, sein nervöser Tic plagte ihn von neuem. Und sein Magengeschwür. Warum lernten diese Holzköpfe von Generälen nicht, den Mund zu halten. Das Gleiche galt für die Politiker. Sir Peter war schon immer davon überzeugt, daß man solche Angelegenheiten Intellektuellen überlassen sollte. Ihm zum Beispiel. In zwei Stunden mußte er zur Premierministerin. Was hatte er schon zu berichten? Die können mich doch alle ..., dachte er. Drei Namen: Enwright, Delaney und Clarke. Zwei Fotos, vermutlich zu alt, um etwas damit anfangen zu können, zwei Sätze Fingerabdrücke und eine ebenso unzuverlässige wie unvollständige Liste möglicher Komplizen, von denen einige bereits wieder gestrichen worden waren, weil sie entweder tot oder im Gefängnis waren. Aber darüber hinaus gab es ja auch noch all die Verwandten. Die jüngeren Brüder, die Neffen. Diese verdammten Clans irisch-republikanischer Familien. Einige von ihnen trieben das Spiel schon seit Generationen. Dieser Bastard O'Brien hatte keine Schwierigkeiten gehabt, seine verdammten 'Hasen' zu rekrutieren. Und ihr 'Maulwurf' im Armeerat der Provos hatte immer noch nichts von sich hören lassen. Normalerweise lieferte er wöchentlich einen Bericht ab, aber seit der Festnahme O'Briens herrschte Funkstille.

Übellaunig las er erneut die kärglichen Einzelheiten über Sir Henrys Ableben. Ein RPG 7! Wo zum Teufel war der denn hergekommen? Sie würden sich nicht erdreistet haben, einen Raketenwerfer aus Irland mitzubringen. Der mußte von irgendeiner PLO-Gruppe auf dem Kontinent stammen, überlegte er. Nur der Herr im Himmel wußte, wer alles in dieses Treiben verwickelt war. Was würde er der Premierministerin erzählen? Daß die einzigen Anhaltspunkte, über die sie verfügten, ein derangierter Ire im Hochsicherheitstrakt und diese Geschichte über zwei Priester auf einem Motorroller waren?

AMSTERDAM

Der Nahverkehrsbus aus Rhenen hielt an diesem Abend um dreiundzwanzig Uhr dreißig an der Busstation an der Oostelijke Handelskade. Weit und breit waren keine Sicherheitsbeamten, um den Bus zu durchsuchen oder nach verdächtigen Passagieren Ausschau zu halten. Sie mußten den Flughafen und den Hauptbahnhof überwachen, wo man bereits zwei Priester, die aus dem Paris-Expreß gestiegen waren, festgenommen hatte. Die beiden Geistlichen waren sehr indigniert, und es hatte mehrerer Telefonate mit ihren Superioren in Dublin bedurft, bevor die niederländische Polizei gezwungen war zuzugeben, daß die zwei wirklich in Amsterdam waren, um an einer katholischen Kirchenkonferenz teilzunehmen. Die Polizei entschuldigte sich tausendmal. Währenddessen trafen sich im Foyer des Hotels Terdam zwei irischstämmige Amerikaner, die gerade per Bus aus Rhenen angekommen waren und übereinkamen, sich eine Hotelsuite zu teilen. Warum auch nicht? Sie meldeten sich an, packten aus, plünderten den Getränkespender in ihrem Zimmer und ließen sich vor dem Fernseher nieder, um die Mitternachtsnachrichten nicht zu versäumen. Sie hatten einen langen Tag hinter sich.

„Wie fühlst du dich, Kumpel?“ fragte Gerry Enwright.

„Okay, Amigo“, antwortete Damien Morgan, „lang mir das Heineken rüber und gewöhn dir deinen grauenhaften amerikanischen Akzent ab.“ Sie schauten sich die Nachrichten an, während die Lichter des Leidseplein draußen auf der Nassaukade widergespiegelt wurden. Offensichtlich hatten sich zwei Priester am Morgen in Paris ein bißchen danebenbenommen.

„Heute kann man nicht einmal mehr der Kirche trauen.“

„Nein, seit sie die Lateinische Messe abgeschafft haben, nicht mehr, mein Sohn.“

DUBLIN

Es war bereits dreiundzwanzig Uhr dreißig, als Harry Thornton endlich mit seinem Anruf nach London durchkam. Seit die Meldungen aus Paris über den Ticker gekommen waren, hatte er verzweifelt versucht, seine Kontaktleute zu erreichen. Er war jetzt hundertprozentig sicher, daß seine Geschichte stimmte. Im Moment würde oder könnte wegen der Pressezensur sowohl in England wie in Irland niemand die Geschichte bringen, aber schließlich hatte er Dave Smith, den Chefredakteur des *Leveller,* an der Strippe, zu dem er engen Kontakt unterhielt. Thornton hatte vor ein paar Jahren beim Zustandekommen von ein paar Interviews mit 'den Jungs' geholfen und war sich sicher, daß Smith ein offenes Ohr haben würde. Dem war auch so.

„Bist du sicher, Harry?"

„Ja, verdammt nochmal!"

„Hört sich gut an, Mann. Ist dir klar, daß ich damit endlich einmal das sagen kann, was ich schon immer einmal sagen wollte, wozu ich aber bislang nie die Möglichkeit hatte?"

„Und was?"

„Schmeißt die Titelseite um!"

LONDON

Henry Williamson, der Generaldirektor der Barclay Bank in der Threadneedle Street im Herzen von Londons Bankenviertel, entspannte sich zuhause bei einem Schlummertrunk. Seine Frau war bereits zu Bett gegangen, und er hatte die Spätnachrichten verfolgt, in denen hauptsächlich über das abscheuliche Verbrechen von Paris berichtet worden war. Er rutschte unruhig in seinem Sessel hin und her, schaltete per Fernbedienung das Fernsehgerät ab und genehmigte sich ein weiteres Schlückchen aus der Kristallkaraffe auf dem Tisch neben dem Sessel. Das war doch bloß eine Ente, oder? Gewiß doch. Es mußte einer dieser Trittbrettfahrer sein. Oder ein verärgerter Angestellter. Als Benson, sein Stellvertreter, nachmittags um fünfzehn Uhr zu ihm gekommen war und ihm von dem Anruf berichtet hatte, war er sich sicher gewesen. Vierundzwanzig Bomben in vierundzwanzig Schließfächern in vierundzwanzig Filialen der Barclay Bank. Die erste Zeitzünderbombe würde exakt um Mitternacht in seiner Filiale hochgehen. Absurd. Ganz offensichtlich ein Schabernack.

Der irische Akzent, das vulgäre Codewort 'Bastard'. Die Erwähnung der Cuchullain Brigade. Nein, das war doch an den Haaren herbeigezogen. Sie hatten natürlich eine Durchsuchung der Bank veranlaßt, aber es wurde wie erwartet nichts Außergewöhnliches gefunden. Sie konnten die Schließfächer nicht öffnen, da die Kunden über die Zusatzschlüssel verfügten, aber das war doch wirklich undenkbar. Er schaute erneut auf die Uhr. Dreiundzwanzig Uhr neunundfünfzig. Um ganz sicher zu gehen, war es vielleicht besser, den Nachtwächter anzurufen. Er griff zum Telefonhörer.

*

Norman Ferguson, ehemals in Diensten der Cold Stream Guards Ihrer Majestät und gegenwärtig Nachtsicherheitsoffizier, der von sich selbst behauptete, ein verdammt guter Aufpasser zu sein, nahm einen weiteren kräftigen Schluck aus seine Pale-Ale-Flasche und wischte sich den Mund. Gleich würde der Spätfilm anfangen. Mit John Wayne. Wunderbar, wie er all diese krummbeinigen Schlitzaugen in Vietnam wie nichts niedergemacht hatte. Natürlich wußte Norman als alter Soldat, daß es im wirklichen Leben anders zuging, aber bei der Armee war es dennoch sehr angenehm gewesen. Dort brachte man den Jungs wenigstens Disziplin bei. Gott sei Dank hatte er selbst damit keinerlei Probleme. Einer seiner Söhne diente bei den Fallschirmjägern in Derry, und dem anderen ging es als Gefängniswärter in Brixton, danke, sehr gut. Aber die meisten Jugendlichen heutzutage! Vollkommen hoffnungslos. Er warf einen letzten Blick auf die Kontrollmonitore. Es war alles ruhig, in der Bank und auch draußen. Er machte es sich bequem, um den großen John anzuschauen. Das Telefon läutete. Er fluchte, stand auf und ging zum Wandtelefon. Es war dieser Dummschwätzer Williamson. Nie hatte man seine Ruhe. Er hatte doch bereits den Anruf gemeldet, den er um dreiundzwanzig Uhr entgegengenommen hatte. Bastard – in der Tat. Kuckullin Brigade. Eher höherer Blödsinn.

„Ja, Herr Williamson. Es ist alles ruhig. Ich habe erst vor einer Minute alles gecheckt. Es besteht keinerlei Grund zur Besorgnis. Ich bin solchen Dingen gewachsen. Ich war in Dieppe, Sir. Vor einem verrückten Anrufer fürchte ich mich nicht. Oh ja, Sir, es gab wieder einen solchen Anruf. Vor ungefähr einer Stunde. Ich dachte mir schon, daß Sie deswegen anrufen. Kein Grund zur Panik."

Aus dem tiefsten Inneren der Bank war ein dumpfer Detonationsknall zu hören. Drei Monitore erloschen. Norman taumelte hintüber an die Wand. Seine Trommelfelle schienen zu platzen. Er konnte hören, wie sich die Sprinkleranlage in Betrieb setzte und die Alarmsirenen losheulten.

„Elender Scheißdreck. Nein, Entschuldigung Sir, nicht Sie. Hm, verzeihen Sie, Sir, aber ich glaube, Sie sollten sofort herkommen. Sofort ...“

*

Speedy Robinson pfiff bei seiner Arbeit. Es war zwei Uhr morgens, aber das scherte ihn herzlich wenig. Er konnte tagelang aufbleiben, wenn er – in mehrfacher Hinsicht – gut drauf war. Er hatte es gerade mit wunderlichem Stoff zu tun. BZ! Das würde ihn in Trab halten, dachte er. Er hatte sich über den Anruf vom Nachmittag gewundert. Seit Jahren hatte er von Phil Clarke weder etwas gesehen noch gehört. Damals hatte er sich als kleiner Dealer in Andersonstown verdingt, und sie und Eddie mit Gras, Haschisch und manchmal auch mit Acid versorgt. Er war froh darüber gewesen. Jeder mochte Eddie und Phil, und er hatte mit ihnen immer gute Deals gemacht. Immerhin gingen ja die Gerüchte um, daß Eddie mit den Jungs zu tun hatte, und jedes Piece an Versicherung, wie immateriell auch immer, war in jenen Tagen in Andersonstown selbst für einen Schmalspurdealer von Bedeutung, es war bekannt, daß einige eher puritanische Provos nicht gerade pfleglich mit den Kniescheiben von Drogenhändlern umgingen.

Aber das war nun bereits einige Jahre her, und die Zeit hatte es gut mit Speedy gemeint. Es war ihm gelungen, aus Belfast zu verschwinden und sich in London niederzulassen, wo er in höhere Ränge aufgestiegen war, es zu einem schönen Haus und einem florierenden Import-Export-Geschäft gebracht hatte. Er war weder in das Visier der Provos noch in das von Sergeant McBride vom Belfaster Drogendezernat geraten. Und die Londoner Polizei konnte ihm bislang auch nichts anhaben. Zu seinen Kunden gehörten mittlerweile berühmte Rockstars. Er hatte es überhaupt nicht nötig, auf der Straße, in den Clubs oder Bars zu dealen. Er verfügte sogar über ein wohlausgestattetes Labor im Souterrain seines Hauses im vornehmen Chelsea, wo er mit zwei Freunden Acid und synthetisches Koks herstellte.

Der Anruf von Phil war aus heiterem Himmel gekommen. er wußte nicht einmal, woher sie seine Nummer hatte, die nicht im Telefonbuch stand, aber er verabredete sich eingedenk alter Zeiten sofort mit ihr: achtzehn Uhr am selben Abend im *Porcupine* auf der Charing Cross Road.

Sie hatte sich kaum verändert, dachte er, als sie den Pub betrat. Etwas älter geworden, etwas strammer, aber immer noch ein gutaussehendes Mädel. Er hatte natürlich von Eddies Tod gehört, versuchte die Mitleidstour zu fahren, aber sie überhörte seine Beileidsbekundungen und kam sofort zur Sache. Er war baß erstaunt, als er hörte, was sie von ihm wollte. Er hatte sie nie für eine Pusherin gehalten, schon gar nicht von solch tödlichem Zeug. Aber es würde dennoch eine Herausforderung für ihn sein. Sie bezahlte ihn auf der Stelle, und er würde die Formel behalten dürfen. Wenn der Stoff so heavy war, wie sie behauptete, könnte er wohl eine Marktlücke schließen. Für Koks, selbst für synthetisches, zahlte man heutzutage horrende Preise. Wenn er dieses BZ strecken würde, wäre es weniger tödlich als Angel Dust.

An seinem Arbeitstisch überflog er noch einmal die Formel, die sie ihm gegeben hatte. Alle benötigten Chemikalien lagen bereit. Das war wirklich eine einfache Sache. Es wäre wie in den Zeiten fröhlicher Wissenschaften in den Labors der Queen's University. Sie hatte es aber auch verdammt eilig. Vierundzwanzig Stunden. Immerhin hatte sie einen Tausender rübergeschoben und einen weiteren für den Fall versprochen, daß er den Stoff pünktlich ablieferte. Seltsam, daß sie ihm keine Telefonnummer hinterlassen hatte. Doch heutzutage litt ja jeder an Paranoia. Aus gutem Grund. Er verstand das sehr wohl.

*

„Sie dürfen jetzt wieder rauchen, aber im Interesse Ihrer Sicherheit bitten wir Sie, angeschnallt zu bleiben, sofern Sie nicht umher laufen müssen. Hier spricht Ihre Stewardeß Patricia. Ich begrüße Sie an Bord unseres Fluges nach San Francisco. Wir zeigen heute abend den Film *Hennessy* mit Rod Steiger und werden Ihnen in Kürze Kopfhörer und einen kleinen Imbiß reichen. Ich danke Ihnen im Namen von Pan Am, daß Sie mit uns fliegen."

„Kann ich Ihnen behilflich sein, Sir?"

„Ich glaube schon."

Jim Jackson lächelte die attraktive Stewardeß an. „Können Sie mir vielleicht sagen, wie spät es jetzt in London ist?"

Die Stewardeß schaute auf die Uhr. „Gegen Mitternacht, Sir."

„Danke, Miß", strahlte er sie selig an. „Ich denke, ich nehme einen doppelten Whiskey, bitte. Einen irischen."

„Sofort, Sir. Wäre Ihnen ein Bushmills angenehm?"

„Das wäre geradezu großartig." Als sie mit dem Drink wiederkam, summte Jim Jackson leise vor sich hin. „In weiter Ferne erhebt sich ein grüner Hügel, ohne eine Stadtmauer, wo unser lieber Herr gekreuzigt wurde und starb, damit wir alle errettet werden." Das alte Loblied, ein Lieblingslied in Harrow, war von einer Frau Alexander, der Gattin eines drögen viktorianischen Priesters, geschrieben worden. Die Inspiration dazu war ihr gekommen, als sie auf der Stadtmauer des damaligen Londonderry gestanden und über die Bogside hinweg, wo die eingeborenen Iren wohnten, auf den grünen Hügel gegafft hatte, der später als Creggan, das Zuhause von Tausenden von Terroristen, weltberühmt werden sollte. Jackson dachte an Liam Delaney. Der Atheist, der aus Creggan ist. Er lachte in sich hinein.

Ja, in der Tat. „Slainte go bragh, mein süßes Mädchen." Die Stewardeß errötete. Aber schließlich handelte es sich um einen Erste-Klasse-Passagier und noch dazu um den bestaussehendsten dieses müden Haufens. Während Rod Steiger auf der Bildfläche erschien und sein heimtückischer Plan, die Queen zu ermorden, deutlich wurde, lehnte sich Jim Jackson in seinem Sitz zurück und süffelte seinen Bushmills. „Mitternacht", murmelte er. „Noch einmal dasselbe, bitte, Miß."

AMSTERDAM

Gerry Enwright hatte das Gefühl, den Abend produktiv genutzt zu haben. Obwohl er über mehrere Kontakte in Amsterdam verfügte, hatte er bereits mit dem allerersten Telefonat seine nützlichste Kontaktperson erreicht, Roger Tresch, einen freien linken Journalisten, der häufiger Irland besucht hatte, in den sechziger Jahren zunächst als Polittourist und später als Enthüllungsjournalist. Er hatte mehrere Bücher über die Irische Frage verfaßt, und Enwright wußte, daß er seit zwei Jahren an dem arbeitete, was er sein *opus magnum* nannte, an einer Enthüllungsgeschichte über britische und amerikanische Geheimdienste in Europa.

Sie trafen sich in einer Kneipe, die einem englischen Pub nachempfunden war, dem *Old Bell* auf dem Rembrandtsplein, und plauderten beim Heineken im kleinen Hinterstübchen. Tresch war überrascht, von dem Mann aus Belfast zu hören, aber da er wußte, daß er im Dreckstreik gewesen war, war er scharf darauf, ihn zu interviewen, selbstverständlich unter Wahrung der Anonymität. Er sprach daher mehr als bereitwillig über seine jüngsten Bemühungen, den undurchdringlichen Sumpf der alliierten Spionagedienste auszukundschaften und spezifizierte, wer wer im britischen Geheimdienstnetz in den Niederlanden war. Während sich Tresch seiner Nachforschungen rühmte, prägte sich Enwright die Details ein. Als er schließlich ins *Terdam* zurückkehrte, hatte er längst seine Pläne geschmiedet.

Morgan stand auf und schaltete das Fernsehgerät aus, als Enwright das Hotelzimmer betrat. Der Pornofilm hatte ihn gelangweilt, und er beabsichtigte, durch das Bordellviertel zu strolchen, das er noch nie zuvor besucht hatte; aber er war nicht so dumm, es ohne Enwrights Einverständnis zu tun.

„Irgendetwas erreicht, Gerry?" fragte er, während Enwright die Tür hinter sich schloß.

Enwright nickte. „Wenn du dich von den Pornos losreißen kannst, könnte ich dir was erzählen."

„Hey, Pater, wir haben doch unsere Soutane abgelegt, oder? Schließlich sind wir in Amsterdam!"

Enwright beruhigte sich ein wenig. „Hast ja recht, Junge. Wenn ich dich hier vor den Sünden der Fleischeslust und einer exotischen, tödlichen Krankheit bewahre, so kannst du uns doch was drehen", sagte er und warf ihm den kleinen Klumpen Afghanen zu, den er von dem Journalisten bekommen hatte.

Damien stahlte über das ganze Gesicht. „Wunderbar! Erzähl' weiter, ich kann dir zuhören, während ich drehe. Im Kühlschrank ist Bier."

Enwright nahm sich ein Stella Artois und setzte sich auf das Sofa. „Wir werden Hume angreifen."

„John Hume oder Sir Alec Douglas?"

„Mach' keine Witze! Sir Alexander Hume, Chef des britischen Geheimdienstes in den Niederlanden. Ich habe seine Privatadresse, er wohnt hier in der Stadt. Übermorgen ist er fällig, und dann setzen wir uns mit den Studis im Magic Bus nach Spanien ab."

„Wie sieht's mit Werkzeug aus? Wir mußten doch unser ganzes Gelumpe in Paris lassen."

„Keine Panik. Ein alter Freund wird uns aushelfen, ein Waffenhändler, der uns noch etwas schuldig ist. Herr Otto hat noch eine alte Rechnung zu begleichen. Prost! Auf die Cuchullain Brigade!"

14 UHR. OXFORD. ENGLAND

Reggie Ackroyd war beunruhigt. Wo blieb denn bloß das verdammte Mädel? Der Rest der Mannschaft hatte sich pünktlich am Bahnhof eingefunden und veranstaltete ein riesiges Getöse. Der Fahrer des Minibusses verlangte bereits die Bezahlung seiner Überstunden. Dieser alte Depp Brittain würde aus der Haut fahren, wenn nicht alles bis achtzehn Uhr hergerichtet wäre.

Laut Vertrag mußten sie den Ort bis spätestens neunzehn Uhr verlassen haben. Verdammte Sicherheitsmaßnahmen! Eine Unverschämtheit, *seine* Mitarbeiter auf Herz und Nieren zu überprüfen. Aber es gab gutes Geld, das mußte er zugeben.

Und ausgerechnet die Neue mußte zu spät kommen. Daran war nur sein Partner Arnie schuld. Er hatte sie lediglich eingestellt, weil er sich einen Freifick versprochen hatte. Typisch! Wie sollte man ein Geschäft betreiben, wenn der Schwanz den Kopf beherrscht, dachte er.

„Mr. Ackroyd?"

Er drehte sich um und musterte die leicht nervös wirkende Blondine, die ihn gerade angesprochen hatte. „Ja?"

„Ich bin Jeannie, Jeannie Morrison. Es tut mir schrecklich leid, daß ich zu spät komme, aber der Bus hat ewig gebraucht."

Ein leichter amerikanischer Akzent. Das hatte Arnie gar nicht erwähnt. Sieht aber verdammt gut aus. Dieser Scheißer wußte, wie man Frauen aufreißt. Hättel Loddel werden sollen und nicht Catering Manager.

„Ja, Sie sind zu spät. Wir wären beinahe ohne Sie losgefahren. Beeilen Sie sich, steigen Sie ein. Rück beiseite, Denis, und laß die junge Lady rein. Ich werde Sie den anderen während der Fahrt vorstellen. Los jetzt, das ganze Team, Beeilung!"

Der Fahrer blickte resigniert und unterwürfig auf. „Dummschwätzer", murmelte er leise vor sich hin, während er den Gang einlegte und der Minibus vom Parkplatz holperte.

15 UHR

Als Jeannie Morrisson aus ihrer Schlafmittelbetäubung erwachte, versuchte sie, sich aufzusetzen und den Knebel aus dem Mund zu nehmen. Aber ihre Hände waren gefesselt. Sie lag mit verbundenen Augen auf einem Bett. Sie ruckte und zuckte und versuchte zu schreien.

„Na, endlich wach, Schätzchen? Scht! Ganz ruhig. Es wird schon wieder."

Es war ein irischer Akzent. Nicht der sanfte melodische Klang des Westens, sondern der harte Tonfall des schwarzen industriellen Nordens. Ein Belfaster Slang. Sie mühte sich erneut zu sprechen.

„Bleib ganz ruhig liegen. Du bist in einem Zimmer einer Pension. Es passiert dir nichts und in ein paar Stunden bist du wieder frei. Du mußt dir lediglich eine gute Geschichte für die Zeitungen zurechtlegen. Du wirst berühmt werden, mein Schatz.

Das ist doch besser als Kellnerin. Eine Instantberühmtheit dank der IRA. Und jetzt schlaf wieder."

Die Stimme verstummte. Im Hintergrund konnte sie das Tock der von Tennisschlägern getriebenen Bälle und den leise gedrehten Kommentar aus Wimbledon von Dan Maskell von der BBC vernehmen.

„Idiotisches Scheißspiel", hörte sie Kelly murren, während Martina Navratilova ihre schwitzende Gegnerin erneut mit einem Drive passierte. „Ein typisch britisches Spiel!"

19 UHR 15. DITCHLEY PARK

Der Haushofmeister, der frühere Regimentssergeantmajor Harry Brittain, betrachtete zufrieden die Bankettahalle. Im Kamin an einem Ende der Halle flackerte ein riesiges Holzfeuer und warf Schatten an die mit Eichenholz getäfelte Decke und auf die Rüstungen, die die Wände der Halle säumten. Der strahlende Kandelaber verbreitete über den ganzen Tisch Helligkeit, die vom Waterford-Kristall, dem Spode-Porzellan und dem Sheffield-Silber reflektiert wurde und die dekorativ gefalteten Leinenservietten im Glanzlicht erscheinen ließ. Irisches Leinen. Brittain mußte sich, wenn auch widerwillig, eingestehen, daß die Carterer ganze Arbeit geleistet hatten. Er hatte sie ursprünglich aus den auf der Hand liegenden Sicherheitsgründen gar nicht verpflichten wollen, aber es gab für seinen beschränkten Mitarbeiterstab soviel zu tun, und, ganz im Ernst, sie konnten doch das Catering für so große Empfänge gar nicht bewältigen, schon gar nicht für so viele weltberühmte und einflußreiche Damen und Herren.

Außerdem waren die Caterer überprüft worden. Sie hatten das Haus wie vereinbart um neunzehn Uhr verlassen, und jetzt oblag die Verantwortung Brittains Stab, den Chefköchen in der Küche, den servierbereiten Dienstmädchen und den Sicherheitspatrouillen, die das Gelände bewachten.

Während er auf seine Uhr schaute, stellte Brittain mit tiefster Zufriedenheit fest, daß ihm noch fünfundvierzig Minuten blieben, bis die Gäste begrüßt werden mußten. Zeit genug für ein schnelles Schlückchen und einen flüchtigen Blick in die interessanten Magazine, die am Morgen in unauffälligen braunen Umschlägen für ihn angekommen waren. Ex-R.S.M Brittain wäre äußerst indigniert gewesen, hätte man ihnen einen Schnürmeister genannt. Nur Degenerierte und Perverse würden sich doch so Befriedigung verschaffen. Aus der Tatsache, daß er sich gern junge Damen anschaute, die mit verschiedenartigen Fesseln gebunden und geschnürt waren, bereit, gezüchtigt zu werden, konnte doch nicht geschlossen werden, daß er krank war.

Bei der Armee hatte man ihm Disziplin beigebracht, einen Mann aus ihm gemacht. Das war es, was das ganze Land heutzutage dringend brauchte, etwas Disziplin. Und keiner achtete so auf Disziplin wie er. Hart aber gerecht, das war Harry Brittain.

Dieses junge, blonde Ami-Weibsbild, das heute nachmittag in der Catering-Gruppe gewesen war, hatte so ein Hinterteil, das geradezu danach schrie, versohlt zu werden, besonders, wenn sie nur ... tragen würde. Er konnte seine Schwärmerei nur schwer lassen. Dafür war später Zeit genug, Harry, dachte er. Eine letzte Kontrolle, ob auch alles in Ordnung war. Eine große Sache, das. Fast wie in den guten, alten Zeiten, als er darauf wartete, aus der Deckung zu kommen. Das prickelnde Gefühl der Spannung, das Kribbeln im Magen und das Wissen, daß er, Harry Brittain, das Sagen hatte. Ein Gefühl der Genugtuung.

Auf dem Weg zur Tür arrangierte er umständlich eine der gefalteten Servietten, die etwas verrutscht war. Wunderbares Material, dieses Leinen, dachte er. Erstaunlich, daß die Paddies immer noch solch hervorragendes Zeug produzieren konnten, wenn man bedachte, was für Taugenichtse sie doch waren. Aber wahrscheinlich hatten protestantische Handwerker im Norden die Servietten hergestellt und nicht diese unfähigen Katholiken.

Harry, strammer Anglikaner, keiner, 'der zu Priestern in Röcken zur Beichte rennt', hatte sich lebhaft am Paddy-Klatschen, wie er und seine Kameraden es nannten, beteiligt. Steif wie ein Ladestock schritt er nun durch das festliche Vestibül, vorbei an den Waffen, Rüstungen und Relikten, die von Britanniens vergangener Glorie zeugten. Unter der langgeschwungenen Eichentreppe verschwand er in seinem Privatgemach. Ein Glen Morangie Scotch, eine kleine Mundspülung, etwas Wichse für den Schnurrbart, und er war zu allem bereit. Der Abend versprach, sehr interessant zu werden.

*

Kelly wischte die im Zimmer hinterlassenen Fingerabdrücke weg und schlich sich leise davon. „Tschüß, Schätzchen", sagte er über die Schulter hinweg zu dem auf dem Bett schlafenden Mädchen. „Vergiß nicht, den Mann von der *Daily mail* von mir zu grüßen."

Er verstaute die beiden Reisetaschen im Kofferraum des Leihwagens, verließ den Parkplatz der Pension und schaute dabei auf die Landkarte. Neunzehn Uhr. Er hoffte, der Bus würde pünktlich sein. Die wellenförmige englische Landschaft ging ihm auf den Wecker. Sie war ihm fremd.

Der Bus war überraschenderweise pünktlich. Phil stieg aus, wartete, bis der Bus weggetrudelt war, überquerte die Straße und stieg in den Avenger ein.

„Wie lief's?" fragte Kelly, gab Gas und fuhr Richtung Autobahn davon. Phil grinste und die Anspannung der letzten Stunden wich langsam von ihr.

„So ein alter Indienkämpfer hat mir an den Arsch gefaßt, der Lüstling. Ein schmieriger Catering-Manager versuchte, mich anzumachen, und ich habe die stolze Summe von acht Pfund abzüglich Steuern verdient. Aber ich glaube kaum, daß ich die Kohle abholen werden. Die kann Jeannie haben. Übrigens, geht es ihr gut?"

„Schläft wie ein Baby und träumt davon, berühmt zu werden. Wohin fahren wir, Liebling?"

„Zum Flughafen, mein Schatz, und drück' ein bißchen auf die Tube. Wir beide machen eine kleine Reise. Ich bin schon lange nicht mehr zuhause gewesen. Wir fliegen in die VS von A. Bis die hier getickt haben, was passiert ist, sind wir schon über dem Atlantik."

Tim pfiff. „Ich hab schon mitgekriegt, daß in meinen Paß ein Visum gestempelt ist, aber nicht damit gerechnet, so schnell davon Gebrauch zu machen."

„Wenn die Scheiße dort in den Ventilator gerät, ist es mir lieber, daß wir weit, weit weg sind. Und außerdem ist Bilderberg nur der Anfang. Hast du schon mal was von Bohemian Hain gehört?"

Kellys verständnisloser Blick zeigte ihr, daß dem nicht so war, und sie fuhr fort: „Das liegt in Kalifornien. Soll zu dieser Jahreszeit sehr pittoresk sein, sagte man mir. Ich habe zwei Tickets nach San Francisco in der Tasche. Du fliegst nach Babylon an der Bai, Mensch, aber natürlich ohne Blumen im Haar. Wir haben zu tun."

Phil nahm behutsam ihre Perücke und die Brille ab und sagte: „Weißt du, ich finde es wirklich schade, daß mir das Schauspiel entgeht, wenn das BZ zu wirken beginnt."

„Wie wird es denn wirken?"

Phil zuckte die Achseln. „Ich weiß es wirklich nicht, aber wenn du einer Horde machtbesessener Psychotiker eine beträchtliche

Überdosis eines extrem starken Halluzinogens verabreichst ...“

Tim lachte und schaltete das Radio ein. Zu den Klängen von Jimi Hendrix’ *Purple Haze* fuhren sie langsam Richtung Heathrow. Zwischendurch hielten sie nur an, um das Kommuniqué, das Phil am Abend zuvor getippt hatte, in den Briefkasten zu werfen.

DITCHLEY PARK

„Und nun, meine sehr verehrten Damen und Herren, will ich zum Ende kommen und Sie recht herzlich zu unserem Jahrestreffen willkommen heißen und unserem Gastgeber, Sir David Palliser, danken. Bon appetit! Mögen unsere Diskussionen so ergebnisreich sein wie im vergangenen Jahr. Ich erhebe mein Glas, meine Damen und Herren. Auf ‘Die Organisation’!“

Die sechsunddreißig Gäste erhoben feierlich ihre Gläser und tranken. „Auf Bilderberg!“ Sie entfalteten ihre Servietten und schickten sich an, der Vichysoisse Gerechtigkeit widerfahren zu lassen.

Zwanzig Minuten später herrschte eine entspannte Atmosphäre. Die Doverseezunge wurde aufgetragen ...

Maurice Levy, der bedeutende Pariser Bankier, betupfte gedankenverloren mit der Serviette seine Lippen und starrte sein Gegenüber Reinhold Stumpf an.

„Sale Boche“, zischelte er. Er schreckte auf. Was hatte er gesagt? Hatte jemand es hören können? „Merde!“ Er verlor die Herrschaft über sich. Er warf einen flüchtigen Blick auf seinen Wein. Nein, er hatte kaum etwas davon getrunken. Er versuchte erneut, den fetten bayerischen Innenminister zu fixieren. Was trug der bloß für ein Medaillon? Das sah doch einem Hakenkreuz verdammt ähnlich. Und Stumpf sah tatsächlich aus wie ein ...

Plötzlich war der Franzose meilenweit abgedriftet, verloren in Raum und Zeit. Er war ein Kleinkind, das auf dem Bahnsteig der Gare du Nord schrie, als ein großer arischer Teutone seinen Vater bespuckte und ihn, Maurice, in einen stinkenden Viehwaggon warf, der ihn und seine Eltern nach Auschwitz bringen sollte. Seine Eltern waren dort zu Tode gekommen. War Stumpf dieser SS-Wächter? Unmöglich! Oder doch? Je mehr er Stumpf betrachtete, desto bekannter kam ihm das aufgedunsene Gesicht vor, besonders die Schweinsäuglein ...

„Cochon!“ schrie er, während er aufsprang und seinen Tischnachbarn mit Wein besudelte. „Assassin! Salaud!“

Stumpf schreckte aus dem Wachtraum, in den er versunken war. Er hatte eine Weile geschwiegen und den Gesellschaftstratsch des saudiarabischen Delegieren ignoriert. Er versuchte, auf die Reihe zu kriegen, was ihn so aufgebracht hatte. Dann wurde es ihm klar. Hier tummelten sich einfach zu viele dieser verdammten Juden.

„Verfluchter Jude", schrie er, startete einen Ausfall quer über den Tisch und fuhr dem Franzosen an die Gurgel.

Der Festsaal glich einem Pandämonium, als einige der intelligentesten und einflußreichsten Köpfe der Welt sich benahmen wie die Axt im Walde, Angst und Ekel, Paranoia und Panik gingen um.

Der Außenminister der Republik Irland, dessen Vater von den Black und Tans erschossen worden war, ließ eine Schimpfkanonade auf den britischen Außenminister los, der in einer Reminiszenz an Eton vor sich hin kicherte und mit Brötchen warf. Der Chef der Hays Westchester Bank versuchte, sich an dem schlanken, jungen Mann zu vergehen, der das Stockholmer Friedenszentrum leitete. Ein Schweizer Bankier ejakulierte auf seinen Nachbarn, einen nigerianischen Diplomaten. Der päpstliche Legat glaubte, Gott zu sehen, was ihm zuwider war. Sie war schwarz.

Haushofmeister Brittain stolperte mit schwindelndem Kopf in die handfesten Auseinandersetzungen. Ein genialer Anfall von Scharfsicht bedeutete ihm, daß er sich wieder im Schützengraben befand. Er riß eine Hellebarde von einer der vollständig erhaltenen Rüstungen und erstach Konrad Hissing, den früheren amerikanischen Botschafter, und spießte ihn an die Wand. Ein Sicherheitsbeamter der CIA, der in den großen Saal platzte, feuerte einen Schuß auf den alten, durchgeknallten britischen Soldaten ab, verfehlte ihn und verwundete Enoch Powell schwer. Der plumpste zu Boden und mußte, von hilflosem Grauen gepackt, mit ansehen, wie ein ältlicher Konservativer des britischen Oberhauses über den Fußboden kroch, um sein Blut zu lecken, das aus einer zerfetzten Arterie spritzte.

Der amerikanische Boß von Mogul Oil, der die ganze Zeit versucht hatte, seine Nachbarn zu beschwichtigen, wurde plötzlich von dem BZ erwischt und machte Jagd auf den japanischen Delegierten, um für Pearl Harbor Rache zu nehmen, wo sein Sohn gefallen war. Doch zu spät! Der altehrwürdige Takei Shushimi, der mit stierem Blick durch die Buntglasfenster den Sonnenuntergang beobachtet hatte, war schließlich zu der Erkenntnis gekommen, warum Hokusai den Fujijama so viel

Male gemalt hatte, und beging mit seinem Steakmesser Harakiri.

Der frustrierte Repräsentant der Sieben Schwestern richtete seine Wut gegen den schmierigen Tacofresser, schrie „Denk an Alamo!“ und erwürgte den mexikanischen Wirtschaftsprofessor, der weithin als der kommende Präsident seines Landes gehandelt wurde. Zu einem richtigen Kampf war es nicht gekommen. Der Mexikaner wähnte sich auf einem Berg, verführt von Don Juan. Hartes Peyote.

Die übrigen Sicherheitsbeamten stürmten herein, als einige schreckerfüllte Gäste sich fluchtartig aus den Buntglasfenstern stürzten. Panisches Entsetzen schlug ihnen entgegen. Während sie zu begreifen versuchten, was vor sich ging, sprang Sir David Palliser, der sich hinter der riesigen Eichentür versteckt gehalten hatte, einem der Sicherheitsbeamten in den Rücken und schnappte sich seine Uzi-Maschinenpistole. Bevor er niedergeknüppelt wurde, gelang es ihm, eine Salve abzufeuern und die Reihen der aus dem Häuschen geratenen Delegierten zu lichten und unter anderem den britischen Innenminister zu verwunden. Das Gemetzel und das Chaos gingen weiter.

BOGSIDE. DERRY

Der Vogel ging die William Street hinauf. Er war geistesabwesend, aber nicht so sehr in sich versunken, daß er die britische Fußpatrouille nicht bemerkt hätte, die am Magazine Gate im Schatten der Stadtmauer lauerte.

„Abend, Jungs“, sagte er.

„Wohin des Weges, alter Knabe?“ fragte ein Sergeant, dessen breiter Slang ihn als Birminghamer Prolo auswies.

„Nur in den *Rocker* auf einen Nachttrunk. Ich muß mir ein bißchen die alten Knochen aufwärmen, bevor ich mich in die Falle haue.“

„Du solltest längst im Bett sein, Väterchen, heut’ abend ist es gefährlich, draußen rumzulaufen. Vor einer Stunde war unten an der verdammten Giebelwand mit der idiotischen Aufschrift *Hier beginnt das Freie Derry* eine Schießerei.“

„Irgendjemand verletzt, mein Sohn?“

„Einen unserer Männer hat’s an der Schulter erwischt. Er wird’s schon überleben. Dieser Drecksprovo ist viel schlimmer dran. Er wird nicht sehr weit kommen. Die Patrouillen suchen ihn überall. Du weißt ja, Gefangene werden keine gemacht.“

„Ich hoffe, ihr kriegt den kleinen Lump. Je schneller ihr Jungs dieses Terroristengesindel ausrottet, desto ruhiger können alte Leute wie ich schlafen."

„Da hast du recht, Väterchen. Und umso schneller kommen wir aus diesem gottverlassenen Loch raus. Keine Sorge, wir werden es diesen Schweinehunden schon zeigen. Hast du irgendwelche Neuigkeiten, die uns vielleicht interessieren könnten?"

„Keinen Piepser, Sir, aber ich spitze die Ohren und sag's euch, wenn ich was höre. Mach ich doch immer, oder?"

„Stimmt, Väterchen. Komm gut nach Hause. Bleib nicht zu lange im Pub, wahrscheinlich werden wir später mal kurz da einlaufen und den Laden auf den Kopf stellen."

„Ich genehmige mir nur ein kleines Schlückchen, mein Sohn. Ich muß das Rheuma im Zaum halten."

„Trink einen auf uns, Väterchen", flüsterte der Sergeant, während er dem alten Mann eine Pfundnote zusteckte.

„Danke, mein Sohn. Ich werde die kleine Aufmerksamkeit zu würdigen wissen. Die mickrige Rente reicht heutzutage ja hinten und vorne nicht."

Der Vogel ging den Hügel hinauf. Aus dem *Castle* und dem *Dungloe,* zwei Kneipen, drang Licht, das durch die Dunkelheit der Straße brach.

„Warum verschwendeste denn deine Zeit, um mit diesem ollen Wichser zu quatschen, Sergeant?" fragte der Corporal, der geistesabwesend an seinen Aknepickeln herumquetschte.

„Herzen und Hirne, Alex. Außerdem kann uns der alte Tropf nützlich sein. Er ist das gelegentliche Pfund wert. Du mußt deinen Grips anstrengen, wenn du es mit diesen Micks zu tun hast. Er ist harmlos, aber einige von ihnen sind's nicht."

Als der Vogel die Rocking Chair-Kneipe oben auf dem Hügel betrat, dachte er gänzlich anders. Er fand, daß der verdammte Provo, der von Brandywell aus auf den Brit geschossen hatte, gar nicht so sehr verletzt ausgesehen hatte, als er vor einer Stunde bei ihm über die Hintermauer geklettert war und sein Armalite-Gewehr versteckt hatte. Der Vogel lächelte und bahnte sich seinen Weg durch die Rauchschwaden in Richtung Tresen. Er blieb nur kurz stehen, um die Pfundnote des Sergeants in die Büchse der Gefangenenhilfe zu stopfen, die in der Ecke stand.

„Da ist er!" brüllte Bull Morrison, der inoffizielle Zeremonienmeister der Kneipe. „Da ist der verklemmte alte Saukerl. Was willsten trinken?"

Der Vogel blinzelte. Daß Bull einen ausgab, war neu. Aber die Gelegenheit mußte genutzt werden.

„Ein Pint Stout, bitte, weil du's bist. Und was meinst du mit verklemmt?"

Bull zwinkerte seinen Saufkumpanen zu, hemdsärmligen Arbeitern, die mit ihren Porter-Bieren am Tresen hingen. Er ließ den winzigen Vogel noch kleiner erscheinen.

„Hab ich's euch nicht gesagt, er ist ein alter, schlauer Fuchs. Tut so, als wüßte er von nichts. Schweigt mal wieder wie ein Grab."

Gelächter folgte und weitere Trinker mischten sich in das Gespräch ein. „Na, Vogel, wen nimmst du denn mit? Rück endlich raus mit der Sprache!"

„Nimm mich, Vogel, ich wollte schon immer mal in die Staaten", schmeichelte ihm ein anderer.

„Scheiß auf diese Neidhammel", plärrte die stämmige Lizzie Curran herüber. „War ich nicht immer dein süßer kleiner Mausespatz? Ich werde dich in San Francisco besser warmhalten als all diese Schandmäuler zusammen."

Der Vogel setzte sich auf seinen angestammten Barhocker und nippte an seinem Pint. „Was soll denn die blöde Anmache, Kevin?" fragte er den Barmann.

Kevin hielt beim Trinken seines Smithwicks inne und schaute den alten Mann an. „Mein Gott, Jungs, ich glaube nicht, daß er uns zum Narren hält. Er hat wirklich keinen Schimmer."

Erst wurde es totenstill in der Kneipe, doch als sich die Stammgäste um den Tresen versammelt hatten, brach ein schreckliches Tohuwabohu aus. Irgendwer brachte die Jukebox zum Verstummen, aus der wie gewöhnlich Largeys unsterbliches Wiegenlied der Provos gedröhnt hatte.

„Hier, Gerry, der wird dir gut tun", sagte Kevin und reichte dem Vogel einen doppelten Powers.

Der Vogel blickte verwundert drein. „Ich hab doch heute nicht etwa Geburtstag, oder?"

„Du alter Narr, viel besser als das", brüllte Morrison, der sich kaum noch beherrschen konnte. „Du hast heut' abend bei der Tombola gewonnen. Den ersten Preis, eine Reise für zwei Personen nach Kalifornien. Wird alles bezahlt, du glücklicher Mistkerl."

Der Vogel lächelte, nippte am Whiskey und ließ die Neckerei und das Schulterklopfen der anderen Stammgäste über sich ergehen.

„Wer ist die Glückliche?" erhob es sich im Chor. „Wen nimmt ein alter Junggeselle wie du denn mit?"

„Komm schon, du glücklicher alter Fuchs, sag schon. Lizzie vielleicht?"

„Ich weiß es noch nicht, Jungs. Ich muß erstmal darüber nachdenken."

Aber er war sich sicher. Es war ihm klar, wen er mitnehmen würde, und außerdem wußte er, daß das alles mit Glück nichts zu tun hatte. Gerry 'der Vogel' Quigley hatte noch nie in seinem Leben je ein Los der Tombola gekauft. Hier hatte der Hund die Finger im Spiel. Oder Onkel Chris.

Gerry 'der Vogel' Quigley. Zweiundsiebzig Jahre jung. Ein ehemaliger politischer Gefangener, seit seinen Jugendtagen in den zwanziger Jahren Mitglied der IRA. Der Mann, der zu seinem Spitznamen 'Vogel' kam, weil er jedesmal, bevor er aus dem Knast abgehauen war – und er war aus fünf Knästen ausgebüxt – an die Zellenwand geschrieben hatte: „Der Vogel ist davongeflogen." Der alteingesessene Bürger, die Stütze der Bogside Community, saß auf seinem Lieblingsbarhocker in seiner Lieblingsstadt und lächelte. „Eine kleine Abwechslung ist so gut wie eine Ruhepause", sagte er. Zeit für die Windhunde, mit dem Training zu beginnen. Er würde Martha anrufen.

CLONTARF. REPUBLIK IRLAND

Der Armeerat der IRA tagte seit zwei Stunden und war noch immer zu keinem Ergebnis gekommen. Das kleine Zimmer in einem sicheren Haus in Clontarf, nördlich von Dublin, war erfüllt vom stickigen Mief von hundert gequalmten Zigaretten. Der Stabschef, ein kleiner grauhaariger Mann aus Derry, räusperte sich.

„Es sieht ganz danach aus, als läge die ausschlaggebende Stimme bei mir. Wir müssen heute zu einer Entscheidung kommen."

Die übrigen sechs Männer, die rund um den Tisch saßen, nickten nacheinander, selbst die drei, die wußten, daß die Entscheidung gegen sie ausfallen würde.

„Ich bin dafür, die Sache abzublasen", sagte der Stabschef. „Die Verhandlungen mit den Briten sind zu weit fortgeschritten und in einem äußerst heiklen Stadium. Wir können sie jetzt nicht einfach wegen O'Briens Kampagne einschlafen lassen."

McDaid, der Delegierte aus Belfast, erhob – wie erwartet – Widerspruch. „Wenn Arthur hier wäre, entschiede sein Votum. Und wir wissen ja, wofür er stimmen würde!"

Der Stabschef seufzte. „Rory, er ist weder hier noch überhaupt länger Mitglied des Armeerates. Er ist Kriegsgefangener und als solcher fällt er automatisch in den Freiwilligenstatus zurück. Das wißt ihr alle."

„Ja, aber wir stimmen über seinen Plan ab."

„Das macht doch keinen Unterschied."

Moss Tierney, ein starrköpfiger 65jähriger Mann aus Cork, der Nachfolger des Hundes im Armeerat, hustete. Die Köpfe wandten sich ihm zu. Tierney formulierte bedächtig die Frage, die alle weder stellen noch beantworten hatten wollen.

„Wie? Wie blasen wir die Operation ab? Indem wir eine Anzeige in die Scheißzeitung setzen?"

Eine peinliche Stille erfüllte den Raum. Die Führer der Irisch-Republikanischen Armee, der erfolgreichsten Stadtguerilla der Welt, wollten es sich nicht eingestehen, aber, was den letzten Plan des Hundes betraf, tappten sie hinsichtlich der Identität der Akteure so sehr im Dunkeln wie die Briten auch.

McDaid ergriff das Wort. „Ein wichtiger Punk, Moss. Nun", wandte er sich an den Stabschef, „Jack, wie *könnten* wir die Sache abblasen, wenn wir es wollten?"

Jack Conlon schaute in die Runde. „Sollen wir mal alle Informationen, über die wir verfügen, zusammenfassen, Genossen?" Die Nordiren willigten ein, wenn auch zögernd. Conlon fuhr fort.

„Soweit wir wissen, haben die Briten Arthur zum Sprechen gebracht. Sie hatten ihn sieben Tage in Castlereagh und Ballykelly. Er wird jetzt seit Wochen in Wandsworth abgeschottet. Spotter hat berichtet, daß er im Gerichtssaal einen total fertigen Eindruck gemacht hat. Da wir bereits vermutet hatten, daß sie ihn gebrochen haben, wurden andere sichere Häuser besorgt, und jedem, der mit ihm enger zusammengearbeitet hat, wurde nahegelegt abzutauchen. Die Brits werden vermutlich die Namen der Hasen kennen. Es ist nur eine Frage der Zeit, bis die Brits sie aufspüren und eliminieren. Wir müssen uns im voraus von ihnen distanzieren. Weiß der Himmel, was sie geplant haben. Die Aktion in Paris war gut, das muß ich zugeben. Sehr professionell. Aber wir können nicht Leute in unserem Namen operieren lassen, die wir nicht unter Kontrolle haben."

„Du warst aber doch auf dem Treffen, bei dem Arthur autorisiert wurde, so zu handeln!" McDaid war wütend.

„Das ist wahr", räumte Conlon ein, „kein Mensch ist fehlerfrei, aber der Punkt ist doch, daß wir – wenn es schon die Brits wissen – erst recht wissen sollten, wer diese Hasen sind. Wir müssen es unbedingt wissen."

Mulhern, das jüngste Mitglied des Armeerates, meldete sich zu Wort. „Selbst wenn der Hund gebrochen wurde, kennen die Brits nicht mal die Hälfte der ganzen Geschichte."

Die Älteren wandten sich ihm zu. Der Jüngling, wie sie ihn nannten. Sprach während der Ratstreffen nur selten. Er war naturgemäß ein 'Falke', das Produkt Belfasts und des Lagers Long Kesh, und politisch linksstehender als die meisten von ihnen. Er hatte in der jüngsten Kampagne bewaffnet bekämpft, bevor er sich die Rangleiter hocharbeitete, während die meisten der älteren Herren am Tisch seit den vierziger oder fünfziger Jahren nicht mehr in Aktion getreten waren. Normalerweise zollte er der alten Garde große Hochachtung. Im Moment aber sprach er, wie sie spüren konnten, aus einer Position der Stärke. Er setzte ihnen seelenruhig alles auseinander, so wie der Hund es ihm aufgetragen hatte.

„Ich glaube wie gesagt nicht, daß sie Arthur gebrochen haben. Selbst wenn es so wäre, ist es unwichtig. Er hat ja seine Vorkehrungen getroffen. Er kennt nur die Zellenleiter. Er weiß weder, wen die rekrutiert haben, noch was sie vorhaben und welche Decknamen sie benutzen. Sie haben Kohle und vollkommen freie Hand. Onkel Chris hat sich um die Papiere gekümmert. Selbst wenn der Hund ihnen alles erzählt hat, was er weiß, können sie nicht sehr viel erfahren haben."

Eine kurze Stille trat ein. Die Dinge standen schlechter bzw. besser, als sie vermutet hatten. Der Stabschef hustete.

„Wer ist Onkel Chris?"

Mulhern zögerte. Dann sagte er unaufgefordert: „Chris Connolly."

„Mein Gott, mit ihm war ich '43 im Crumlin interniert. Ich dachte, er habe längst mit alldem nichts mehr zu tun."

„Ich glaubte, er sei tot."

„Er ist in die Staaten gegangen, nicht wahr?"

Mulhern rang sich ein kurzes Lächeln ab. „Er war seit '69 ein Schläfer. Er ist ein alter Freund vom Hund. Er lebt in Hollywood."

„Holywood, Grafschaft Down?"

Mulhern grinste erneut. „Hollywood, Kalifornien. Er ist Chef eines Reiseunternehmens. Er hat sich um die ganze Dokumentenbeschaffung gekümmert."

Im lauten Stimmenwirrwarr unterbrach jeder jeden.

„Wer ist noch beteiligt? Wer sind die Hasen? Was haben sie vor?"

„Ich habe doch bereits gesagt, daß nur Connolly die Männer und ihre Decknamen kennt. Die bereiten ihre Aktionen autonom vor. Der Hund kennt nur die Zellenleiter."

„Kennst du irgendeinen von ihnen?"

Mulhern zögerte. Natürlich kannte er sie. Er war die letzte Sicherheit des Hundes, falls alle Stricke reißen sollten. Der Einzige, dem der Hund restlos vertraut hatte.

Als O'Brien sich nach dem letzten Armeeratstreffen vor vier Monaten an ihn gewandt hatte, fragte ihn Mulhern, warum er nicht den ganzen Rat in sein Vertrauen zöge. Ging es nur darum, daß wie gewöhnlich noch jemand informiert war, oder sollte er darüberhinaus etwas erfahren?

Der Hund war nicht so wohlgemut wie sonst gewesen. „Eamonn", hatte er gesagt, „ich bin seit langer Zeit davon überzeugt, daß in unseren oberen Rängen, wenn nicht gar im Armeerat selbst, ein Verräter sitzt. Ich kann es nicht beweisen, wenn es auch bestimmte Verdachtsmomente gibt. Ich kann es auch nicht riskieren, eine Paranoia und Hetzjagd auszulösen. Also, nur du, ich, Onkel Chris und die Hasen wissen davon. Es bleibt unter uns. Sollte mir etwas zustoßen, brauche ich dich, damit du ihnen hilfst, so gut du kannst. Für die Hasen ist dein Deckname Master McGrath."

„Mein Gott, Arthur", hatte Mulhern sich ereifert, „überstrapazierst du nicht die Tiermetaphern? Der Hund, die Hasen und jetzt Master McGrath."

O'Brien hatte nur gelächelt. „Du weißt noch überhaupt nichts von den Windhunden, Eamonn. Nein, gestatte mir meinen kleinen Scherz. Ich bin Zeit meines Lebens Revolutionär und Rebell gewesen und das schon, bevor einige von uns überhaupt realisiert hatten, daß wir Revolutionäre sind. Ich werde älter, nein, streite es nicht ab. Das ist vielleicht meinen Schwanengesang, aber ich muß dir sagen, daß die Zukunft Irlands in den Händen von Leuten wie dir liegt. In deinen drei Jahren im Kesh hast du dir historisches und politisches Wissen verschafft, das ich mir in vierzig Jahren kaum habe aneignen können. Man zählt mich natürlich zur ersten Garde, aber ich war eigentlich immer ein Einzelgänger. Zu jung für sie und zu alt für die 'jungen Wilden'. Du weißt ja, daß man mir vor Jahren schon nachsagte, ich sei kein richtiger Revolutionär, sondern ein Groucho-Marxist. Ja, das ist wahr. Wenn sie keinen Spaß verstehen können, scheiß doch auf sie. Sicher, die Revolution ist kein Deckchenhäkeln, und ich bin bereit, notfalls dafür mein Leben zu opfern, aber ich amüsier mich auch auf meine eigne perverse Art und Weise. Wir müssen auf dem Weg zum Schaffott lachen können. Nur tote Fische schwimmen mit dem Strom."

Dieser Charakterzug O'Briens hatte Mulhern ebenso verblüfft wie die meisten Leute aus der Bewegung, die O'Brien kannten, aber Mulhern zollte O'Briens Intelligenz, seiner Hingabe und Geschicklichkeit hohen Respekt. Und nun hatten sie ihn gekascht, und es sah ganz so aus, daß er keineswegs eine Spitzelparanoia gehabt hatte.

Mulhern blickte sich im Zimmer um. Es konnte sogar einer der Anwesenden sein. Gut, er hatte Onkel Chris' Identität preisgegeben, aber er würde den Teufel tun, auch nur einem einzigen zu erzählen, was er über die Hasen oder die Windhunde wußte.

„Das ist alles, was ich weiß", log er.

Die Tuatha, die früher schon einmal in Clontarf waren, schauten zu und lächelten.

Kurz darauf war das Treffen zu Ende, ohne daß es an irgendeinem Punkt zu einer endgültigen Entscheidung gekommen war. Conlon hatte beschlossen, daß einer ihrer Männer nach Kalifornien entsandt werden mußte, um Chris Connolly aufzusuchen. Dem alten Mann würde hoffentlich klargemacht werden können, daß der Armeerat, nachdem nun der Hund einsaß, die Sache in die Hand nehmen und die Namen und Decknamen erfahren mußte. Wenn nicht, gab es Mittel und Möglichkeiten, jemanden zum Reden zu bringen. Die Hasen würde man zurückbeordern. Oder, falls dies nicht möglich wäre, eliminieren!

*

Moss Thierney verließ das Treffen und spürte, daß er doch schon fünfundsechzig Jährchen auf dem Buckel hatte. Er schlug das Angebot aus, im Auto in die Stadt mitgenommen zu werden, und stieg in einen Stadtbus. Zwanzig Minuten später befand er sich im *Fenian Gun,* einem Pub in Norddublin. Sein erster Anruf galt seiner verwitweten Schwester. Er rief sie Abend für Abend an, wenn er noch 'geschäftlich' unterwegs sein mußte.

„Wie geht es ihr?"

„Sie hat sich etwas beruhigt", antwortete seine Schwester. „Sie hatte den ganzen Tag Schmerzen, das Morphium hat ihr aber geholfen. Sie schläft jetzt." Eine Pause. Dann: „Sie werden bald operieren müssen, wenn sie eine Chance haben soll, das weißt du doch, Moss, oder?"

„Ich weiß, Maura, ich weiß. Ich werde dafür sorgen. Es gibt

diesen Chirurgen in New York. Ich werde das Geld schon zusammenkriegen. Grüße sie herzlich von mir, ich werde morgen abend zurück sein."

Er hängte ein. Maura seufzte, legte den Hörer auf und bereitete sich eine weitere Tasse Tee. Armer Maurice, dachte sie. Er gibt sich immer noch Illusionen hin. Nora wird diesen Raum nicht mehr verlassen, es sei denn im Sarg. Noch immer vor sich hin seufzend, warf sie einen letzten Blick auf ihre schlafende Schwägerin, schaltete das Licht aus und den Fernseher im Wohnzimmer ein. Die Spätnachrichten liefen, und der Ansager sprach von einer Explosion in einer Londoner Bank.

Im Hinterzimmer vom *Fenian Gun* hörten Tierney und O'Gorman, der Pubbesitzer, ebenfalls die Kurznachrichten. Das Personal räumte auf, und O'Gorman nippte an einem Glas Powers, während Tierney, Temperenzler seit seiner Jugend, eine Tasse Tee schlürfte. Matt O'Gorman war ein alter Genosse. Er und Tierney waren beide in den vierziger Jahren im Curragh-Lager interniert. Er gestikulierte wild vor dem Fernsehschirm.

„War'n wir das, Moss?"

Tierney mußte gerade an Nora denken, Nora mit den leuchtenden Augen und dem kecken Mund, Nora, seine Frau und Liebe seit vierzig Jahren, Nora, die der Krebs dahinraffte, während diese verdammten Ärzte nichts unternehmen konnten. Nora ... er schaute auf.

„Ich weiß es nicht, Matt. Bei Gott, ich hoffe es nicht."

O'Gorman starrte seinen alten Freund überrascht an. Beide waren alte IRA-Kämpfer und hatten 1938 an Sean Russells fehlgeschlagener Bombenkampagne in England teilgenommen.

„Warum denn nicht, Moss? Wir können doch nur hoffen, daß den Jungs ein Volltreffer geglückt ist."

Tierney zuckte mit den Achseln. „Laß gut sein, Matt. Tut mir leid, aber ich weiß nicht, wo mir der Kopf steht. Kann ich mal telefonieren?"

„Na klar, nur zu. Ich mach derweil schon mal die Kasse. Nimm die Hintertür, wenn du gehst. Du kennst ja den Weg. Paß auf dich auf und komm gut nach Hause."

*

Im Büro von Argos Import und Export, Ballsbridge, Dublin, läutete das Telefon. Es war nach Mitternacht und das Büro längst geschlossen. Nach dem dritten Läuten schaltete sich ein Modul ein und stellte den Anruf in ein Hinterzimmer der britischen Botschaft um, die ein Stückchen weiter die Straße hinunter kurz vor dem Gelände der Königlichen Dubliner Pferdeschau lag. „Der irische Klee ist verfügbar." Ein weiteres Klicken und die Nachricht wurde mittels des britischen SIGINT-Geheimdienstsatelliten über Relais nach Cheltenham in England gesendet und von dort zum Geheimdienst der Armee nach Maresfield. Ein Geheimdienstoffizier nahm den Hörer ab und schaltete das Tonband ein.

„Hier spricht Emerald. Ich war heute abend auf meinem ersten Ratstreffen. Onkel Chris ist Chris Connolly. Lebt jetzt in Hollywood, Kalifornien. Die Unterlagen über ihn müssen irgendwo bei euren Akten sein. Er war 1943 in Belfast interniert." Eine Pause. „Hören Sie, ich brauche das Geld."

„Keine Sorge. Es wird morgen in Dublin deponiert. In Dollars. Noch etwas?"

„Nein, ich rufe in drei Tagen wieder an. Sorgen Sie dafür, daß das Geld da ist."

„Roger, Emerald."

Der Maulwurf legte auf, ging zur Toilette und mußte sich übergeben. Er wischte sich sorgfältig sein Gesicht an dem schmuddeligen Rollhandtuch ab und steuerte dann die Hintertür an.

„Bist du's, Moss? Alles in Ordnung mit dir?"

„Ja, Matt, danke. Gute Nacht."

„Grüße an Nora. Bis bald, altes Haus. Mach's gut."

BERGEN. HOLLAND

In seinem Herrschaftssitz wälzte sich Otto Blutgeld schlaflos in seinem Bett, eine Berufskrankheit derer, die mit dem Tod Handel treiben. Sie haben sich zu viele Feinde gemacht.

In den fünfziger Jahren hatte sich 'Otto der Seltsame' in Hamburg als Waffenhändler betätigt. Politische Ideologien bedeuteten dem Ex-Nazi nichts. Wer zahlen konnte, bekam seine Waffen, von Beretta-Pistolen bis zu hochentwickelten Luftabwehrsystemen.

Desöfteren legte Blutgeld auch seine Kunden aufs Kreuz und kassierte eine Belohung von englischen, französischen oder deutschen Behörden, die er mit entsprechenden Hinweisen versorgte. So bekam er von zwei Seiten Geld und dazu seine Waffen zurück.

Es war ein äußerst lukratives Geschäft, hatte ihm aber Feinde eingebracht. Colonel Mercier von den Kommandos des französischen SDECE hatte seinen Tod befohlen, da er sich geweigert hatte, die Waffenlieferungen an die FLN in Algerien einzustellen.

1956 war in seinem Büro eine in einem Feuerlöscher versteckte Bombe explodiert und hatte seinen Partner Wilhelm Schneider getötet. Otto war gerade nach draußen gegangen, um eine Zeitung zu kaufen. Im darauffolgenden Jahr war das Eßzimmer seines Landsitzes in Braunlage in Flammen aufgegangen. Blutgeld und seine erschreckten Kinder sahen vom Garten aus zu. Der gütige Otto hatte dort gerade Ostereier für die Kinder versteckt. Zwei Monate später, am 3. Juni, just nachdem er eine weitere Waffenlieferung von Lübeck nach Nordafrika verschifft hatte, stieg Otto in seinen schwarzen Mercedes, drehte den Zündschlüssel, und das Auto explodierte in einem Feuerball. Otto blieb unversehrt. Seine alte Mutter starb durch die Explosion, seine siebenjährige Tochter wurde schwer verletzt.

1958 hatte ein französischer Agent zwischen Hamburg und Lübeck Ottos neuen Mercedes unter MG-Feuer genommen und die Reifen zerschossen. Das Auto war von der Fahrbahn abgekommen und hatte sich um einen Telefonmast gewickelt. Otto kroch heraus, arg mitgenommen, aber lebendig.

Er stellte die Waffenlieferungen an die FLN ein. Offenbar konnte man auch einem alten Köter noch Kunststücke beibringen.

Aber Otto schuf sich weitere Feinde. 1970 betrog er die IRA um tschechische Maschinenpistolen, FN-Gewehre, Granaten und eine Viertel Million Schuß Munition im Gesamtwert von 35.000 Pfund. Blutgeld hatte den britischen Geheimdienst informiert, von beiden Seiten Geld bekommen, die Waffen behalten und erneut verkauft. Die Iren wurden in Dublin vor Gericht gestellt. Über den Prozeß wäre beinahe die irische Regierung gestürzt. Wie die Franzosen verfügen auch die Iren über ein langes Gedächtnis. Und so spitzten einige die Ohren, als sie erfuhren, daß Otto sich in Holland zur Ruhe gesetzt hatte.

Das Lämpchen neben seinem Bett leuchtete auf, und leise ertönte die Alarmglocke. Er setzte sich auf. Das Sicherheitssystem meldete einen ungebetenen Gast. Während er seinen Bademantel überwarf, schaltete er über Fernbedienung die Fernsehmonitore ein und schaute auf die Umzäunung.

Das Drahtgeflecht war durchtrennt worden, und er konnte sehen, wie eine dunkle Männergestalt über den Rasen schritt. Blutgeld knurrte mit einem wölfischen Grinsen. Es sah nicht so aus, als sei der Eindringling bewaffnet. Otto hatte sich schon lange nicht mehr richtig amüsiert. Mit diesem Dilettanten würde es spaßig werden.

Lässig langte er nach dem Schalter, der die Gittertüren des Hundezwingers elektronisch öffnete, und ließ seine beiden Dobermänner frei. Er nahm die Walther P. 38 vom Nachttisch, goß sich einen Schnaps ein und machte es sich bequem, um die Show zu verfolgen. Besser als die römischen Spiele.

Neunzig Sekunden später spang er fluchend auf. Auf dem flimmernden Schwarz-Weiß-Bildschirm konnte er sehen, wie Puppi und Adolf, seine geliebten Dobermänner, auf dem Rasen mit gebleckten Zähnen alle Viere von sich streckten. Ihre Kehlen waren mit Käsedraht durchgeschnitten worden.

„Scheißköpfe", brüllte er und betätigte den Alarmschalter, der direkt in der örtlichen Polizeistation Alarm auslöste. Er befand sich auf dem Weg zu seinem Waffenschrank, als der Molotowcocktail durch das Schlafzimmerfenster barst und aufflammte. Otto drehte sich um und flitzte ins Wohnzimmer, als Enwright, der seinen Mantel vor sich hielt, um sich vor den Glassplittern zu schützen, Hals über Kopf durch die gläserne Eingangstür kam. Er landete unglücklich und rollte sich hinter das Ledersofa in Deckung, als Otto einen Schuß ins Blaue abfeuerte. Der frühere SS-Mann nahm sich zusammen und feuerte noch zweimal. Der Aufschrei des Iren, der von einer Kugel an der Schulter getroffen worden war, verschaffte ihm Genugtuung.

Otto schielte boshaft und ging in das Zimmer, um den Iren zu erledigen. Als er erneut abdrücken wollte, erwischte ihn Morgans Messer im Magen. Er stürzte kopfüber hin, Blut spritzte und er starrte entsetzt. Die Walther fiel zu Boden, und Morgan, der dem Molotowcocktail durch das Schlafzimmerfenster gefolgt war, schnappte sich die Pistole und stieß den Deutschen mit den Füßen auf den Rücken.

Enwright kroch hinter der Couch hervor. Er blutete wie ein Schwein. Die halbe Schulter schien zerfetzt zu sein. Blutgeld, aus dessen Bauch noch immer das Messer ragte, schaute seine Angreifer im Schein der Flammen an, die bereits vom Schlafzimmer auf die Diele übergegriffen hatten und sich jetzt dem Wohnzimmer näherten.

„Wer zum Teufel seid ihr?" krächzte er.

Enwright erhob sich schwankend. „Wir sind die IRA, du Drecksnazi. Niemals vergessen, niemals vergeben! Hol die Gewehre, Damien und schau im Badezimmer nach, ob es einen Verbandskasten gibt. Wir müssen schnellstens von hier verschwinden. Sieh zu, daß du auch die Autoschlüssel auftreibst. Reich mir die Knarre, ich geb dem Kerl die Kugel!“

Morgan warf Enwright die Walther zu, rannte durch die Diele Richtung Schlafzimmer, wurde aber durch die Flammen aufgehalten. Während er zurückstolperte, sah er, wie sein Genosse nach der Pistole griff, die er fallengelassen hatte. Von Grauen gepackt mußte er mit ansehen, wie in diesem Moment der sterbende Blutgeld sich das Messer aus dem Wanst zog und es Enwright in die Brust stieß ...

Morgan spähte durch die Windschutzscheibe von Blutgelds Mercedes, auf die der Regen peitschte, und bemühte sich, auf der rechten Fahrbahnseite zu bleiben. Enwright und Blutgeld waren tot, das Haus lag in Schutt und Asche, und er fuhr mit einem gestohlenen Auto in einem fremden Land herum, dessen Sprache er nicht verstand. Er hatte Geld, kannte aber niemanden. Er besaß eine Walther P. 38 mit fünf Kugeln und die Privatadresse des Chefs des britischen Geheimdienstes. Selbstzweifel plagten ihn. Er hatte erneut versagt, und dieses Mal war sein Genosse, der Freund, der ihm noch einmal eine Chance gegeben hatte, ums Leben gekommen, und er war schuld daran. Vor ihm tauchten drohend die Lichter der polizeilichen Straßensperre auf. Wild gab er Gas und raste krachend durch die Absperrung. Die holländischen Polizisten feuerten mit ihren Maschinengewehren hinter dem Wagen her und zerschossen die Heckscheibe. Zwei Kugeln bohrten sich durch den Fahrersitz. Das Auto schleuderte auf den Randstreifen und wieder auf die Fahrbahn zurück, während Morgan verzweifelt versuchte, die Kontrolle über das Fahrzeug wiederzuerlangen. Langsam sickerte Blut an seiner Seite und am Bein herunter, er rang um sein Bewußtsein. Er fing an zu singen. Ein seltsames Lied, von dem ihm gar nicht bewußt war, daß er es überhaupt kannte. Es schien aus dem Nichts zu ihm zu kommen, aus seinem Unterbewußtsein wie aus einem Traum.

Ich bin Brian Boy Magee und mein Glaube ist ein Schrei des Hasses, mein Gefängnis,
Leben und Liebe bedeuten mir nichts mehr, die Rache, sie ist mein Verhängnis ...

Es blieb ihm nur noch eines übrig. Er mußte es bis nach Amsterdam zurück schaffen. Es war fünf Uhr morgens.

*

Sir Alexander Hume war ein Gewohnheitsmensch. An Werktagen verließ er jeden Morgen pünktlich um acht Uhr das Haus. Morgen für Morgen fuhr der Chauffeur exakt um sieben Uhr fünfundfünfzig die Limousine aus der vier Häuserblocks entfernten Tiefgarage und parkte sie vor Nummer 24, dem efeuumrankten, dreistöckigen Haus in der vornehmen Avenue Frans Hals.

Sir Alex' Leibwächter, ein ehemaliger Soldat der Marinekommandos namens Logue, ging stets zuerst vor die Tür und kontrollierte die ruhige Straße. Der Chauffeur, Carstairs, öffnete die hintere Tür des Rovers, und um Punkt acht Uhr trat der Spionagechef auf den Bürgersteig, stieg in den Wagen ein und wurde zur Arbeit gefahren.

Dies wurde so unauffällig wie möglich abgewickelt. Keiner von Sir Alex' wohlhabenden Nachbarn wußte, welcher Tätigkeit er nachging. Für sie war er der Direktor eines britischen Unternehmens, der in der Stadt arbeitete, und, bis auf seine Diener, seinen Chauffeur und Logue, seinen Kammerdiener, das Haus allein bewohnte. Ein Herr der alten Schule; ein Mann, der allein lebte und speiste und selbst die höhere Gesellschaft mied.

Damien Morgan, dessen Kräfte rasch schwanden, raste mit dem Auto seitwärts in die baumgesäumte Straße. Der Wagen kippte zur Seite, schleuderte in einen am Bordstein geparkten BMW und kam zum Stehen.

Nicht mehr viel Zeit, stellte Morgan fest. Er versuchte vergeblich, die Blutungen an Arm und Schulter zu stillen. Es war nur eine Frage der Zeit, bis sie das gestohlene Auto finden würden. Und es war auch nur eine Frage der Zeit, bis er ohnmächtig werden würde. Er schaute noch einmal auf den Stadtplan. Nur noch zwei Straßen weiter. Enwright und er hatten das Haus markiert, bevor sie die mißglückte Attacke auf Blutgeld gestartet hatten. Er würde es zu Fuß versuchen müssen.

Logue entriegelte wie schon viele Male zuvor die fest verschlossene Eichentür und checkte die Straße. Auf seinen Wink hin steuerte Carstairs den Rover an den Bordstein und stieg aus. Sir Alex setzte seinen Hut auf und zog seinen Mantel über. „Einen Moment bitte, Logue, ich habe einige Papiere vergessen. Gehen Sie schon hinaus, ich brauche nur ein paar Sekunden."

Um sieben Uhr achtundfünfzig schleppte sich Morgan kraftlos die Straße entlang und bog in die Avenue Frans Hals ein. Er dachte an seinen toten Freund. Er dachte auch an Joe O'Sullivan und Reggie Dunne, zwei alte IRA-ler, die im Ersten Weltkrieg in der britischen Armee gedient hatten. Zwei von Michael Collins' Männern. Sie hatten am 22. Juni 1922 den britischen Feldmarschall Sir Henry Wilson, der für den britischen Terror in Irland verantwortlich war, auf den Treppenstufen seines Hauses in Belgravia, London, erschossen. Sie wurden sofort gefaßt und daraufhin exekutiert. Sie waren nicht sehr weit gekommen. O'Sullivan hatte bei Ypres ein Bein verloren und konnte nur hinken. Und Dunne hätte ihn niemals im Stich gelassen.

„Kamikaze-Zeit“, brummte Morgan vor sich hin. „Nummer 24.“

Logue blickte noch einmal die Straße auf und ab und befolgte die ihm erteilten Anweisungen. Er überquerte die Straße, um kurz mit Carstairs zu sprechen. Als Sir Alex mit seiner Aktentasche die Stufen hinunterhastete, öffnete Logue ihm die Wagentür und stand mit dem Rücken zu Morgan, der, die Walther in der Faust, um die Ecke gehumpelt kam. Morgan feuerte aus sechs Metern Entfernung drei Schüsse auf Hume ab. Da er aber wild drauflos ballerte, verfehlten die ersten beiden Schüsse ihr Ziel um ein Weites. Logue reagierte blitzschnell, wirbelte herum, zog seine Pistole, gab nur einen einzigen Schuß ab, traf den Iren mitten in die Brust und schleuderte ihn dadurch zu Boden. Logue sprang nach vorne, trat Morgan die Pistole aus der Hand und stand gebeugt über ihm, seine 9mm Heckler auf Morgans Kopf gerichtet. Ein erstickter Schrei des Chauffeurs rief die Diener auf den Plan. Morgans dritter Schuß hatte Sir Alex getroffen, der auf dem Bürgersteig zusammengesackt war. Sein Lebenssaft rann durch ein in seiner Kehle klaffendes Loch.

Als ringsum die Fenster in der Avenue geöffnet wurden, als die Diener versuchten, ihren Herrn aufzupäppeln, als Carstairs sich erbrechen mußte und den Rover bekleckerte, überkam der Tod Sir Alexander Hume, Komtur des Britischen Empires, ehemals Schüler in Oxford und Eton, sowie Damien Morgan, arbeitsloser ungelernter Arbeiter und Absolvent der Stella-Maris-Schule in der New Lodge Road. Logue bemühte sich, die letzten Worte des Mannes aus Belfast zu hören.

„Cuma linn, is cuma linn cogadh no sith
Marbhor sa cogadh, no crocher san sith.“

Hätte er gälisch verstanden, hätte er das alte irische Sprichwort erkannt: „Was macht es schon, wenn sie uns im Krieg töten, wenn sie uns in Friedenszeiten sowieso hängen?“

Er verstand es nicht. Und eine Banshee rief, als der junge Morgan starb, von dem weit entfernten Knockanure her.

Für zwei Kämpfer aus den Zellen des Hundes, für Sir Henry

Wakehurst, für Sir Alexander Hume und für Otto Blutgeld war die Schlacht vorüber. Der Krieg aber nicht, da die keltische Verschwörung – wie immer – geschwind ihren Fortgang nahm.

SAN FRANCISCO

Die Sicherheitsbeamten beendeten ihre Durchsuchung, packten ihre Sachen und brachten den Spürhund nach draußen. Das Zimmer 367 des Fairmont-Hotels war sauber. Keine Bombe, keine Wanzen. Geoffrey Mason, der neue britische Außenminister, würde hier sicher untergebracht sein.

Das Protokoll war streng. Ankunft auf dem SFX-Flughafen um achtzehn Uhr dreißig. Eine Limousine würde ihn auf dem schnellsten Wege zum Commonwealth-Club bringen, wo er speisen und vor den versammelten hochrangigen Gästen eine Rede halten würde. Danach ins *Fairmont* auf Nob Hill zum Schlafen. Frühstück um acht Uhr. Die Limousine würde ihn um neun Uhr abholen und er um dreizehn Uhr in Los Angeles bei einem Mittagessen der Republikanischen Partei sprechen.

Jim Adair, der persönliche Sicherheitsoffizier des Ministers, segnete das Programm ab. Er mußte allerdings noch den Commonwealth-Club unter die Lupe nehmen. Das konnte er nicht der örtlichen Polizei und dem FBI überlassen, obwohl die ganz tüchtig schienen. Mit den Sicherheitsvorkehrungen am Flughafen war er ganz zufrieden, und die Limousine war, so meinte er, unangreifbar. Die Ereignisse von Paris würden sich hier nicht wiederholen. Er wandte sich an seinen Assistenten.

„Jenkins, Sie und Evans sind hier bis zu unserer Abreise morgen früh um neun Uhr im Dienst. Einer von Ihnen beiden schiebt vor diesem Zimmer ununterbrochen Wache. Niemand, ich wiederhole: niemand betritt dieses Zimmer ohne meine ausdrückliche Genehmigung. Keine Hoteldiener, keine Zimmermädchen, keine Boten. Ich werde heute nacht in Zimmer 369 sein. Ich gehe jetzt den Commonwealth-Club inspizieren und dann den Minister am Flughafen abholen."

Er schaute auf die Uhr. Fünfzehn Uhr dreißig. Gut in der Zeit. Er sah sich noch einmal im Zimmer um und nickte anerkennend. Diese Yanks bewiesen Stil. Frische Blumen. Einen superben Getränkevorrat im Kühlschrank, den er bereits einer eingehenden Probe unterzogen hatte. Kabelfernsehen. Eine Schuhpoliermaschine und eine Hosenpresse. Ein Anrufbeantworter und eine

Alarmglocke. Sogar eine vollautomatische Kaffeemaschine. Er kam zu dem Schluß, daß englische Caterer das eine oder andere von diesen Amerikanern lernen könnten. Die feinen Nuancen unterschieden die wirklich hervorragenden von den lediglich guten Hotels. Er warf noch einmal einen Blick aus dem Fenster und genoß den Rundblick über die Bucht. Wunderschöne Stadt. Das war eine seiner besseren Dienstreisen, stellte er zufrieden fest.

Er verschloß die Tür und ließ einen gelangweilten, mürrischen Jenkins davor stehen. Eine Runde Darts wäre mir lieber als diese Kacke hier, dachte sich der Waliser. Eine kostenlose Reise in die Stadt der Sünde und ich ende hier in einem Hotelkorridor. Höchste Zeit für die Pensionierung.

Adair fuhr mit dem Lift in die Lobby hinunter. Er schaute sich gewohnt professionell um und bemerkte den FBI-Agenten und den Mann vom MI 6 sofort. Beide saßen voneinander entfernt in Plüschsesseln und gaben vor, Zeitung zu lesen. Alles in Ordnung, schloß er und nickte schroff dem vor der Tür stehenden Chauffeur zu, der hastig seine Zigarette ausdrückte und loseilte, die Limousine zu holen.

Während er großen Schrittes durch die Drehtür entschwand, schenkte er dem leger, aber teuer gekleideten Jim Jackson, der an der Hotelbar an einem Glas Margarita nippte, keinerlei Beachtung. Der Engländer sah allerdings Adair und lächelte in sich hinein, während er beobachtete, wie dieser das Hotel verließ. Adair hatte das Zimmer inspiziert und nichts gefunden. Ein Wort, das sein Freund aus Derry häufig gebraucht hatte, beschäftigte ihn. Tadellos. Das war es.

„Tadellos, mein Sohn“, murmelte er in seinen Bart, dann trank er aus, gab dem Barmann ein Trinkgeld, streckte sich und schlenderte hinaus, um ein Taxi herbeizuwinken.

Auf dem Weg zu seiner letzten Sicherheitsüberprüfung saß Adair entspannt in der Limousine. Hätte er vor drei Stunden Jackson in einer Liftboyuniform in Zimmer 367 gesehen, wäre er wahrscheinlich nicht so guter Dinge gewesen. Er hätte sich wohl sehr gewundert, was ein Liftboy mit einer Tonbandkassette und einer Dose Haarspray zu schaffen hatte.

*

„Gute Nacht, Jenkins.“ Geoffrey Mason schloß die Tür, ging ins Zimmer, befreite seine Füße von den Tretern und begab sich ins Badezimmer. Er lockerte seine alte Harrow-Krawatte und schickte sich an, zu Bett zu gehen, nachdem er sich einen Nachttrunk genehmigt hatte.

Erstklassige Unterbringung hier. War das nicht der Ort, an dem die Fernsehserien gedreht wurden, die sich seine Frau immer anschaute? *Hotel.* Ich muß ihr irgendein Souvenir mitbringen. Er faßte den Entschluß, das überzählige Handtuch oder den Aschenbecher zu stibitzen.

Alles in allem war es bislang eine gelungene Reise. Flagge zeigen. Seine Rede im Club hatte recht guten Anklang gefunden, dachte er. Der Konsul der Republik Irland war anwesend und hatte seine Bemerkungen über Noraid mit Applaus bedacht. Händler des Todes hatte er sie genannt. Die britischen Informationsdienste arbeiteten hier verdammt gut, mußte er anerkennend feststellen. Dagegen hatten die Paddies keine Chance.

Er schaltete die Spätnachrichten auf Kanal 5 ein und war selbstverständlich hocherfreut, Auszüge aus seiner am Abend gehaltenen Rede zu sehen, die zwischen Werbespots für Monatsbinden und ein Mittel gegen Hämorrhoidalleiden eingeblendet wurden. Auch gut! Das ist Amerika.

Er zog seine Armbanduhr ab, schlug die Bettdecken zurück und schlüpfte ins Bett. Er schaltete den Fernseher per Fernbedienung aus. Äußerst nützliches Zubehör, so eins muß ich mir auch besorgen, wenn ich wieder zuhause bin, dachte er, bevor er in Schlaf sank. Es war dreiundzwanzig Uhr fünfundvierzig.

Er schlief tief und fest. Um ein Uhr fünfzig hörte er das leise Klicken der Zeitschaltuhr nicht, die das Kassettenlaufwerk in Gang setzte. Neun Minuten lang lief die Kassette geräuschlos, dann erhob sich der sanfte Klang einer irischen Harfe, der sich zu einer Kadenz steigerte. Mason riß sich aus Morpheus' Armen. Was zum Teufel war das?

„Guten Morgen, Herr Minister." Es war eine englische Stimme. „Hier spricht die Enwright/Morgan-Brigade der Irisch-Republikanischen Armee. Einen schönen Tag auch – in der Hölle! Diese Botschaft wird sich in fünf Sekunden selbst vernichten."

Mason tappte nach dem Lichtschalter, als Jenkins ins Zimmer gestürmt kam und sich auf den Anrufbeantworter stürzte. Er riß die Kassette heraus, schleuderte das Gerät ins Badezimmer und starrte in das bestürzte Gesicht des britischen Ministers. Aus den Augenwinkeln erspähte er das rote Licht und den Dampf, der langsam aus der automatischen Kaffeemaschine aufstieg.

Das war das letzte, was die beiden Herren sahen, bevor das Haarspray in der Maschine überhitzt war und die Explosion das Zimmer total verwüstete. Die Stoßwellen, die sich mit einer

Geschwindigkeit von 13.000 Meilen pro Stunde ausbreiteten, verwandelten einstmals feste Gegenstände in Gas, was zu einem enormen Druckanstieg führte. Eine Druckwelle erwischte Masons offenen Mund, pflanzte sich spiralförmig nach oben fort, riß ihm die Schädeldecke ab und verspritzte sein Gehirn im ganzen Zimmer. Die eine Millisekunde später folgende Nachwelle verwandelte sich in einen Feuerball, prallte von der Wand zurück und brachte Teile der Decke zum Einsturz.

Als sich die Sicherheitsbeamten des Hotels in das Zimmer drängten, sahen sie Adair, der durch den Explosionsdruck aus seinem Bett im Nebenzimmer geschleudert worden war, nackt und mit der Walther in der Hand im Zimmer stehen. Er stand unter Schockwirkung. Mason war tot und Jenkins lag im Sterben. Ach du lieber Himmel! Was sollte er bloß der Premierministerin erzählen?

NORTH BEACH

In Specs Bar, Columbus Avenue, blickte Jim Jackson auf die Uhr. „Zwei Uhr", rief Specs. „Letzte Bestellungen." Jackson zögerte, und während sich bei ihm einen kurzen Moment lang leichter Zweifel regte, hörte er einen dumpfen Knall, der von dem etwa eine Meile entfernten Nob Hill herüberdrang. Jackson erlaubte sich ein breites Grinsen.

„Hört sich an, als gäbe es da oben Probleme." Er lehnte sich entspannt zurück. „Einen letzten Bushmills, Specs, bitte, und gieß dir auch einen ein."

Als zehn Minuten später die Feuerwehren zum Fairmont auf dem Nob Hill hinaufheulten, erhob sich Jackson vom Barhocker, verließ die Kneipe und schlenderte zum Telefonhäuschen vor Clown Alley, der Hamburgerbude, die rund um die Uhr geöffnet hatte. Er warf zwanzig Cents ein und rief den Nachtdienst des *Examiner* an.

Ruhig, gelassen und deutlich sprach er durch ein Taschentuch. „Hier spricht die Enwright/Morgan-Einheit der Cuchullain Brigade. Wir haben gerade im Fairmont-Hotel den britischen Außenminister in die Luft gejagt. Sieg der IRA!"

Nachdem er seine Fingerabdrücke abgewischt hatte, hängte er den Hörer ein, verließ die Telefonzelle und hielt ein vorüberfahrendes Taxi an. „Geary Boulevard, Ecke Third Avenue", instruierte er den Fahrer.

Ireland's 32 war sicher noch offen. Er fühlte sich überhaupt noch nicht müde.

„Auf Wiedersehen, Miß Bogart.“

„Auf Wiedersehen, Mr. Hennessey, und ein schönes Wochenende.“

Charles ‘Chuck’ Hennessey II lächelte. Mit Bedacht. Auf dem Weg vom 20. Stock des *Embarcadero 2* nach unten dachte er über die neue Sekretärin nach. Hübsche Beine, entschied er, aber ihre Titten könnten ein bißchen Silikon vertragen.

Er verließ den Lift in der Tiefgarage, ging zu seinem BMW und stieg ein. Der Motor brummte, die Stereoanlage dröhnte. Er jagte den Wagen die Ausfahrt hoch, bog nach rechts in die Clay Street und Richtung Autobahn ab.

Es war Freitagnachmittag fünfzehn Uhr, und Hennessey verließ die Werbeagentur früh, um nicht in den Berufsverkehr zu geraten. Miß Bogart würde bis siebzehn Uhr fünfzehn bleiben müssen und dann die Torturen eines Horrortrips mit der Stadtbahn auf sich nehmen, aber Chuck Hennessey konnte als Mitgesellschafter der angesehenen Werbeagentur Higher & Hier so über seine Zeit verfügen, wie er wollte. Arbeitsbeginn um zehn Uhr, zwei Stunden Mittagessen bei *Tadich* und ein früher Feierabend. Chuck Hennessey hatte es geschafft.

Chuck war gut aufgelegt, während der BMW über das Unterdeck der Bai-Brücke und durch den Tunnel schwirrte, der unter Treasure Island verlief, dem Sperrgebiet der Marine in der Mitte der Bucht. Der Blick über die Bucht war wie immer überwältigend. Die Boote schipperten ins Wochenende, ihre vielfarbigen Segel tüpfelten das kalte, blaue Wasser. Als er bei dem zweiten Brückenbogen Richtung Highway 24 abfuhr, blickte er in den Rückspiegel und sah die gespenstischen Türme der Wolkenkratzer im Finanzdistrikt und die Spitze der Trans-Am-Pyramide, die über den letzten, von der Sonne noch nicht verscheuchten Nebelschwaden zu schweben schienen.

Die Sonne brannte auf die East-Bay-Autobahn, als er durch den Caldicott-Tunnel und das County Contra Costa heimwärts fuhr. Es herrschte wenig Verkehr und fünfundzwanzig Minuten, nachdem er losgefahren war, bog er in die kleine Ortschaft Orinda ab, während Eric Burdon in Stereo „San Franciscan Nights“ abwürgte. Er hatte nur noch fünf Minuten bis nach Hause. Fünf Minuten bis zu einer schicksalhaften Begegnung ...

Hennessey bog beim Safeway-Supermarkt rechts in die enge, baumgesäumte Camino Sobrante Straße ab. Er verlangsamte seine Fahrt und schlängelte sich am County-Club vorbei die

Straße zu dem kleinen See hinauf, den er links liegen ließ, um abermals das Tempo zu drosseln, damit er die verrückten Jogger mit ihren Hunden nicht über den Haufen fuhr, die offenbar den ganzen lieben Tag lang um den See herum rannten.

Die Häuser hier waren alle sehr luxuriös, zurückgesetzt in ihren Gärten. Die Luft war erfüllt vom Gezisch der Rasensprenger, dem Bellen der Hunde, dem Gezwitscher der Vögel und dem grunzenden Stöhnen der Jogger.

Er wich einer kleinen Herde Hochwild aus, die seelenruhig neben der Straße äste, und bog nach rechts in die Privatstraße namens Las Cascadas ein. Er hielt am Briefkasten an, entnahm ihm ein paar Briefe, eine Handvoll Werbezettel und anderen Schund. Dann beschleunigte er auf dem letzten Wegstück der vornehmen Straße das Tempo. Der Weg stieg steil und kurvenreich an und fiel zu dem Wasserfall hin ab, dem die Straße ihren Namen zu verdanken hatte. Er parkte vor seinem Haus. Seiner Junggesellenbude. Seiner Baumhütte.

Das vom Laubwerk der hoch aufragenden Eichen und Platanen bedeckte Holzhaus war klein und bezaubernd. Es lag oberhalb der Schlucht. Von hier aus konnte man über die Cascadas blicken. Das Haus hatte früher als Bedienstetenunterkunft der großen spanischen Anwesen gedient, die einst in Orinda und Moraga vorherrschend waren. Droben in den Bäumen tummelten sich Eichhörnchen, krächzten und schnatterten riesige blaue Häher. Es war ein idyllischer Schlupfwinkel in den Bergen und doch nur eine halbe Stunde von der City entfernt. Hennessey hatte das Haus nach seiner Scheidung gekauft, und er liebte es, hier zu leben. Die Terrasse war ideal für seine Wochenendparties, und die bei ihm ein- und ausgehenden jungen Damen waren von der luxuriösen Innenausstattung ebenso begeistert wie vom rustikalen Charme des Hauses.

Er fingerte nach seinen Schlüsseln, öffnete die Eingangstür und nahm mehrere Stufen auf einmal. Ein Drink, eine Dusche und vielleicht ein paar 'Lines'. Dann könnte er sich den wie auch immer gearteten Freuden des Abends hingeben.

Er warf sein ledernes Aktenköfferchen auf den Küchentisch. Als er die Hausbar im Wohnzimmer ansteuerte, hörte er das Klacken. Dann sah er sie. Sie sah vertraut aus. Sie mußte ihm vertraut vorkommen. Es war seine Walther P. 38. Was ihm allerdings weniger vertraut vorkam, war das Gesicht über der Hand, die die Pistole auf seine Brust richtete.

„Guten Abend, Cousin", sagte Tim Kelly. „Endlich begegnen wir uns einmal ..."

„Setz dich, Cousin. Nimm dir was zu trinken. Schön hast du's hier. Eine gut bestückte Bar und dann auch noch diese interessanten Chemikalien."

Chuck sank auf das Sofa, nahm den ihm angebotenen Scotch, trank einen Schluck und versuchte zu begreifen, was vor sich ging. Kelly saß ihm seelenruhig gegenüber. Er ließ die Pistole sinken und nippte an seinem Drink. Offensichtlich hielt er sich schon länger hier auf und fühlte sich bereits heimisch. Der Videofilm *Das Leben und Wirken des Richters Roy Bean* lief. Chucks Video. Hennesseys Koks- und Grasvorrat befand sich auf dem steinernen Aztekentisch. Die fast leere Flasche Scotch und ein halbvoller Eiskrug standen auf dem Tisch am Fenster, illuminiert von einem Strahl der untergehenden Sonne. Sein Ruger Mini-14 Gewehr lehnte in der Ecke.

„Wer zum Teufel sind Sie? Wie sind Sie hier rein gekommen? Verdammt, was wollen Sie?"

Die Fragen schossen aus Hennessey heraus. Kelly grinste. „Eins nach dem anderen, Cousin. Soll ich mich nicht erstmal vorstellen? Ich bin wirklich dein Cousin. Timothy Kelly aus Belfast. Mein Paps Danny war der ältere Bruder deines alten Herrn Anthony. Tut mir leid, daß Tony seinen letzten Seufzer getan hat. Na ja, sieht ja ganz danach aus, daß er dich reichlich bedacht hat. Wie geht's Tantchen Maureen? Aber warum frage ich Dummkopf dich das. Habe ich nicht erst heute morgen mit ihr gesprochen, und hat sie mir nicht erzählt, daß du überhaupt kein fürsorglicher Sohn bist. Hast sie seit einem Monat nicht besucht, sie seit einer Woche nicht angerufen. So geht man doch nicht mit seiner ältesten noch lebenden Verwandten um, schon gar nicht mit seiner eigenen Mutter. Du solltest dich was schämen!"

Hennessey versuchte, ihn zu unterbrechen, aber sein Besucher fegte seine Proteste mit der Pistole beiseite. „Nein, laß mich ausreden. Ich weiß, es ist ein kleiner Schock, daß ich hier auftauche und mich ohne Voranmeldung aufdränge. Ich muß dir gestehen, daß ich dich heute morgen von den Bäumen aus beobachtet habe, als du das Haus verlassen hast. Du schienst ganz in Gedanken zu sein, da habe ich mich nicht getraut, dich zu stören. Du fuhrst davon, und ich ging ins Haus. Es war nett von dir, den Zweitschlüssel auf der Veranda zu deponieren. Ich habe mich ein wenig umgesehen und es mir gemütlich gemacht. Wie ich dir schon sagte, schön hast du es hier. Entschuldige, ich bin nicht gerade sehr gastfreundlich. Einen Joint, eine Prise für die Nase, noch einen Scotch? Fühl' dich wie zuhause. Da wir nun zusammenwohnen werden, müssen wir doch nicht so förmlich tun. Und mach' dir keine Sorgen wegen Tantchen Maureen. Ihr geht es gut. Da du deine Kinderpflichten so sehr vernachlässigst, habe ich es arrangiert, daß jemand ihr Gesellschaft leistet, mit ihr ein wenig verreist, während wir beide uns besser kennenlernen."

Hennessey fuhr in die Höhe, sank aber wieder zurück und verschüttete seinen Drink, als der Ire den Hahn der Waffe spannte. „Ich hab dir doch gesagt, du sollst mich nicht unterbrechen. Bleib ruhig sitzten, und ich werde dir alles erklären. In der kommenden Woche wirst du aus vier guten Gründen tun, was ich dir sage.

Erstens, ein Anruf bei den Bullen und du wirst hopps genommen. Deine Fingerabdrücke sind sowohl auf deinem Koksetui als auch auf der Waage. Das hier sind mehr als fünf Gramm Koks. Damit bist du ein Dealer und nicht nur ein Gelegenheitssniffer. Das bringt dir ein Jahr oder zumindest eine hohe Geldstrafe ein, und deinen ruhigen Job und dein hübsches Auto bist du auch los.

Zweitens habe ich mir deine Akten vorgenommen, die du nachlässigerweise nicht weggeschlossen hast. So wie ich es sehe, reicht ein Hinweis an das Finanzamt, und du wirst ganz schön dumm aus der Wäsche gucken.

Drittens, wenn du nicht tust, was ich dir sage, wirst du in einem Leichenwagen landen – bist du schon einmal in einem Leichenschauhaus gewesen? Nein danke, ich würde keines aus irgendeiner perversen Neugierde heraus besuchen wollen.

Und viertens und letztens haben meine Freunde und Genossen, wie du dir vielleicht bereits denken konntest, deine Mutter in ihrer Gewalt.

Natürlich wirst du aus keinem der eben genannten vier Gründe kooperieren, sondern aus familiärer Loyalität, nicht wahr? Übrigens, die Brits haben deinen Onkel Danny, meinen Vater, getötet. Wußtest du das nicht? '79, durch ein Plastikgeschoß, auf dem *Made in America* draufstand. Aber dafür kannst du ja nun wirklich nichts. Er war auf dem Nachhauseweg vom Pub, ganz mit sich selbst beschäftigt, als die Schweine ihn ein paar Meter vor seinem Haus abgeknallt haben. Aus Jux und Dollerei. Sie langweilen sich schnell, weißt du.

Wie dem auch sei, sollten dich der Wohlstand und die nasale Selbsttäuschung so korrumpiert haben, daß dein Verantwortlichkeitsgefühl gegenüber deinem Clan entschwunden ist, erinnere dich an die Punkte eins bis vier."

„Du bluffst", stammelte Hennessey. „Ihr habt euch meine Mutter nicht geschnappt, oder? Wehe wenn ..."

„Ich weiß, wenn wir ihr eines ihrer grauen Haare gekrümmt haben undsoweiterundsoweiter. Okay! Ich darf keine Zeit verlieren. Hier, ruf sie an! Aber denk daran, ich hab dich in der Hand."

Kelly reichte ihm das Telefon und sah zu, wie sein Cousin wählte. Es klingelte viermal, dann kam die Verbindung zustande.

„Mutter?"

„Charles, bist du es, Charles? Ein junger Mann hat mich ..." Das Gespräch wurde unterbrochen, und eine andere Stimme war zu hören, eine Belfaster Stimme.

„Das reicht. Keine Angst, deine Mutter macht einen kleinen Ausflug. Es passiert ihr nichts, vorausgesetzt du tust, was dein Cousin dir sagt." Danach war die Leitung tot.

Chuck lehnte sich zurück. Das konnte doch nicht wahr sein. Ein Alptraum, das. Im verschlafenen Orinda passierte so etwas nicht.

Kelly grinste ihn spöttisch an. „Kannst du dir jetzt ein Bild machen?" Bei sich dachte er: Das ist doch zu einfach. Dieser Kerl ist ein Idiot. Kelly hatte die sechs Stunden, die er schon im Haus war, nicht tatenlos verstreichen lassen.

Er hatte weniger als eine halbe Stunde benötigt, um in der Anschlußdose die Kabelenden so zu klemmen, daß jede Nummer, die Hennessey nach draußen wählte, seinen Anrufbeantworter erreichen würde, der sich im Schlafzimmer befand. Am frühen Morgen hatte er Frau Hennessey angerufen, zu deren Telefonnummer er über die nützliche Telefonauskunft gelangt war, und ihr bestätigt, daß sie tatsächlich bei einer Auslosung eine Reise für zwei Personen nach Reno gewonnen hatte, und daß die Flugtickets und Hotelreservierungen, die sie gerade erst per Post erhalten hatte, wirklich echt waren. Sie galten allerdings nur für eine Woche und sie müßte binnen vier Stunden am Flughafen sein. Würde sie es schaffen?

Natürlich. Maureen hatte in ihrem Leben noch nie etwas gewonnen und langweilte sich. Die lustige Witwe würde eine kostenlose Reise wie diese nicht ausschlagen. Während sie packte, rief sie selbstverständlich ihren einzigen Sohn an.

„Charles, bist du es, Charles? (Es ist etwas Wunderbares geschen ... Gelöscht) Ein junger Mann hat mich (gerade angerufen.

Ich habe eine Reise für zwei Personen nach Reno gewonnen. Willst du nicht mit mir kommen? ... Gelöscht)“ Kelly hatte dann durch sein Taschentuch die Drohung ausgestoßen, sich nicht gerade professionell angestellt, aber, wie er richtig vermutet hatte, reichte sein dilettantisches Vorgehen aus, den nicht gerade hellen Hennessey in ein Häufchen Elend zu verwandeln.

„Was soll ich für dich tun?“

„Das hört sich schon besser an, Cousin. Entspann dich erst einmal. Ich meine es ernst. Kiff ein bißchen, sniffe oder zieh dir Alk rein. Du wirst in der kommenden Woche ohnehin nirgendwo hingehen. Morgen früh rufe ich bei dir im Büro an und erzähle deinen Kollegen, du würdest mit einer Grippe daniederliegen. Oder wäre es dir lieber, wenn ich Aids oder Herpes sage? Wie du willst, Alter. Mann, das ist doch Spitze! Alles, was du tun mußt, ist dich flachlegen und high werden. Vielleicht mußt du dann und wann ein bißchen rumfahren. Zieh dir ruhig was in die Nase. Geh nicht ans Telefon – das funktioniert ja ohnehin nicht. Lern deinen alten Cousin kennen. Zurück zu deinen Wurzeln, lebe ein bißchen – ach! – und halt den Mund, wenn du weißt, was für dich und die reizende Maureen gut ist!“

IM AVENUES DISTRICT

Fats Dolan wischte mit einem dreckigen Lappen den Tresen ab, als MacIntyre und seine Kumpel den Club betraten. Fats tat dies nicht etwa, weil er auf Hygiene achtete, sondern einfach reflexartig. Es war elf Uhr, er hatte einen Kater und rasende Kopfschmerzen. Die Chinintabletten, die ihm der Arzt verschrieben hatte, wirkten noch nicht.

Dolan war ein San Franciscoer ‘Original’, was einer barmherzigen Beschreibung des frauenfeindlichen, stets übellaunigen 55jährigen Dubliners gleichkam, der seit über zwanzig Jahren den Molly-Maguire-Club im Avenues District betrieb.

Dolan galt vielen als irischer Patriot. Seine Kneipe war mit verblaßten Kopien der Proklamation von 1916 und Postern der toten Hungerstreikenden dekoriert. Seine Jukebox enthielt ausschließlich irische Schallplatten. Abend für Abend süffelten die Pintpatrioten hier ihr Guinness und verhöhnten dabei das Empire. Es war überhaupt keine Frage: Fats haßte die Brits und ließ niemanden im Zweifel darüber. Wenn er voll wie eine Strandhaubitze war, wie er es nannte, was gewöhnlich zwischen vier Uhr morgens, wenn er sich erhob, um die Bücher zu führen und in der geschlossenen Kneipe alleine weiter zu trinken, und dreizehn Uhr der Fall war, wenn er mit seinen Busenfreunden zum Mittagessen und Golfspielen ging, und dann um einundzwanzig Uhr in seiner Wohnung über der Kneipe ohnmächtig ins Bett kippte, haßte Fats jeden, sich selbst eingeschlossen.

Einige der Journalisten und erfolglosen Schriftsteller, die zu den Stammgästen der Kneipe gehörten, versuchten gelegentlich, mit ihm über die „dunkle Nacht der Seele" und „existentialistische Momente" zu diskutieren, aber Fats kannte solche Sorgen nicht. „Humbug", war dann stets seine Reaktion. „Verschwindet aus meiner Kneipe, ihr elenden Schnorrer!" Oder er panschte ihre Drinks und weidete sich daran, wenn sie sich übergeben mußten.

Fats war aber dank der Patronage einiger der Journalisten und dank der Tatsache, daß die Kneipe ein buntes Gemisch von Leuten anzog, von irisch-amerikanischen Noraid-Sympathisanten über Künstler bis zu literarischen Tagelöhnern, dennoch zum 'Original' geworden. Herb Caen, San Franciscos Klatschkolumnist, schrieb regelmäßig über ihn, die Kneipe lief gut und fand in allen Stadtführern Erwähnung.

Die Iren allerdings hätten die Kneipe von einem auf den anderen Tag gemieden, wäre ihnen ein wesentlicher Punkt bekannt gewesen. Seit zehn Jahren war Fats Dolan Spitzel, Informant für das FBI von San Francisco.

Mac, Butch und Sammy wußten dies auch nicht. Auf einem Wochenendkurzurlaub vom Ausbildungslager, dem Presidio, waren sie in die City an der Bucht eingefallen und hatten sich am Abend zuvor im *Edinburgh Castle,* der Nachahmung eines schottischen Pubs in der Nähe der Polk Street vollaufen lassen und die Nacht mit einigen Nutten verbracht, die sie im Tenderloin District aufgelesen hatten. Sturzbesoffen und benommen, wie sie waren, hatten die langfingerigen Damen der Nacht leichtes Spiel mit ihnen gehabt und sich im Morgengrauen mit Sammys Brieftasche aus dem schmuddeligen Hotel in der O'Farrell Street verdrückt.

Mac und Butch verfügten jedoch noch über etwas Geld, und die drei suchten nun verkatert und unrasiert nach einer Kur und nach Rache – in dieser Reihenfolge. Da die freudlosen Freudenmädchen, die ihnen den Spaß verdorben hatten, nicht verfügbar waren, und die Huren San Franciscos lange zu schlafen pflegen, mußten stattdessen die Iren als Objekte ihrer Rachebegierden herhalten.

Einer Ausgabe des *Bay Guardian* entnahmen sie, daß sich innerhalb eines Radius von sechs Häuserblocks acht irische

Kneipen befanden, darunter *Ireland's 32,* die *Abbey Tavern,* der *Starry Plough* und das *Molly Maguires.* Mit dem Leihwagen konnte man leicht dorthin kommen.

„Drei Pints Budweiser, Fats", knurrte MacIntyre und warf einen Zwanziger auf die Theke. Dolan wischte weiter und tat so, als habe er nichts gehört. Die übrigen Gäste in der Bar tranken in aller Ruhe und ignorierten die Dreiergruppe.

„Komm schon, Mac, setzen wir uns. Ich hole das Bier", beschwatzte ihn Butch, dessen Bedürfnis nach Alk stärker war als seine Lust auf eine Rauferei. Im Moment zumindest. Sammy lotste den Schotten an einen Tisch neben der Jukebox, während der Londoner zum Tresen zurückkehrte. „Drei Buds, Meister. Kümmer' dich nicht um meinen Kumpel, der ist immer noch breit."

„Gewiß, Sir", strahlte Dolan, obwohl seine kleinen Schweinsäuglein heimtückisch funkelten, während er die Pints zapfte. Zwei muskulöse Bauarbeiter, die kürzlich aus Sligo gekommen waren, blickten Fats fragend an, der ihnen auf groteske Weise zublinzelte, als Sammy die Pints hinübertrug.

„Hier, Mick", sagte Fats und schnippte ihm einen Jukebox-Chip hin. „Mach uns ein bißchen Musik. Wie wär's mit A 48 und C 20?"

Der stämmige Landmann grinste. Der gute alte Fats zettelte doch immer wieder Stunk an. Er warf die Münze ein, drückte die Tasten und die Klänge von *Die Gewehre der IRA* dröhnten aus der betagten Wurlitzer.

Tim Kelly, der allein in der Ecke hockte, ächzte und schaute auf seine Armbanduhr. Seine Kontaktperson war spät dran. Er hatte sich nicht hier verabreden wollen, aber der Mann von San Francisco Noraid kam von der Arbeit, und der Molly-Club war seine Stammkneipe. Cousin Chuck lag gefesselt in Orinda, aber er wollte ihn nicht zu lange allein lassen. Nun aber fand sich Kelly, der sich bedeckt halten wollte, in der Rolle des Zuschauers am Ring wieder, in dem betrunkene Brits und kriegführende Paddies gegeneinander kämpften.

„Und die Black und die Tans, die Saukerle
rannten vor den Gewehren der IRA davon."

Das Gebrüll Murtagh Morgans und seiner stolzen Fenier verhallte. MacIntyre stürzte mit finsterem Blick sein Bier in einem Zug hinunter, stand auf und schritt zu der Maschine, die ihn aufgebracht hatte. Über ihr hing in einem Glasrahmen ein Bild des seligen Bobby Sands, Unterhausabgeordneter und Märtyrer.

„Wie ich hörte, ist er den Weight Watchers beigetreten", sagte der Schotte mit lauter Stimme, bevor er das Bild des toten Hungerstreikers mit der Faust zerschmetterte.

Die von Big Mick geworfene Flasche knallte auf den Tisch der Tommies und prallte von der Tischplatte in das Gesicht von Sammy, der vorübergehend erblindete. Während sich Kelly unbemerkt zur Tür schlicht, rief Dolan vergnügt seinen Freund Sergeant Kinane im nahegelegenen Polizeirevier an. Er würde dafür sorgen, daß diese britischen Schweinehunde festgenommen würden. Schließlich gab es noch irische Cops in dieser Stadt.

Mac und Butch begannen, mit Tischen und Stühlen zu schmeißen, als aus der Jukebox das Lied *Mein kleines Armalite* ertönte.

Oh, es ist das alte Andytown, wohin es mich so zieht
Im Dunkeln mit den Provos, wo mich niemand sieht
Ein Genosse zu meiner linken, ein andrer zur rechten Seit'
Und ein bißchen Munition für mein kleines Armalite.

Fats jigte hinter der Theke umher wie ein wildgewordener Leprechaun, wich den umherfliegenden Trümmern aus und ermutigte seine Gäste, den häßlichen Tommies eins auf die Nuß zu geben.

Butch ging in einem wüsten Handgemenge durch Stiefeltritte und Faustschläge zu Boden, und Sammy, aus dessen Schnittwunde über dem Auge das Blut strömte, war bereits ausgeschieden.

Captain MacIntyre kam zu dem Schluß, daß Besonnenheit besser war als Loyalität. Während draußen auf dem Geary Boulevard das Sirenengeheul näher kam, rannte er zur Tür, stoppte aber noch einmal kurz, um einem der Männer aus Sligo in die Leiste zu treten. In dem engen Türeingang prallte er auf Kelly, der sich an der Keilerei nicht beteiligt hatte und ebenso versuchte, sich aus dem Staub zu machen.

Der Schotte holte aus, verlor das Gleichgewicht, verfehlte den Mann aus Belfast und schlug sich die Faust am Türrahmen blutig. Kelly duckte sich, wich nach rechts aus, bog um die Ecke und rannte die 7th Avenue hinauf. MacIntyre folgte ihm und kriegte gerade noch die Kurve, bevor die von Sergeant Kinane angeführten Heroen San Franciscos die Kneipe stürmten und die Schlagstöcke tanzten.

„Die waren es. Das sind die Rabauken, die angefangen haben", donnerte Dolan und zeigte auf Sammy und Butch, die auf dem Boden entlangkrochen. „Das sind die britischen Schweine, die meine Kneipe verwüstet haben."

Die einheimischen Kämpen ließen ihre behelfsmäßigen Waffen fallen und pflichteten Dolan lautstark bei. Der Sergeant lächelte süß wie ein Vielfraß. „Gewiß doch, Fats, ich und meine Jungs werden uns um die Sache kümmern."

Die Polizisten fingen an, Sammy und Butch vom Boden zu klauben und fesselten ihnen roh die Hände auf den Rücken. In einer Ecke der Kneipe hatte der vom Chaos völlig unberührte O'Neill, Dichter und Säufer des Hauses, an der ersten Strophe einer neuen Ballade gearbeitet, die sie am Abend alle singen würden. Eine Ballade über den heldenhaften Widerstand der Molly Maguires gegen den Ansturm des Britischen Empires. In der Jukebox, die immer noch bemerkenswert unbeschädigt war, sang Mad Mulheron von den Heldentaten des legendären Koffer-Murphy.

O wir müssen Murphy holen, verliern wir ja keine Zeit,
den Man mit dem Zauberkoffer und dem Zünder,
der in zwanzig Sekunden bereit ...

Drei Häuserblocks weiter verschwand Tim Kelly im *Ireland's 32* und bestellte sich einen Bushmills. Eigentlich war es noch etwas früh für einen Whiskey, aber sein dünnes Nervenkostüm brauchte eine Stärkung. So wie heute morgen hatte er sich das Sich-bedeckt-Halten nicht vorgestellt.

Auf der anderen Straßenseite saß MacIntyre im *Ye Olde English Fish n' Chipper* (Inhaber: J. Wong) und starrte auf die Tür des *'32.* Irgendetwas hatte ihm an dem Gesicht des Mannes, mit dem er im Türeingang vom *Molly* zusammengeknallt war, nicht gefallen. Das Gesicht kam ihm bekannt vor. Aus Belfast. Jahre her. Während er Kelly heimlich bis zum *'32* gefolgt war, hatte es ihm gedämmert. Er konnte zwar dem Gesicht keinen Namen zuordnen, aber er wußte, wer der Kerl war: ein Freund von Eddie Doyle. MacIntyre hatte dem SAS-Undercover-Kommando angehört, das Doyle in einem Hinterhalt niedergeschossen hatte. Doyles Komplize, der im Auto gewartet hatte, war entkommen. Man hatte ihn nicht identifiziert, aber MacIntyre hatte das Gesicht nie vergessen.

Schön, schön, dachte er, San Francisco ist wohl doch nicht ganz so langweilig. Er hatte hier einen richtigen und leibhaftigen IRA-Mann für sich – zumindest einen frühreren. Könnte er nicht gar einer der Hasen sein? MacIntyre wurde auf der Stelle wieder nüchtern. Das könnte die Gelegenheit sein, auf die er gewartet hatte. Diesem rotznäsigen Major würde er es jetzt zeigen.

Er bestellte einen Teller Fritten, ertränkte sie in Ketchup und schickte sich an, alles in Ruhe weiter zu beobachten. Der Leihwagen stand nur zwei Straßen weiter entfernt in Richtung *Molly Maguires.* Er bezweifelte, daß Butch oder Sammy in der Lage sein würden, ihn zu fahren – blöde Wichser. Sollte der Paddy gehen, würde der Bluthund MacIntyre sich auf seine Fährte setzen.

*

Alo Nagle eilte ins *Molly* und geriet mitten in die Bescherung. Himmel! Er war spät dran. Es war möglich, daß der Mann aus Belfast nicht mehr da war. Und er war nicht mehr da. Fats rief ihn an den Tresen, spendierte eine weitere Runde und begann, ihm genüßlich die Geschichte vom großen Sieg aufzutischen. Alo nahm ihn zur Seite.

„Fats, hat vorhin hier ein Typ auf mich gewartet? Aus dem Norden. Ungefähr 35. Glatt rasiert." Eine genauere Beschreibung konnte er nicht liefern. Er war Kelly noch nie begegnet, aber sein Vorgesetzter, der das Treffen arrangiert hatte, legte größten Wert darauf, daß dem Mann aus Belfast jede nur mögliche Hilfe zuteil würde. Solange es nur für die Sache war, stellte Alo es nicht in Frage.

Fats spitzte den Mund. „Ja, so ein Typ hat dort drüben in der Ecke gehockt, bevor die Schlägerei losging. Ich seh ihn jetzt aber nicht mehr."

„Danke, Fats. Ich schau 'mal in den anderen Kneipen." Nagle war im Begriff zu gehen.

„Alo, ist auf den Jungen Verlaß? Du weißt schon ...", zwinkerte Fats, „einer von uns?"

Nagel zögerte. Dann flüsterte er leise: „Logo, Fats, behalt's aber bitte für dich. Er ist einer von uns, gerade rübergekommen."

„Ich bin verschwiegen wie ein Grab", entgegnete Dolan leise. „Trink noch einen, bevor du abhaust. Geht auf mich."

Alo schlug die Einladung aus und eilte aus der Düsternis nach draußen in die pralle Mittagssonne. Ich guck mal im *'32,* dachte er. Ich laß das Auto hier, näher kann ich doch nicht parken. Er ging die Straße hinauf.

MacIntyre sah, wie Kelly aus dem *'32* kam, die Straße überquerte und auf die Uhr schaute. Er wollte sich gerade erheben und ihm folgen, als ein großer, grauhaariger Mann außer Atem die Geary Avenue hochgerannt kam und Kelly anhielt. Alo stellte sich vor, entschuldigte sich für sein Zuspätkommen und nahm Kelly beim Arm, um ihn zu seinem 78er Oldsmobile zu führen, den er weiter unten geparkt hatte. MacIntyre folgte ihnen unauffällig. Er hatte Glück. Sein Leihwagen war nur hundert Meter von Nagles Olds entfernt geparkt. Als der Noraid-Mann und Kelly Richtung Innenstadt davonfuhren, hängte sich der Schotte direkt hinter die beiden.

Im *Molly* wurde Fats von einem Barkeeper abgelöst, der am Nachmittag arbeiten würde. Fats ging nach oben, um zu telefonieren. Das würde seinen Verbindungsmann interessieren. Dafür könnte eine Sonderprämie zu seinem Altersnotgroschen drin sein.

KEHRAUS IM CRACK-HAUS

Hennessey saß auf der Toilette und versuchte sich zu konzentrieren. Es fiel ihm schwer. Seit zwei Tagen war er stoned. Der Schleim, der ihm den Hals hinunterglibberte, schmeckte bitter. Hokuspokus auf dem Lokus, amüsierte er sich. Eine Hand war an das Wasserrohr gefesselt, die andere frei, um die Fernsehprogramme per Fernbedienung wählen oder vom Tablett essen zu können, auf dem ihm Kelly zweimal am Tag Nahrung servierte, oder um einen Drink und/oder Drogen zu sich zu nehmen, die für ihn auf dem kleinen Tisch neben der Toilette hinterlassen worden waren. Es gab Bücher und Zeitschriften, die meiste Zeit aber dröhnte er sich zu. Er war noch nie eine starke Persönlichkeit gewesen und in einem frühen Stadium dieses Spieles zu dem Schluß gekommen, daß er den Boden unter den Füßen verloren hatte. Deshalb hatte er sich entschieden: Schwimm mit dem Strom! Und so sang er vor sich hin.

Er träumte. Er war in Ägypten, wohnte bei Fellachen, saß auf einem Dachbalken und blickte über den Nil. Zwei spärlich bekleidete nubische Sklavenmädchen schwebten um ihn herum und lasen ihm jeden Wunsch von den Augen ab. Während er von einem der Mädchen fellationiert wurde, stopfte ihm die andere Nubierin Kokain in die sich ständig erweiternden Nasenlöcher. Sein Schwanz und seine Nasenschleimhäute schienen ununterbrochen und simultan anzuschwellen. Gerade als er im Begriff war zu explodieren, spürte er einen schweren Schlag gegen seinen Kopf und erwachte mit einem Hustenanfall. Schafsblöde stierte er an sich herab und sah die verräterischen Spermaflecken auf seinen Boxershorts.

Kellys grinsende Visage über ihm war wie ein Alptraum. „Wieder gekommen?“ fragte er. „Hier, putz dich erstmal ab, widerlicher Wichser!“ Er reichte dem beschämten Schlappschwanz Hennessey eine Rolle Toilettenpapier und schaltete die billige Nachmittagsschnulze ab. Er kehrte mit einem Glas Scotch zurück, das er einem total verwirrten Hennessey anbot.

„Hier, trink das! Ich habe eine Frage an dich. Wo ist das nächste Crack-Haus?“

Chuck sah verblüfft drein. „Ich wußte gar nicht, daß du auf Drogen stehst. Wozu brauchst du Crack, ich habe doch noch jede Menge guten Stoff aus Kolumbien.“

Kelly starrte ihn an. „Nein, du hast nichts mehr“, sagte er mit sanfter Stimme, nahm die Papierpäckchen und wandte sich dem Waschbecken zu. Er drehte den Hahn auf. Hennessey kreischte.

„Nein, nein, um Himmels willen! Tu das nicht! Was willst du?“

Kelly schaute ihn mit verächtlicher Miene an. „Ich hab dir doch gesagt, die Adresse des nächsten Crack-Hauses.”

Chuck zerbrach sich seinen malträtierten Kopf. Zwei Tage Koks und Alk hatten doch beträchtlichen Schaden angerichtet.

„Oakland“, stammelte er. „Es gibt da so einen Treff in der städtischen Wohnsiedlung, 66th Avenue Ecke East 14th Street. Der alte 69er Mob lungert da immer rum. Den und die Family haben sie eingebuchtet, aber du kannst dort immer Glück haben – wenn du es wirklich willst. In San Antonio Village kriegst du auch Stoff. Was willst du? Ich kann dir alles besorgen.“ Durch die Drogen verursachte Fluchtphantasien überkamen ihn.

„Beschreib mir so ein Crack-Haus. Ich habe so ein Ding bis jetzt nur in den Dokumentarfilmen über Nancy Reagan gesehen“, sagte Kelly grinsend. „Wie sieht es dort aus?“

Hennessey überlegte eine Sekunde lang. Es war schon ein paar Monate her, seit er eines aufgesucht hatte, spät in der Nacht, als er keinen Stoff mehr hatte und im TV auch tote Hose war. Normalerweise bekam er seinen Nachschub von den Yuppies im Büro.

„Du wirst doch nicht dort hingehen wollen?“ fragte er langsam. „Ich meine, das zieht einen echt runter. Ein Bunker ist das. Keine Fenster. Riegel und Schlösser vor den Türen. Das einzige, was es da drinnen gibt, ist eine Toilette, um im Falle einer Razzia den Stoff runterzuspülen. Ansonsten findest du nur Packkisten, Tütchen für die Briefchen, Crack und Besteck, falls du dir den Stoff gleich dort reinziehen willst, bevor du dich aus dem Staub machst. Es sind immer mindestens drei große, kräftige schwarze Jungs da, um die Kohle zu kassieren. Die sind bis an die Zähne bewaffnet.“

Kelly lächelte. „Womit denn?“ fragte er.

Hennessey zuckte die Achseln. „Ich weiß es nicht. Als ich das letzte Mal da war, sah es dort aus wie in einem Waffenlager. Sie hatten Uzis, Magnums, Schrotflinten und sogar ein Ding, das aussah wie eine Ingram mit Schalldämpfer."

Kelly grinste über das ganze Gesicht. „Ausgezeichnet", murmelte er, „hört sich ja sehr nach Amüsierbetrieb an."

*

„Amerika ist wie eine überwältigend schöne Frau. Du triffst sie und kannst es kaum fassen, wenn sie nach der Polizeistunde mit zu dir nach Hause kommt. Ich meine, es herrschte so eine starke Konkurrenz und sie entschied sich für dich! Und wenn du sie dann endlich entkleidet hast und eine Nacht der Leidenschaft anbricht, wie du sie dir in den wildesten Träumen nicht vorstellen kannst, eröffnet sie dir, daß sie eine Krankheit hat, eine abscheuliche, ekelerregende Krankheit, durch die dein ganzer Körper verrottet und dein Schwanz schrumpelt, leblos baumelt und abfällt, wenn du sie nur berührst. So ist Amerika und die Krankheit heißt Kapitalismus. Aber natürlich benutzen einige Leute nach wie vor den altmodischen Namen, nämlich Gier."

„Du bist bescheuert, total bescheuert", schrie Hennessey, den Panik befiel, als sie durch den Caldicott-Tunnel fuhren, aus dem stinkreichen Orinda hinaus und hinein in das reichlich stinkende Oakland. Was für ein gottverdammtes Karma war dies nun wieder, dachte er. Einen Tag die ganze Welt umarmen können und am nächsten gezwungen sein, einen Spinner, der seine Mutter gekidnappt hatte und drohte, seine heile Welt zu zerstören, nach Oakland zu kutschieren, wo er beabsichtigte, einer Gang von gefährlichen und schwerbewaffneten schwarzen Junkies die Knarren zu klauen. Es war ein Alptraum. Kelly saß relaxed auf dem Beifahrersitz, die Walther zielsicher in der rechten Hand.

„Beruhig' dich und fahr'!"

Es war dreizehn Uhr dreißig.

Das rostige Straßenschild verkündete *Keine Durchfahrt!* Unter die Aufschrift hatte jemand gekritzelt: „Und auch kein leichtes Leben, ihr Arschgeigen." In den engen Gassen, die in schwindelerregendem Zick-Zack von der Straße abgingen, die wohl einst die Hauptverkehrsader war, türmte sich der Müll. Wirklich gebrauchte Gebrauchtwagen waren an dem zerfallenen Rinnstein entlang geparkt. Ein räudiger Straßenköter pißte gegen ein Auto und trottete durch das herumliegende Gerümpel davon. Ein so geschmackloses wie heruntergekommenes Aushängeschild einer weiteren bankrotten Brathähnchenfiliale knarrte im Wind. Ein Stadtteil, in dem man Gas gibt, wenn die Ampel rot zeigt.

Es schien keine Menschenseele auf der Straße zu sein, aber Hennessey spürte die starren, feindseligen Blicke aus einem Dutzend Augen, die aus den verrammelten Wohnblocks auf sie gerichtet waren und bekam eine Gänsehaut. Die Wirkung der 'Schuppen der Götter' ließ nach. Er brauchte unbedingt eine neue Dosis. Er nahm einen Schluck aus der Johnnie-Walker-Flasche, die er mit freundlicher Erlaubnis seines Cousins hatte mitnehmen dürfen. Kelly lächelte.

„Spitze, mein Sohn. Erinnert mich an Ballymurphy. Oder gar an Short Strand. Heimat, süße Heimat. Wo ist denn nun diese Lasterhöhle?"

Stumm zeigte Chuck auf einen mit Brettern vernagelten Apartmentblock auf der anderen Straßenseite, von dem der Putz abbröckelte.

„Klopf an die Tür und frag nach Prince", muffelte er. „Ich laß den Motor laufen und warte auf dich. Mach schnell! Dieses Auto in dieser Gegend hier – das gibt Stunk."

Kelly lachte und stieß Chuck die Walther in die Rippen. „Steig aus, Cousin, raus! Strapazier ja nicht meine Geduld. Du marschierst jetzt da rüber und besorgst ein bißchen Stoff. Dann kommst du zurück und berichtest mir, wieviele unserer marktwirtschaftlich denkenden Freunde sich dort aufhalten und wie sie bewaffnet sind." Er löste die Handschelle, die an der Armlehne der Tür befestigt war. „Und komm ja nicht auf die Idee, sie zu warnen oder die Flatter zu machen. Ich werde dich in Schach halten, und außerdem wärst du in dieser Gegend zu Fuß nach spätestens fünf Minuten sowieso verloren. Ich glaube auch nicht, daß der 69er Mob oder wer auch immer Bock hat, dem zuzuhören, was ein weißer Nasenbär von sich gibt. Kauf erst mal nur für zwanzig Dollar Stoff. Damit hast du einen Vorwand, nach einer halben Stunde wiederzukommen." Er öffnete die Tür und stieß den bibbernden Hennessey auf das holprige Trottoir.

*

„Beweg dich", murrte Kelly, „und reiß dich zusammen." Es war vierzehn Uhr dreißig. Die Nachbarn hielten Siesta. Eine halbe Stunde zuvor hatte Hennessey ein 20-Dollar-Klümpchen erworben. Das juckte ihn noch immer in der Hosentasche. Kelly hatte ihm verboten, es anzurühren. Er klopfte an die Eisentür, wohlwissend, daß Kelly die Walther auf das richtete, was von seinem Rückgrat geblieben war. Der Spion wurde entriegelt, ein Paar Unheil versprechende dunkle Augen musterten ihn. Hennessey sah entsetzlich aus und fühlte sich auch so. Der Wächter mußte denken, er sei ein richtiger Dauerkunde.

„Ich brauche mehr“, stammelte Hennessey. „Ich habe noch einen Freund mitgebracht.“

Der Türwächter lachte.

„Wer ist da, Bloodman?“ dröhnte eine Stimme nach draußen.

„Weißes Geld“, antwortete der Türsteher.

„Wie weißes Fleisch, schmeckt einfach besser“, rief Prince. Außerdem kann man sie einfacher um das Wechselgeld bescheißen, dachte er.

„Laß sie rein.“ Bloodman schob den Riegel zurück.

Hennessey wurde durch einen Hieb ins Kreuz niedergestreckt, und Kelly feuerte über ihn hinweg auf Prince, der am Tisch saß. Als dessen überraschter Leibwächter nach seiner Uzi griff, blies Kelly ihm den Kopf weg und drehte sich blitzschnell, um auch Prince zu erledigen.

Ein Teenie-Mädel, das in der Ecke hing, kreischte. Hennessey lag auf dem Boden und ächzte. Ein letztes Röcheln drang aus Princes Kehle. Blut, das aus seinem Hals floß, durchtränkte sein schwarzes Hemd, bevor es ihm die weißen Gucci-Slipper versaute. Kelly agierte eiskalt. Deeks, der letzte der Gang, ein hagerer schwarzer Teenager, stand regungslos und mit erhobenen Händen an der Wand. Von den drei übrigen Kunden, alles Schwarze, waren zwei so sehr unter Droge, daß sie sich nicht rühren konnten, und der dritte fingerte verstohlen nach dem kleinen Häufchen Koks auf der umgestürzten Packkiste, die den Dealern als Tisch gedient hatte.

Kelly umfaßte die Pistole mit beiden Händen und ging in Hockstellung. Das hatte er wohl eher aus Clint-Eastwood-Filmen gelernt als früher im IRA-Ausbildungslager. Er zielte mit der Walther auf Deeks.

„Geld her, du Arschloch!“ knurrte Kelly und schob ihm eine braune Einkaufstüte hin, während er die Uzi vom Fußboden aufhob. „Schnapp dir die restlichen Knarren“, befahl er Hennessey, „und scher dich nicht um diesen Scheißkerl.“ Tapsig grapschte Hennessey nach einem AK-Sturmgewehr und der Automatik, die Bloodman fallen gelassen hatte. Zögernd wandte er sich dem Koksklumpen zu, aber Kelly zerrte ihn an den Haaren zur Tür.

„Steig in die Karre ein, Arschloch.“ Er hielt die Überlebenden mit der Walther in Schach, die Uzi in der linken Hand.

Hennessey rannte um sein Leben. Er hatte nicht geglaubt, daß Kelly einen Angriff starten würde. Bis zum letzten Moment hatte er nicht damit gerechnet, daß er den verrückten Plan zwangsweise mit ausführen müßte. Ein Schuß hallte von einem der verbarrikadierten Wohnblocks herüber, gefolgt von einem Geratter, das wie eine Maschinengewehrsalve klang. Hennessey schrie auf, als er spürte, daß eine Kugel den Ärmel seines Jackets streifte. Er fiel hin, stand wieder auf und taumelte ins Auto.

Um ihn herum schien die Luft voll Blei zu sein. Aus den Augenwinkeln konnte er Kelly sehen, der rückwärts aus dem Crack-Haus kommend aus einer Uzi eine Garbe auf die Betonwand abgab und dann mit einer schnellen Drehung auf die Gruppe schwarzer Jugendlicher schoß, die von einer hundert Meter entfernten, stillgelegten Tankstelle aus auf Hennessey feuerten. Sie gingen in Deckung, als die Uzi ein Muster in der Wand hinterließ, und Kelly, der immer noch die Knarren und den Papiersack mit dem Geld umklammert hielt, zum Auto sprintete, hineinsprang und den Motor anwarf. Es war vierzehn Uhr fünfunddreißig.

*

Die Oakland SDU 2, die verdeckt operierende Drogenfahndungssondereinheit, erhielt um vierzehn Uhr vierzig den Anruf. Die Hauptaktivität der Einheit gilt den Wohnvierteln in Ost-Oakland von der 69. bis zur 108. Avenue und den städtischen Wohnsiedlungen in West-Oakland. Aber die Drogenfahnder sind flexibel. Sergeant Tony Ramirez gehörte zu dem ersten Trupp, der um vierzehn Uhr vierundvierzig das Crack-Haus stürmte. Außer den Leichen und ein paar blutverschmierten Briefchen fand sich nichts, nur eine gesprühte Wandparole, deren Text lautete: *WEISSE BASTADS – 1KYM660.* Dem mußte man nachgehen. Während sein Kollege vergeblich versuchte, aus den paar Anwohnern, die sich auf der Straße rumtrieben, etwas herauszubekommen, telefonierte Ramirez mit der Autozulassungsstelle, um den Namen des Wagenbesitzers in Erfahrung zu bringen. Innerhalb von fünf Minuten spuckten die Computer einen Namen und eine Adresse aus. Charles Emmett Hennessey, 52. Las Cascadas, Orinda. Orinda? Ramirez stutzte. In Orinda wohnten ausschließlich wohlhabende WASPs und es war dadurch ein idealer Schlupfwinkel für eine ganze Reihe Topdealer. Nicht umsonst galt Coco County als Irrenhaus Kaliforniens, aber tödliche Bandenkriege wurden bislang dort noch nicht ausgetragen. Wie dem auch sei, die Fahrt dahin dauerte höchstens fünfzehn Minuten. Es war eine eigenmächtige, schnelle Entscheidung, aber die Einheit verfügte schließlich über eine gewisse Autonomie. Als die reguläre Polizei Oaklands, begleitet von einem Krankenwagen, mit heulenden Sirenen auftauchte, wandte er sich an seinen Adjutanten William Basso.

„Komm, Billy, das checken wir mal aus."

SCHIESSEREI IN ORINDA

Hinter dem Haus in den Bäumen versteckt hatte MacIntyre gewartet, bis der BMW mit Kelly und Hennessey die Auffahrt hinuntergebraust war. Er war Kelly gefolgt, nachdem dieser sich von Nagle am Embarcadero in der Innenstadt von San Francisco verabschiedet hatte, wo auch der BMW von Cousin Chuck stand. Es herrschte nicht sehr viel Verkehr, und da Kelly nicht gewohnt war, auf kalifornischen Schnellstraßen zu fahren, hatte MacIntyre relativ leichtes Spiel, sich ihm an die Fersen zu heften. Der Weg führte über die Bai-Brücke die 24er Route hinauf und bei Orinda ab. Als der Schotte auf dem Straßenschild sah, daß Las Cascadas eine Sackgasse war, parkte er neben dem See und ging zu Fuß weiter.

Er entdeckte schließlich den BMW, der vor dem letzten Haus am Ende einer steilen Auffahrt abgestellt war. Das kleine, isoliert stehende Haus war von Bäumen umgeben. MacIntyre hatte sich um den Wasserfall herum einen Weg gebahnt und hinter dem Haus Position bezogen. Von dort aus konnte er jegliches Kommen und Gehen beobachten. Er dachte über sein weiteres Vorgehen nach, als sich die Eingangstür öffnete und Kelly einen Mann mit der Waffe bedrohte und vor sich her schubste, ihm Handschellen anlegte und ihn zwang loszufahren.

Binnen drei Minuten befand sich MacIntyre im Haus, nachdem er über die Hintertreppe auf die Terrasse gelangt war und ein Fenster eingeschlagen hatte. Bei einer kurzen Durchsuchung fand er das Ruger-Gewehr, das der Faulpelz Hennessey als Jagdgewehr benutzt hatte. Er genehmigte sich einen Scotch und pflanzte sich auf den Balkon in die Nachmittagssonne. Von seiner Position aus konnte er jeden sehen, der die Auffahrt herauf kam, war aber selbst unsichtbar wegen der blühenden Sträucher und Orchideen, die den Balkon umzäunten. Vögel zwitscherten in den Bäumen über ihm, Eichhörnchen hüpften in dem alten Kastanienbaum von Ast zu Ast und schenkten dem sturen

Schotten keinerlei Beachtung. MacIntyre stellte sich auf eine lange Wartezeit ein. Er wußte nicht wann, aber früher oder später würden sie zurückkommen, und er würde sie gebührend empfangen.

*

Phil fuhr die Auffahrt hinauf, stellte den gemieteten Toyota in der Garage neben dem Haus ab und gelangte über die Vordertreppe ins Haus. Sie erwartete Kelly nicht innerhalb der nächsten Stunde zurück. Vor allem hatte sie den Karateschlag ins Genick nicht erwartet, den ihr MacIntyre mit voller Wucht versetzte. Sie fiel in Ohnmacht. Als sie ein paar Minuten später wieder zu sich kam, war das erste, was sie sah, das boshafte Schielen des beleibten Schotten, der ihr gegenüber auf dem Sofa saß und das Ruger-Gewehr in seinen fleischigen Armen hin und her schaukelte. Ihre Hände und Füße waren mit einer Plastikleine zusammengeschnürt, die ihr schmerzhaft ins Fleisch schnitten.

„Na, wieder unter den Lebenden?" Und bald am Ende, du dreckige Hure, dachte MacIntyre mit sadistischem Grinsen. Er kostete bereits seinen Triumph aus. Die Publizität. Die Belohnung. Die unausweichliche Beförderung. Der gesamte britische Geheimdienst war hinter der Cuchullain-Brigade her, und wer hatte sie gefangen genommen? Der verdammte Captain Jock MacIntyre. Er weidete sich an der Vorstellung, wie sich einige dieser hochnäsigen, dünkelhaften Oxford-Eton-Affen winden würden, wenn er als gefeierter Held zurückkehrte.

„Wann wird dein Freund zurück sein, du alte Schlampe?" fragte er, grapschte nach ihr und zerriß mit seinen schwieligen Pfoten ihre Bluse. „Es ist sicher noch Zeit für ein wenig Spaß." Phil spuckte ihm ins Gesicht und kippte hintüber, als er ihr wütend auf den Mund schlug, und ihre Lippen platzten wegen seines protzigen Glasgow-Rangers-Ring.

„Rotz mich ja nicht noch einmal an, du blöde Kuh", fuhr er sie an. „Ich kenne dich, du Flittchen. Ich habe ein ausgezeichnetes Gedächtnis. Du warst mal das Pferdchen von Eddie Doyle. Ich und Major Lloyd haben dieses Schwein abgeknallt, wußtest du das? Und jetzt werde ich deinen neuen Freund, den Kumpel von diesem Scheißkerl Doyle, erschießen, wenn er zurückkommt."

Ein schmaler Blutfaden rann von ihren Lippen, während sie MacIntyre mit trotzigem, durchdringendem Blick anstarrte. Der war im Begriff, sie erneut zu schlagen, als er hörte, wie der BMW die Auffahrt hochdonnerte. Hastig stopfte er ihr sein dreckiges Taschentuch in den Mund und postierte sich hinter der Tür.

Kelly stieg aus dem Wagen aus, legte die Uzi beiseite und zerrte Hennessey vom Rücksitz. Er sah Phils Auto in der Garage und rief nach ihr. Als sie nicht auftauchte, stieß er die Eingangstür auf und schleifte den stöhnenden Hennessey die Stufen in Richtung Wohnzimmer hinauf.

Bis zu diesem Moment war alles nach MacIntyres Plan verlaufen. Aber sein sechster Sinn warnte Kelly, daß irgendetwas faul war. Vielleicht warfen die Tuatha einen Blick herunter. Es war nichts Phils Art, überhaupt nicht zu reagieren. Hinter Hennessey stehend, stieß er mit dem Lauf der Uzi die Wohnzimmertür auf, sah Phils gefesselte, ausgestreckte Beine auf dem teuren Perserteppich und spang in die Küche zurück, als aus MacIntyres Gewehr ein Schuß krachte, Chuck Hennessey niederstreckte und in die Küche schleuderte.

„Wirf die Knarre weg, Paddy, und komm mit erhobenen Händen rein, oder die Nutte hier wird etwas erleben." MacIntyres grobes Schottisch brachte Kelly zur Weißglut. Ein Blick genügte ihm, um festzustellen, daß Cousin Chuck arg mitgenommen war. Eine weitere Kugel sirrte durch die dünne Holzwand, prallte vom Küchenherd ans Fenster, das klirrend zerbarst, die Eichhörnchen aufscheuchte und Las Cascadas' rustikale Ruhe störte.

Wer ist bloß dieser durchgeknallte Schotte, dachte Kelly. Was zum Teufel trieb denn ein Brit hier? MacIntyre riß den Knebel aus Phils Mund und zerschnitt die Wäscheleine an ihren Knöcheln. Mit der linken Hand zerrte er sie auf die Beine und zog sich mit ihr auf die Terrasse zurück. Mit dem Ruger in der rechten Hand zielte er auf die Tür.

„Hör zu, Schätzchen, sag deinem Freund, er soll die Knarre wegwerfen und herkommen und uns Gesellschaft leisten. Tut er das nicht, schneide ich dir deine verdammte Kehle durch." Er zückte sein Messer und ritzte ihre Kehle.

„Schnell, hau ab Kelly!" schrie Phil, als das Messer noch einmal schnitt.

„Laß sie los!" rief Kelly, warf die Uzi auf den Teppich im Wohnzimmer und ging dann selbst hinein.

MacIntyre grinste dreckig. „Schön, schön! Timothy Scheißer Kelly. Weit weg von Torfland, nicht wahr, du Fenierratte", triumphierte er schadenfroh, während er Phil zu Boden stieß und Kelly mit dem Ruger bedrohte.

„Du Depp, Tim", heulte Phil, „du hättest die Flatter machen sollen."

Kelly grinste hinterlistig. „Die Zeiten, in denen wir davonrannten, die sind vorbei. Stattdessen kämpfen wir jetzt auf den Barrikaden." Der Text einer alten Ballade fiel ihm plötzlich ein.

MacIntyre schoß ihm in den Magen. Kaltblütig, kaltschnäuzig, kalkulierend. Er ergötzte sich an dem Blut, das Kellys T-Shirt durchtränkte.

Kelly sackte zu Boden und befleckte die Isfahan-Brücke. „Kenne ich dich?" ächzte er.

MacIntyre fletschte die Zähne und machte einen Schritt nach vorne. „Jetzt hast du mich ja kennengelernt, du Misthund. Ich und der Major haben es deinem Kumpanen Eddie gegeben. Ich habe mich um deinen Boß, diesen gottverdammten Hund gekümmert. Sein Körper sah danach aus wie Hackfleisch. Und jetzt werde ich dich erledigen und mich danach ein bißchen mit deiner Freundin amüsieren. Gestatten, MacIntyre, ich kille tumbe Paddies fürs Empire."

Er zwang Phil, sich auf die Brücke zu legen und brachte das Gewehr in Anschlag. „Zuhause mögen sie es ja vorziehen, euch lebend gefangen zu nehmen, aber was interessieren mich Vorschriften eines Marquis von Queensbury."

Außer sich vor Wut ruckte Phil, deren Hände noch immer gefesselt waren, mit ihren Absätzen am Teppich. Der Schotte taumelte nach hinten, das Gewehr flog in die Höhe. Kelly zog blitzschnell die Automatik hinten aus seinem Hosenbund, gab nur einen einzigen Schuß ab und schuf damit eine dritte Augenhöhle in der affenartigen Stirn des Schotten. Kreischend fiel MacIntyre nach hinten, krachte mit dem Rücken an die Balkonbrüstung, segelte in hohem Bogen sechs Meter tief hinab und klatschte auf das Dach von Sergeant Tony Ramirez' Auto, das mit quietschenden Reifen und heulenden Sirenen vor der Eingangstür zum Stehen kam.

Kelly kroch über den Boden, schnappte sich das Messer, mit dem MacIntyre Phil bedroht hatte, und zerschnitt ihr die Fesseln an den Handgelenken.

„Los raus hier, Liebste, verdrück dich."

Phil rappelte sich hoch und versuchte, auch Kelly aufzuhelfen.

„Vergiß es, Kindchen. Mein Stündchen hat geschlagen. Hier, nimm die." Er reichte ihr die Uzi und hob die Walther vom Boden auf. „Nimm die Hintertreppe über die Terrasse. Ich halte sie auf. Na Reabhlodi Abu! Ich werde die Tuatha von dir grüßen, ob du nun an sie glaubst oder nicht."

„Kelly, du verrückter Knallkopp“, schrie sie, während sie versuchte, ihm auf die Beine zu helfen. Er sackte in sich zusammen, ein Lächeln auf den Lippen.

„Oh, Mavourneen, ich fürchte, ich habe wie Sean O'Dwyer in diesem Spiel den Kürzeren gezogen. Slán!“

Phil realisierte, daß sie Kelly nicht mehr helfen konnte, wankte auf die Terrasse und verschwand über die Hintertreppe im Wald. In diesem Moment hörte sie, wie Kelly mit der Walther blindlings auf die Eingangstür ballerte und Ramirez und Basso zwang, hinter dem Auto in Deckung zu gehen und über Funk Verstärkung anzufordern. Das letzte, was sie von Kelly vernahm, als sie zwischen den Bäumen hindurch Richtung Hauptstraße floh, war seine zittrige Stimme:

O zahlt ihnen heim, Schlag auf Schlag
Werdet mit ihnen fertig, Schlag auf Schlag
Raus und Platz für die stolzen Fenier!

Sie erreichte die Straße und wandte sich gen Norden. Fünfhundert Meter weiter winkte sie auf der Via De Las Croces einem Auto und wurde mitgenommen. Als sie nach fünf Kilometern in Lafayette ausstieg, kamen aus dem Autoradio bereits erste Einzelheiten über eine Schießerei in Orinda.

Sie stopfte die Uzi in ihre Umhängetasche, bürstete sich auf der Bahnhofstoilette das Haar und nahm dann die Bai-Schnellbahn nach San Francisco. Zur gleichen Zeit, als sie auf der anderen Seite der Bai an der Embarcadero-Station ausstieg, waren die zur Verstärkung gerufenen Einheiten, die das Haus in Orinda umstellt hatten, im Begriff, sich vorsichtig hineinzuschleichen. In der letzten Viertelstunde war kein Schuß mehr gefallen. Die von den örtlichen Cops herbeigerufenen FBI-Agenten fanden einen mausetoten Chuck Hennessey und den im Sterben liegenden, bewußtlosen Tim Kelly, dessen Blut versickerte und sein T-Shirt befleckte, das einzige Stück, das er sich während seines kurzen Aufenthaltes in den Vereinigten Staaten gekauft hatte. Es trug die Aufschrift *Lieber tot als ein Weichling.* Draußen schwärmten schon die ersten Fliegen um den Leichnam des ehemaligen Captains der Armee Ihrer Britannischen Majestät, Jock MacIntyre, den die Sanitäter auf eine Bahre luden, um sich wenig später im Empfangsraum der Leichenhalle seiner sterblichen Überreste zu entledigen.

An diesem Abend fand eine Sondersitzung der Lamorinda-Immobilienmaklerassoziation statt. Panik machte sich breit. Ein solches Ereignis konnte sich negativ auf die Immobilienpreise auswirken. Oben in Reno spielte Tante Maureen immer noch am einarmigen Banditen. Die Glückliche wußte noch nichts von dem Ableben ihres einzigen Sohnes.

IL N'A JAMAIS VUE CARCASSONNE

Harald Taylor rückte vom Tisch zurück, setzte seine Brille ab und rieb sich die Augen. Er war ein hagerer, leichenblasser Mann mit einer Haut so hart wie ein Senator aus Kentucky und so trocken wie ein Finanzbericht. Die Zeit hatte ihm mit den Lebenssäften auch das Fleisch unter der Haut ausgesaugt. Aber er war ein zäher Knochen.

Es war Mitternacht. Er hatte einen langen Tag hinter sich. Einen seltsamen Tag. Politische Psychologie war sein Spezialgebiet gewesen, bevor er zum Operationschef des FBI in Kalifornien avancierte. Man hatte ihn oft damit beauftragt, Psychogramme von Mitgliedern so unterschiedlicher Gruppen wie der Symbionese Liberation Army, den Panthern, der Aryan Brotherhood, La Raza, diversen Fraktionen der Weatherpeople und einem Heer von aufstrebenden nationalen Befreiungsbewegungen zu erstellen.

Normalerweise arbeitete er mit Protokollen von Verhören, von denen er einige persönlich durchgeführt hatte, mit Artikeln aus linksradikalen Blättern und Kommandoerklärungen, studierte die üblichen marxistisch orientierten Bücher und Pamphlete, die in den Unterschlüpfen der Stadtguerilla sichergestellt wurden. Er glaubte, anhand dieses Materials nicht nur den politischen Werdegang des Dissidenten beurteilen, sondern auch seinen oder den nächsten Schritt der Gruppe exakt prognostizieren zu können. Dieses Mal jedoch war sich Harold Taylor nicht so sicher.

Als er am Nachmittag den dringenden Anruf erhalten hatte, der ihn zu seinem gegenwärigen Aufenthaltsort, dem hübschen Baumhaus im verschlafenen Orinda geführt hatte, verfügte er bereits über eine vorgefaßte Meinung, was die Ideologie der Cuchullain-Brigade betraf. Die übliche Mischung aus nationalistischen Romantizismen à la Padraig Pearse und Connolly-Sozialismus, durchsetzt mit neuerem Republikaner-Jargon: Bekenntnisse zur internationalen Solidarität und Versatzstücke einer vorsichtig rezipierten marxistischen Theorie. Die Art von Rhetorik und Argumentation, die er von den neuen Provos kannte, der Riege von '74, die in jenem Jahr aus der Internierung in Long Kesh entlassen worden war und jetzt die IRA dominierte. Aber trotz seiner langjährigen Erfahrung auf dem

Gebiet der Aufstandsbekämpfung konnte er mit dem halbfertigen Profil von Tim Kelly, das vor ihm auf dem Schreibtisch lag, nichts anfangen.

Kelly hatte schriftliches Beweismaterial hinterlassen, soviel war sicher. Mit 'Dhearg Doom' unterzeichnete halbfertige Kommuniqués. Hingekritzelte Zitate. Entwürfe für Polemiken. Aber all dies trug nur zu weiterer Verwirrung bei. Der Mann war ein Rätsel. Er weigerte sich offenbar, in eine Schublade gesteckt zu werden, und Taylor wußte, daß man von ihm keine vagen Spekulationen, sondern eine profunde Analyse erwartete. Die wenigen Bücher in der Junggesellenhöhle sagten ihm nichts. Für Taylor waren sie nur Ablenkungsobjekte, da sie offensichtlich dem verstorbenen Hennessey gehört hatten. Ihm zuzuordnen waren auch die Drogen, die die stolze Sondereinheit konfisziert hatte. Deren Presseoffizier braute gerade dumpfe Lügenpropaganda für die überregionalen Zeitungen zusammen, indem er behauptete, die IRA-Terroristen arbeiteten mit einem internationalen Kokainschmuggelring zusammen. Desinformation, wie die CIA das orwellianische Füttern von Medien nannte, hatte sehr wohl ihren Platz, der Experte aber zog es vor, tiefer nach der Wahrheit zu suchen.

Wie so oft hatte ihn seine Intuition nicht getrogen. Bei der Durchsuchung des Hauses war man auf einen Ausweis gestoßen, der eine Woche zuvor von der örtlichen Bibliothek auf den Namen Jeremiah O'Donovan ausgestellt worden war. Aus den Unterlagen über Hennessey ging hervor, daß er sich nie ein Buch aus der Bibliothek ausgeliehen, geschweige denn jemals etwas von dem alten Fenier mit dem Faible für Dynamit gehört haben würde. Es handelte sich eindeutig um Kellys Ausweis.

Durch einen Telefonanruf wurde der Bibliothekar von einer Cocktailparty der Freunde Orindas weggerufen. Mürrisch und verwirrt legte er eine Stunde später eine Liste des Lesestoffes vor, den Jeremiah O'Donovan in der vergangenen Woche ausgeliehen oder bestellt hatte. Konsterniert las Dr. Taylor den Ausdruck ein weiteres Mal. Kelly war bei der Titelauswahl, gelinde gesagt, eklektisch vorgegangen.

Shaw, Kipling! Nietzsche. Burroughs. Wilder. Alfred de Vigny! Kein Marx, kein Pearse, kein Che, kein Connolly. Ein literarischer Mischmasch.

Er schaute sich erneut einige der Zitate an, die offensichtlich Kelly auf Papierfetzen gekritzelt hatte und die im Papierkorb gelandet waren.

Mein Freiheitsdrang kann nicht unterdrückt werden. Natürlich, man kann mich ermorden – unsere vielen toten Lerchen beweisen es – aber eines Tages werden wir alle frei sein.
(Bobby Sands, Die Lerche und der Freiheitskämpfer)

Ein vernünftiger Mensch paßt sich an seine Umwelt an, ein unvernünftiger Mensch versucht, sich seine Umwelt anzupassen. Daher hängt jeglicher Fortschritt von dem unvernünftigen Menschen ab. (George Bernard Shaw)

So wie es in der Zukunft sein wird, so war es bei des Menschen Geburt. Der soziale Fortschritt hat nur drei Gewißheiten erbracht: daß der Hund *zu seinem Erbrochenen zurückkehrt, und die Sau in ihre Suhle, und daß der Narr den verbrannten, bandagierten Finger erneut ins Feuer steckt.*
(Kipling, Oghan Script)

Mit dem Terror erfaßt den Krieger in einer schäumenden Flut blutroter Wellen Ekstase.
(Ernst Jünger, Der Kampf als inneres Erlebnis)

Wie de Vignys Wolf werde ich sterben, ohne zu heulen.
Ich beabsichtige nicht, mich dem Luxus der Schwachen zu ergeben und den guten Absichten keine entschlossenen Taten folgen zu lassen.
Wenn du den Tod immer vor Augen hast, bist du in der Zeit, die dir bleibt, unsterblich. (William S. Burroughs)

Letzten Endes ist Reue lediglich die vornehme Bezeichnung für Impotenz.
Ich gehe in die Freiheit des Todes ein. (Buñuel)

Es gibt kein besseres Gefühl, als Blut auf Blut.
(Bruce Springsteen)

Entweder unser Leben ist ein Zufall, und wir sterben durch Zufall, oder wir leben nach einem Plan und sterben nach Plan.
(Thornton Wilder)

Taylor fühlte sich wie Peter Sellers in *Dr. Seltsam,* der sich eifrig bemühte, die Hieroglyphen des verrückten Colonel Ripper über kostbare Körperflüssigkeiten zu dechiffrieren, die den Code für das Erinnerungsvermögen enthielten.

Die Zitate von Sands, Burroughs und Buñuel sind die seltsamsten, dachte Taylor. Sie weisen darauf hin, daß er wohl etwas von einem Märtyrer hatte. Er rechnet damit zu sterben, hofft heimlich, tot zu sein, so daß in den Spelunken Belfasts binnen einer Woche Lieder über ihn gesungen werden. Noch ein Bobby Sands. Mein Gott! Diese Scheißpaddies! Diese bescheuerten Brits und ihre elende Arroganz. Sie reden vom Paddy-Faktor und erzählen Witze über die depperten Micks und begreifen einfach nicht, daß sie die Witzfiguren sind. Eine Handvoll wildentschlossener irischer Patrioten hat eine der größten und erfahrensten Armeen der Welt in Nordirland bis zum Patt bekämpft. Sie können nicht geschlagen werden. Der erhabene, heroische Bürgermeister von Cork, Terence MacSwiney, hatte recht, als er sagte, „nicht die, die das größte Leid zufügen, sondern die, die das größte Leid ertragen können, werden siegen."

Die IRA oder diese jüngste Gruppe, ob nun eine Horde von Renegaten oder nicht, können die Brits militärisch nicht in die Knie zwingen, müssen dies aber auch nicht. Wollen sie gewinnen, müssen sie einfach nur weiterexistieren. Taylor schüttelte den Kopf. So kam er nicht weiter.

Was war Kellys vermutlich nächster Schritt? Warum hielt er sich in San Francisco auf? Er ließ noch einmal die früheren Anschläge Revue passieren. Britische Botschafter. Britische Geheimdienstler. Britische Banken. Nun, wenn das alles war, hatte Kelly doch seine Pflicht und Schuldigkeit getan, als er den britischen Minister in die Luft gesprengt hatte. Warum lungerte er immer noch hier herum? Sich in Orinda zu vergraben, ergab eine Zeitlang Sinn, aber er hatte ganz allein einen kamikazeähnlichen Raub in Oakland durchgeführt, um an Waffen zu gelangen. Wofür? Für Banküberfälle? Unter Geldmangel schienen sie ja nun nicht zu leiden.

Er überflog noch einmal die Liste. Das Bilderberg-Attentat – da wurden Staatsmänner und Führer angegriffen, nicht nur Briten. Ob Kelly wohl daran beteiligt war? Wenn ja, und wenn er sich jetzt als Weltrevolutionär und nicht nur als irischer Patriot sah? Mit wem hatten sie es zu tun? Weder Marxist, noch Maoist. Ein Romantiker, ein Idealist, ein Verrückter, ein Märtyrer, dachte Taylor. Und in einer Stunde mußte er ihn verhören.

*

Der Arzt schaute Harald Taylor mit Abscheu an. Dann zog er die Spritze auf. Taylor erwiderte ruhig seine Blicke. „Ich weiß, Sie mögen das nicht, Doktor, aber ersparen Sie mir irgendwelchen herzzerreißenden Unsinn über Ethik. Dieser Mann liegt im Sterben. Sie selbst sagten, er würde die Nacht nicht überleben. Er verfügt aber über höchst wichtige Informationen, und Tausende von Menschenleben stehen vielleicht auf dem Spiel. Von Ihnen brauchen ich nur zwei Informationen: wann wird das Natriumpentathol wirken, und wenn es wirkt, wie lange kann ich ihn verhören?"

Der Arzt zuckte die Achseln. „Es müßte in zehn Minuten wirken. Was danach sein wird, läßt sich schwer sagen. Vielleicht haben Sie eine halbe Stunde, vielleicht aber auch weniger. Er hat soviel Blut verloren, daß es ein Wunder ist, daß er überhaupt noch lebt."

Ein FBI-Agent donnerte gegen die Tür und trat ein. „Dieser Polyp ist da. Der, der irisch sprechen kann. Er wartet draußen."

„Bringen Sie ihn herein!"

Jimmy Phelan schlurfte herein und kniff wegen des grellen Lichts die Augen zusammen. Zuerst sah man immer seine rote, dicke Knollennase. Er stoppte kurz, als er den dick bandagierten Kelly sah, der angeschnallt auf einem Operationstisch lag. Neben ihm stand der Arzt mit der Fixe in der Hand. Phelan hatte, wie sein Vater zu sagen pflegte, eine schwere Schlagseite. Er war gerade eben von einem feuchtfröhlichen Abend im Boxclub nach Hause gekommen, als der Anruf kam, und er wurde unrasiert und nach Powers Gold Label riechend in einem Polizeiwagen eilends in das behelfsmäßige 'Hospital' gebracht, in ein unauffälliges, unbeschildertes Regierungsgebäude.

„Was geht denn hier vor sich, verdammt nochmal? Ich bin im Ruhestand, damit das schon mal klar ist. Ich hab meine fünfundzwanzig Dienstjahre hinter mir, und ich hab meine goldene Armbanduhr als Beweis."

„Phelan?"

„Hm, und wer sind Sie?"

Taylor zeigte ihm so schnell seinen Ausweis, daß er nicht einmal den Namen lesen konnte. „Egal. Sie sprechen irisch, nicht wahr? Laut unseren Unterlagen sogar fließend. Ihr Hobby ist irische Geschichte und Kultur, richtig? Sie haben also Ahnung von diesem Mist, oder?"

Phelan geriet in Zorn. Seine Großeltern waren zur Zeit der Großen Hungersnot emigriert. Ein Großonkel war ein Molly

Maguire, sein Vater ein militanter Hafenarbeiter. Er selbst war im Slot, dem South-of-Market-District aufgewachsen. Wenn auch Zeit seines Arbeitslebens Bulle, so war er doch durch und durch Ire.

„Die Geschichte, Sprache und Kultur einer großen Nation kann nicht als Mist bezeichnet werden, Sie ignoranter Hirni. Sprechen Sie gefälligst anständig über das Land der Heiligen und Gelehrten, wenn Sie die Hilfe von Jimmy Phelan in Anspruch nehmen wollen, Sie Schnüffler, oder ich werde meinen Mund halten."

Taylor seufzte. „Ja, natürlich, es tut mir leid. Wir sind unter enormem Druck. Ich muß ihn verhören, und es bleibt uns wenig Zeit", antwortete er, auf den angeschnallten, offenbar bewußtlosen Kelly deutend.

Phelan starrte entsetzt. Kellys Körper war schneeweiß, seine Wunden aber von mörderischem Rot. „Ein Priester sollte sich seiner annehmen und nicht Sie und dieser Dr. Frankenstein dort. Der Junge liegt im Sterben. Das sieht doch ein Blinder."

Taylor konnte sich nur schwer beherrschen. „Dieser Junge, wie Sie ihn nennen, steht unter dem Verdacht, für den Bombenanschlag auf das Fairmont und den Mord an dem britischen Minister verantwortlich zu sein. Es ist sicher, daß er in Oakland drei Drogenhändler erschossen hat. Wir wissen, daß er mindestens eine Komplizin hat, die Frau, die den Toyota angemietet hat, unter Umständen aber noch mehrere Komplizen, die im Moment vermutlich weitere Terroraktionen in der Bai vorbereiten."

Phelan beugte sich über Kelly, der die Augen aufriß, als das Natriumpentathol zu wirken begann.

„Der ist das also." Phelan pfiff durch die Zähne. „Das war saubere Arbeit."

„Saubere Arbeit?!" explodierte der Experte. „Halten Sie die Klappe. Setzen Sie sich und notieren Sie alles, was er in irisch oder gaelisch oder wie immer Sie das nennen, von sich gibt. Schließlich geht es um Menschenleben."

Kelly starrte stier in Taylors eiskalte, stahlblaue Augen und bewegte leicht die Lippen.

„Name, Rang und Seriennummer!" Er versuchte zu lachen. Ein trockenes Krächzen kam aus seiner Kehle.

Taylor trat zurück, verschwand aus Kellys Blickfeld. „Tim Kelly", sprach er sanft, „ich fürchte, du wirst sterben. Ich bin Priester. Möchtest du mir nicht beichten, mein Sohn?"

Kellys Augen funkelten. „Salb mir den Arsch! Ego te absolvo, in Nomine Patre et Filii et Spiritu Sancte", psalmodierte Kelly grinsend. „Du verschwendest deine Zeit, Genosse. Ich habe den Nazarener noch nie gemocht. Eine Sklavenreligion für Sklaven. Wer bist du, Scharlatan, daß du jedem X-Beliebigen die Absolution erteilen willst?" Und als Kelly seine müden Augen auf den FBI-Beamten richtete, stellte er fest, daß er durch ihn hindurch schauen konnte, so wie er durch den Roboter hatte schauen können, der sich Frank Doherty genannt hatte. Er sah die Plastikmilz, das Pumpen des Herzens aus rostfreiem Stahl, verfolgte die Flut der Reize durch die Synapsen. Er sah alles und war sich schließlich sicher, vorher nicht halluziniert zu haben und klar im Kopf zu sein. Er lächelte. „Verschwinden Sie von hier und gönnen Sie meinem Kopf Ruhe. Und Ihr Geheimnis ist bei mir sicher." Er lachte.

Taylor bedrängte ihn weiter. „Ist Kelly dein richtiger Name?"

Er wurde mit einem müden Lächeln bedacht. „Ah nein, Sör, sicher. Bin ich nicht Dhearg Doom, der Furor Celticus, der Tuatha De Dannan, der Kinder des Lichtes? Einer der Krieger, die über Ierne wachen?"

Die Tonbandgeräte surrten leise weiter. Angewidert wie fasziniert begann Phelan, sich Notizen zu machen.

„Gall Ruadh Abu!"

Taylor seufzte. Kelly war langsam überhaupt nicht mehr zu verstehen. „Dhearg, deine Freunde sorgen sich um dich. Wie kann ich ihnen sagen, wo du bist?"

Wiederum drang ein Grinsen durch den Verband. „Sie wissen, wo ich bin. Sie wissen, daß ich ihnen Gesellschaft leisten werde. Die Wild Geese wissen alles. Seitwärts der Sonne entgegen. Ob auf dem Schaffott oder im Felde wir sterben, was macht es, wenn für Irland, das geliebte, wir fallen." Er verstummte, als der Arzt seinen Puls fühlte. Der aufgebrachte Taylor stieß ihn zur Seite und setzte das Verhör fort.

*

Kelly starb um vier Uhr morgens. In der Stunde der Geburt. Der Stunde, in der in aller Welt die Herren des Morgengrauens gern an die Tür klopfen. Kurz bevor Kelly starb, langte er noch einmal nach oben und packte mit letzter Kraft Taylor blitzschnell an der Kehle.

„Sind Sie es, Sergeant Tod?"

Während der Experte rang, um den Todesgriff zu lockern, verließen Kelly plötzlich die Kräfte, und er sank nieder. Ein

Lächeln breitete sich auf seinem müden Gesicht aus, als er von den Schmerzen erlöst war. Taylor taumelte rückwärts, faßte sich an den Hals und japste nach Luft. Nur Phelan und die surrenden Tonbandgeräte schnappten die letzten Worte von Tim Kelly auf: „Je n'ai jamais vu Carcassonne, aber ich gehe glücklich in die Freiheit des Todes ein." Sein allerletztes Wort war „Manannaun."

Jimmy Phelan beugte sich über ihn und versuchte, ein Bußgebet für ihn zu sprechen.

*

Eine Stunde nachdem Kelly seine Reise in sein besonderes keltisches Reich der Dunkelheit angetreten hatte, versuchte Taylor, dessen Hals noch immer sichtbare Würgemale von Dhearg Doom aufwies, verzweifelt bis vergebens Jimmy Phelan Kaffee einzuflößen und gleichzeitig seine fünf Sinne zusammenzunehmen.

Phelan war in seinem Element und genoß den Mißmut des Experten. Er hatte darauf insistiert, daß 'die Firma' ihm eine Flasche Powers Gold Label beischaffte und redete nun wie ein Wasserfall in diesem FBI-Unterschlupf. Die Füße auf dem Schreibtisch, blickte er dann und wann einmal auf seine Notizen, die er auf einen gelben Notizblock gekritzelt hatte. Schriftzeichen, die wie rätselhafte Hieroglyphen über die Blätter verschlungen waren. Taylor stöhnte. Er hatte einen langen Tag hinter sich und fühlte sich unwohl.

„Also dann, ich habe das meiste verstanden. Dhearg Doom ist mieses Irisch, wie Sie mir sagten und es mißbilligten, das man aber grob mit 'Der rote Zerstörer' übersetzen kann. Furor Celticus nannten die Römer die kriegerischen Iren. Gall Ruadh Abu heißt einfach 'Sieg dem roten Fremden', was im 12. Jahrhundert der Schlachtruf der Burkes war. Diese Schlachtrufe glichen den Rufzeichen alter Zeiten in der hieroglyphenähnlichen altirischen Schrift, die Ogham heißt. Seit tausend Jahren hat sie kein Mensch mehr benutzt und jetzt hat dieser Verrückte versucht, in dieser Schrift Kommuniqués zu verfassen. Himmel Herrgott Sakrament! Nun, was ist mit 'Bana ist dezimiert und Fodhla ihrer Schönheit beraubt'?"

Phelan nahm einen Schluck Powers und rülpste heftig. „O ja, diesen Satz mag ich. Sehr poetisch. Der Junge war nicht gerade ein gaelischer Gelehrter, aber er hatte eine Begabung, den alten Stil zu imitieren. Dieser Satz stammt von Oisin. Als er aus Tir Na Og, wo er sich jahrhundertelang aufgehalten hatte, ins Tal von Gleann-n-Smol zurückkehrt, findet er das alte Land sehr verändert vor und die Fianna sind verschwunden. Banba steht symbolisch für die alten irischen Krieger. Fodhla bedeutet Gelehrte. Als Oisin zurückkommt, findet er Ierne – so lautet die alte Bezeichnung für Irland – voll von diesen Hanseln und Dappschädeln und beklagt das Verschwinden der alten Lebensweisen. Wie Rip van Winkle."

Taylor seufzte. „Das soll also alles sein? Die Phantasien eines Vollidioten!"

„Ach, aber welch wunderschöne Phantasien." Phelan lachte.

Taylor wischte sich die Stirn. „Gut, erklären Sie es mir noch einmal. Was zum Teufel soll der ganze Unsinn über die Tu... Dingsbums De Dannan. Klingt für mich wie der Name eines Scheißjoghurts."

Phelan nahm noch einen Schluck aus der Flasche, spuckte aus und versaute mit seinem Schleim Taylors auf Hochglanz polierte Schuhe. „Mir ist gerade dieses Stückchen eingefallen", er deutete auf einen Abschnitt der auf dem Tisch liegenden Tonbandabschrift.

Beendet sei hier Kampf und Schlacht.
Tyrannen nur bin ich ein Feind,
dem Recht und seinen Freunden Freund.

„Das ist aus Händels Libretto zu *Belsazar.* Das ist Kraut, kein Irisch. Sehr schön, nicht wahr. Ich erinnere mich, es einmal vor Jahren mit meiner Frau, Gott sei ihrer Seele gnädig, gesehen zu haben. Oh, sie liebte diese alte klassische Musik."

Es kostete Taylor nahezu übermenschliche Anstrengung, sich zu beherrschen. „Zurück zu den Tucka – das ist doch wieder keltische Mythologie, oder?"

„Hier", sagte Phelan und nahm die Hieroglyphen in die Hand, die Taylor ein Rätsel waren. „Das ist Ogham und nichts anderes. Alte irische Schrift. Circa 400 nach Christus das letzte Mal gebraucht." Er warf einen Blick darauf. „Ja, das heißt es, Tuatha De Dannan. Na ja, so genau weiß ich es auch nicht. Um 400 vor Christus erreichten die Söhne von Mil, die Milesier, iberische Kelten auf phönizischen Geleeren, Ierne und stießen auf die mystischen Tuatha De Dannan – das Volk der Göttin Dana, die Kinder des Lichtes. Die Tuatha waren die Bezwinger der Firbolg und die Herrscher über Siabra oder Sidhe. Nicht zu verwechseln mit Geistern. Die Tuatha waren Krieger und widersetzten sich den fremden Eindringlingen. Nachdem sie schließlich aber durch den Stahl der Milesier bezwungen wurden, drehten sie sich seitwärts zur Sonne. Das heißt, sie wurden unsichtbar. Aber sie waren nicht tot. Sie kümmerten sich um die toten Krieger der Fianna und beschützten auch Cuchullain, den Hund von Ulster. Ihre Badh (ausgesprochen Bav) oder Krieger wachen immer noch über Ierne – wirklich. Wenn ich mich recht erinnere, wurden sie zuletzt in der Schlacht von Clontarf gesehen."

„Wo zum Teufel liegt denn das?"

„Etwas nördlich von Dublin."

Taylor schob seinen Stuhl vom Tisch weg. „Ist das Ihr Ernst? Ich meine, ist das bloß keltischer Unsinn aus der Vergangenheit oder existiert diese Gruppe wirklich? Dublin hat uns bergeweise Zeug über die Provos und die INLA, die Irische Nationale Befreiungarmee, geschickt, es war aber nie von dieser Gruppe die Rede. Von welcher Organisation hat sie sich abgespalten? Haben uns diese Torftrottel etwas vorenthalten? Wann haben sie in diesem Clontarf gekämpft?"

Phelan erfreute sich an einem kräftigen Schluck. „Nun, das ist schon ein Weilchen her – 1014 nach Christus, um genau zu sein. Sie halfen Brian Boru gegen die Eindringlinge aus Skandinavien. Aber Sie müssen sich klar machen, daß tausend Jahre für die Tuatha wie ein Tropfen im Ozean sind. Wäre es nicht ulkig, wenn sie heutzutage die Jungs unterstützen würden? Und darüberhinaus versuchte dieser Junge, Kommuniqués in Ogham zu schreiben. Ihm gebührt wirklich alle Ehre!"

Taylor erhob sich mit steifem Nacken, auf dem Kellys Würgemale wie rote Bohrlöcher prangten. „Schafft mir diesen Volldepp vom Hals", brüllte er. „Der ist so verrückt wie der Tote es war."

Ein FBI-Agent trat ein und geleitete Jimmy Phelan nach draußen. Phelan ging das Treppenhaus hinunter, hielt seine Flasche umklammert und krächzte fröhlich:

Ach! Daß Macht vor Recht ergehen konnt'
Sie fielen und vergingen
Aber wahre Männer, Männer wie Euch
Gibt es heut zuhauf, sie zu bezwingen

Während der Klang von Phelans krächzender Stimme verebbte, schaltete Taylor das Tonband ab, nahm die Bänder und seine Notizen an sich und stolzierte hinaus. Du kannst den Paddy aus dem Torf holen, aber dem Paddy niemals den Torf austreiben, grübelte er auf dem Weg in die Einsamkeit seiner Einzimmerwohnung. Er brauchte etwas Schlaf. Am besten eine ganze Woche davon.

EIN SCHLÄFER ERWACHT SAN FRANCISCO

Das Schlafzimmer war voll mit Büchern und unordentlich, übersät vom Schutt eines Junggesellendaseins. Im kleinen Fernsehapparat in der Ecke auf einem Überseekoffer, auf dem immer noch in verblaßter Schablonenschrift „Saigon" zu lesen war, flimmerte ein Spätfilm. Christopher Lee kämpfte als Dracula schon wieder gegen Peter Cushing als Dr. van Helsing. Der Film wurde in bestimmten Abständen durch einen trockenen Sam LaBrie unterbrochen, der seine Wasserbetten und Schwimmsysteme den Schlaflosen in der Bai anbot oder den Leuten, die zu dieser seltsamen, ungewöhnlichen Stunde arbeiteten, und den Gefangenen oben in Vacaville, in San Quentin und Folsom. Die in der Hoffnung auf eine kostenlose Wassermatratze geschriebenen Briefe der Gefangenen verlas er vor zugkräftigen Bildern von Yuppieschlafzimmern, die weder in der Phantasie noch faktisch irgendeine Ähnlichkeit mit den kalten Zellen der Knackis aufwiesen. Hinaus in den Äther ging der von einem liebenswürdig langweiligen Bettenverkäufer gesponsorte Kampf zwischen Gut und Böse, hin zu den Verliebten, den Einsamen und den Verlorenen. In ihre Zellen, Zweizimmerwohnungen und Wohnwagen. Und in das abgedunkelte Zimmer von Michael Dexter Gallagher, der sich auf seinem Futon auf dem Boden seiner Wohnung im Mission-District von San Francisco unruhig hin und her wälzte. Hier träumte er seine wilden Träume und schlief seinen Rausch von viel zu vielen Anchor Steams aus. Er hatte sich mit Aufputschmitteln angetörnt und dagegen dann mit Beruhigungsmitteln vollgepumpt. Er wollte – wie jede Nacht – die Schreie von 'Nam vergessen, den Gestank verkohlten Fleisches und den Geruch getrockneten Blutes auf den Bajonetten, das süße Haschisch in den Pfeifen und die Rufe der in Schrecken versetzten Vietnamesen, die sich mit der ständigen Angst seiner jugendlichen Kameraden mischten, die in ihren Biwaks hockten und auf den gefürchteten Ausruf 'Treffer' warteten, während amerikanische Chemikalien den Himmel von Da Nang, Hue und Saigon erhellten. Und der Dschungel roch immer noch süß wie Krebs.

Gallagher befand sich wieder in seinem Hue, flog über den grünen, blatternnarbigen Dschungel. Der Lieutenant, ein frischgebackener Collegeabsolvent, ließ den Gefangenen im schwarzen Drillich kopfüber an den dürren Beinen von der Plattform baumeln, während der Söldner der südvietnameischen ARVN-

Truppen lachte, und plötzlich kurz Raketenfeuer aus dem Dickicht neben dem Reisfeld aufflammte, und der Helikopter hysterisch hin und her schlingerte und ins Blaue trudelte, und Gallagher die Steuerung bediente und sich seine Angst und Gefechtsmüdigkeit vermischten, und der Vietcong schrie, als er in die Tiefe stürzte, und der Lieutenant jammerte „Mein Gott, das wollte ich nicht!“, während der ARVN-Soldat kicherte, der Hubschrauber unter der Materialermüdung schepperte, und er mit schweißnassen Händen das Bordfeuer eröffnete und verzweifelt versuchte, der Lichtgarbe der Boden-Luft-Rakete zu entgehen, die gerade in sein Blickfeld geschossen kam, da schnellte Michael Dexter Gallagher mit Schweißperlen auf der Stirn aus dem Schlaf hoch, aus einem weiteren Alptraum gerettet.

Er tastete über den Boden nach der Flasche Anchor Steam. Das Bier war warm. Warm und nahrhaft wie Diabetikerpisse. Seine Stirn war kalt, kalt wie das Herz seiner Ex-Gattin, wie er sich auszudrücken pflegte. Er nahm einen kräftigen Zug, mußte husten und schluckte hinunter. Das Leuchtzifferblatt seines Weckers, einem Geschenk von *Time Magazine* für das Ausfüllen eines Abonnementenformulars (er hatte den Namen Paddy Fields benutzt) sagte ihm, daß es vier Uhr morgens war. Er nahm einen weiteren Schluck Bier und versuchte, sich auf die Mattscheibe in der Ecke zu konzentrieren. Der Scheißfernseher lief immer noch. Er fingerte nach der Fernbedienung und stellte den Ton lauter. Er brauchte eine Geräuschkulisse, irgendwelchen Lärm, um die aus dem Alptraum zurückgebliebenen Töne zu verdrängen.

Wo hatte sein Traum dieses Mal gespielt? 'Nam oder Belfast? Dies waren die beiden einzigen Orte, von denen er überhaupt träumte, oder an die er sich zumindest noch dunkel erinnern konnte, wenn er aufwachte. Dies waren die beiden einzigen Orte, wo er dem Tode nahe war, dem vielleicht letzten Frieden, nach dem er sich sehnte. Und dies waren auch die beiden einzigen Orte, wo sich jemand so sehr um ihn sorgte, daß er ihm das Leben rettete. Er dachte an Corporal Abraham Johnson, sah sein schwarzes, verschwitztes Gesicht, hörte sein ‘in Deckung, Muttaficka’, spürte seine klobige, schwarze Hand, die ihn aus dem Wurffeld des Punji-Stockes schubste, erspähte das schlecht gezielte Todesinstrument, als es an ihm vorbeischoß und den Corporal aufspießte, hörte einen Todesschrei, als ein weiterer LURPer auf den blutgetränkten Dschungelboden sank. Eine weitere Ziffer für die Statistik. Ein weiteres Kid in der Kiste auf dem Heimweg nach Mobile. Ein weiterer Name, der in die lange Wand in

Washington gemeißelt werden konnte. Abi durfte nicht einmal in den roten Dreck von Alabama zurückkehren. Seine treuen Kameraden, seine Waffenbrüder hatten seinen Leichnam zur Verwesung in Vietnam gelassen, zur Vermischung mit dem Dschungelmoder und zur Düngung des Dschungelbodens irgendwo außerhalb von Hue. Sein Seesack war mit Heroin vollgestopft und von der CIA-Fluggesellschaft ausgeflogen worden.

„Ruhig, beruhige dich“, murmelte er. Er dachte an Father Ryan, seinen Gemeindepriester in Boston. Wie hießt doch das Gebet gleich, von dem diese alte Saufnase immer behauptet hatte, es würde das Dunkel zum Verschwinden bringen? Er konnte sich noch daran erinnern, daß der Priester immer nach Whiskey roch, wenn er am Beichtgitter der St.-Theresa-Kirche gekniet hatte. Er erinnerte sich auch noch an die kleinen roten Äuglein. Aber das Gebet war ihm entfallen. Die Worte würden ihm nicht mehr einfallen. Die Mantras hatten ihre Kraft verloren, und wenn selbst die Mantras nicht mehr wirkten, bedeutete das nicht, daß alles bedeutungslos, alles sinnlos war auf dieser verrotteten, von unersättlicher Gier besessenen Welt?

Und er dachte an den Hund. Und an die Nacht in Belfast, Jahren nach 'Nam und Jahre vor dem heutigen Tag, und daran, wie der Hund ihm das Leben rettete, als ein paar Einheimische beschlossen, daß dieser besoffene amerikanische Angeber, der darauf bestanden hatte, allen Freiheitskämpfern im Clonard Gaelic Athletic Club einen auszugeben, nach draußen geschafft und verhört werden sollte.

„Spitzel werden erschossen!“ Als er im Dreck kniete und das Klicken der Knarre hörte und die Angst des jungen Provos roch, der noch nie einen Spion erschossen hatte, sich aber todsicher vor seinen Genossen keine Blöße geben würde, indem er das verhunzte, erinnerte er sich, dieses Graffito auf einer Mauer eines Trümmergrundstücks gesehen zu haben. Er war viel zu betrunken, um zu protestieren, ihnen zu erklären, daß er kein Schnüffler, sondern bloß ein Tourist war, der in Connemara Ahnenforschung treiben, in den Fußstapfen des Heiligen den steinigen Croagh Patrick hochkraxeln und Guinness habe trinken wollen, daß ihn dann die Neugierde, dieses schleichende Gift, gepackt hatte, und er nach Belfast getrampt war, an den Arsch der Welt, wo er die Unterdrückungspraktiken der Brits und der Royal Ulster Constabulary gesehen hatte und wie er nun mit seinen entfernten Cousins, zu denen er keinerlei Kontakt hatte, mitfühlen konnte; und daß er über eine Qualifikation verfügte, die Qualifikation zu töten, für die der amerikanische Steuerzahler hatte aufkommen müssen und die er in Fort Bragg, Georgia, erworben hatte, um in einem sinnlosen Krieg am anderen Ende der Welt verheizt zu werden; eine Qualifikation, die sie sich zunutze machen könnten, um das Land der Heiligen und Gelehrten ein für allemal von den Fremden zu befreien, die seine Vorfahren gezwungen hatten, auf Sargschiffen Zuflucht zu suchen und an den Küsten von Amerikai festzumachen und in den Minen von Schuykill, Pennsylvania, zu malochen, an der Seite der Molly Maguires zu kämpfen und den Hibernians beizutreten, oder, wie sein Vater, Bulle in Boston, von einem Junkie nach einer Streifenfahrt durch Roxbury auf der Park Street erstochen zu werden.

Und wenn ihm bloß die Worte eingefallen wären, hätte er ihnen von seiner Tante erzählen können, der alten Jungfer, die ein in kitschigen Farben gemaltes Bild von Padraig Pearse und ein Herz-Jesu-Nachtlämpchen, das in der Dunkelheit glühte und ihm als Kind immer Angst und Schrecken einjagte, neben dem Bett hängen hatte, ebenso wie ein Foto von John Fitzgerald, dem verdammten Kennedy, den sie für einen Heiligen hielt, von dem Michael aber wußte, daß er nicht der tapfere Captain des PT 109, sondern ein wollüstiger, schießwütiger Hurenjäger war, der ihn und seine Generation zum Sterben oder zwecks Zuziehung eines Hirnschadens in ein abgelegenes asiatisches Land entsandt hatte – und das lange vor dem Clown aus Texas oder dem frömmelnden, kleinen, schiefmäuligen Quäker aus Whittier, Kalifornien – aber er war sturzbetrunken, und die Worte waren ihm nicht eingefallen und selbst wenn sie ihm eingefallen wären, hätte der junge Provo wahrscheinlich sowieso nichts verstanden oder ihm kein Wort geglaubt, und er hätte im Matsch des GAA-Parkplatzes den Tod gefunden, wäre da nicht der ältere Mann gewesen, den er mittlerweile unter dem schlichten Namen 'der Hund' kannte, der die Teenager verscheucht und einen zitternden und aufgelösten Gallagher von den Knien hochgezogen und ihn in eine Maisonette im finsteren Andersonstown verfrachtet hatte, wo er ihm Kaffee einflößte und sich seine Geschichte anhörte, ihr Glauben schenkte und ihn laufen ließ.

Der Hund hatte ihm geglaubt, aber in Belfast keinen Bedarf für seine Qualifikation gesehen und ihm keine Chance für eine Dankesbezeugung oder einen Selbstbeweis gegeben. Der Hund hatte ihm sanft beigebracht, daß ein Amerikaner in Belfast auffiele wie ein bunter Hund. Der Hund machte sich damals schon, in den siebziger Jahren, vor den Hungerstreiks, Gedanken, schmiedete Pläne, da er wußte, daß die Plakate, die die Wände der Falls Road zierten und das Jahr 1975 zum 'Jahr der Freiheit' erklärten, verfrüht waren, und die IRA einen langen, harten Zermürbungskrieg vor sich hatte. Bevor er den Yank in den großen blauen Bus setzte, der ihn aus dem blauen Freiheitshimmel Ulsters nach Süden in den grauen Nebel einer irischen Theokratie Richtung Dublin bringen würde, hatte er sich Gallaghers Adresse und den Namen seiner Stammkneipe in San Francisco notiert.

Seine Anschrift hatte sich seitdem mehrfach geändert, die Stammkneipe war die gleiche geblieben. Er erinnerte sich noch deutlich an die Abschiedsworte des Hundes. „Es kann sein, daß eines Tages aus heiterem Himmel ein Unbekannter auftaucht, der einfach nur sagen wird: 'Die Hundstage stehen bevor'. Dann kannst du mir deinen Dank erweisen, wenn du willst."

Während Taylor sein Leben vergeudete, zwei weitere gescheiterte Ehen, ein Dutzend sinnloser Jobs und Tausende frustrierender, durchzechter oder drogenreicher Nächte hinter sich brachte, war keine Woche vergangen, in der er nicht heimlich gehofft hatte, der Botschafter käme und gäbe seinem Leben einen Sinn.

Als er vom Futon auf den Boden rollte und aufstand, um in die Dusche zum Pissen zu gehen, warf Gallagher noch einen Blick auf die Flimmerkiste und sah wieder den verrückten Renfield, der in seiner Gummizelle saß, Fliegen aß und irre vor sich hinsang über den 'Meister', Graf Dracula selbst, der aus dem Dunkel der Nacht auftauchen, die Gitter vor seinem Fenster herausreißen und ihn retten, erwecken, benutzen, ihm ein neues Leben schenken würde. Dann und wann war Gallagher der Überzeugung, daß Paddy Fields, sein Nom de Guerre aus 'Nam und Belfast, mit Renfield identisch war, und er spürte, wie nach all den langen Jahren der Schläfer langsam erwachte. Er duschte sich, zog sich an und ging hinaus in das kalte, graue Dämmerlicht, mit dem sich der Morgen über Babylon an der Bai ankündigte, und fuhr mit seinem Taxi zum Flughafen, eine Tasse schwarzen Kaffee in den Händen, die so zitterten, wie sie nahezu fünfzehn Jahre lang fast immer gezittert hatten.

Am späten Morgen war er wieder in der City. Nachdem er einen Fahrgast im North-Beach-District abgesetzt hatte, beschloß er, zum *Zoo* zu fahren, um sich einen zu genehmigen. Die Stammgäste lungerten in der Kneipe herum, spielten Schach, studierten die Zeitung oder würfelten mit Riegler, dem Chefbarkeeper. Das Hauptgesprächsthema war die Explosion, die sich ein paar Stunden zuvor im Fairmont ereignet hatte. Die Nachmittagsausgabe des *Examiner* sprach in reißerischer Aufmachung von dem Abscheu und dem Entsetzen der Bürger San Franciscos und stellte Spekulationen über die Cuchullain Brigade an. In einem auf Seite fünf versteckten Kasten waren deren frühere Aktionen aufgelistet, die laut 'unserem irischen Korrespondenten' auf das Konto der Handlanger des auch als 'Hund' bekannten Arthur Francis O'Brien gingen.

Gallagher stellte gemächlich das Pint Anchor auf dem Tresen ab, auf dem die Würfel ihre Augen zeigten. „Leo", rief er Riegler zu, der eifrig damit beschäftigt war, seinen Lohn aufzubessern, indem er einem unverbesserlichen Spieler und Verlierer beim Knobeln ein paar Hunderter abknöpfte, „hat jemand angerufen oder eine Nachricht für mich hinterlassen?" Hoffnung ist unsterblich.

„Knapp bei Kasse", sagte der Österreicher, hob den Becher hoch und enthüllte, daß er seinen Gegner erneut geschlagen hatte. Er schnappte sich den Zwanziger und machte sich hinter dem Tresen zu schaffen.

„Dasselbe nochmal, Michael? Nein, keine Nachricht. Warum, erwartest du eine Mitteilung deiner Paddyfreunde? Der Zeitung nach sind einige in der Stadt und verüben ihre lärmenden Streiche."

Er deutete auf das Titelphoto, das den verwüsteten dritten Stock des Fairmont Hotels zeigte. „Sehr laute Spiele, sehr garstige Spiele, aber wenn du meine Meinung hören willst – um diesen Brit ist es wirklich nicht schade."

Riegler war ein gute Barkeeper, also ein Diplomat. Er kannte seine Pappenheimer. Wenn der pensionierte, frühere Offizier der Marine Ihrer Majestät, Captain Fortescue, wie schon seit zehn Jahren punkt achtzehn Uhr auf seinen Plymouth mit Tonic käme, würde Leo eine andere Geschichte zu erzählen wissen.

„Nein, Michael, kein Nachricht für einen gestandenen Pintpatrioten wie dich. Dir bleibt nur die Befriedigung, in der Zeitung über die irische Abendunterhaltung zu lesen. Und zur Feier des Tages gibt dir dein alter Freund Riegler einen aus. Bushmills?" Er goß ihm einen kräftigen Schuß in ein Rauchglas. „Slaínte! Auf das Hissen der grünen Flagge und auf das Einholen des blau-rot-weißen Lumpens! Erin no bragh – wie die irischen Emanzen sagen."

Er ging wieder seiner Arbeit nach, und Gallagher genoß den Bushmills, der nun sein einziger Bezug zu seiner Wahlheimat war. Scheiß auf die Taxifahrerei heute, dachte er bei sich. Ich werde mal ins *32* runterfahren und hören, was man sich da Hübsches zu erzählen hat. Dann aber löste Tony Riegler ab, dessen

Frühschicht beendet war, und der sich nun den geilen Wonnen hingeben konnte, die der Nachmittag für ihn bereithielt.

„Wie geht's, Michael", fragte Tony. „Was macht dein Kopf? Du hast dir gestern abend ganz schön einen hinter die Binde gekippt. Ach, übrigens, ein Mädel hat nach dir gefragt. Sie sagte, sie würde noch mal reinschauen."

„Kanntest du sie?"

„Nein, noch nie gesehen. Aber sie sah nicht gerade wie Repo Man aus. Ein Bild von einer Frau! Ihr Parfüm hätte die Zecken eines Bluthundes betört. Steckst du alter Schmeichler wieder mal in Schwierigkeiten?"

Gallagher lachte. Sein Kater schwand dahin. „Ich wachte heute morgen auf und hatte voll den Blues. Ich glaube, ich muß meinen Brand löschen", sagte Gallagher und erhob sein Glas. Tony schenkte ihm einen weiteren Bushmills ein und sagte:

„Da kommt ja deine Frau. Kennst du sie?"

Gallagher blickte zu Philomena, die gerade zur Tür hereinkam, und erwiderte: „Nein, aber das wird sich gleich ändern."

Und fünf Minuten später, als sie an einem der kleinen Tischchen auf der Galerie unter sich waren und neben dem alten Diaprojektor saßen, der im Schneckentempo Aufnahmen alter schmutziger französischer Postkarten auf die über dem Thekenraum hängende Leinwand warf, als sie den kalifornischen Wein trank, den er ihr spendiert hatte, und sich sicher war, daß er wirklich Michael Dexter Gallagher war, fragte er sie, was sie als Touristin denn vom Wetter halte, und sie antwortete ihm, daß die Hundstage bevorstünden – und ein Schläfer erwachte.

DUBLIN

„Schafft mir sofort diese alte Saufnase her", schrie Matt Ryan. Die Nachricht von Kellys Tod war per Fernschreiben aus San Francisco gekommen, und die Schlagzeile des *Chronicle* „Provo-Killer in Drogenhöhle an der Westküste erschossen" ging schon durch die Straßen Dublins.

Harry Thornton kam aus dem Außenbüro herbeigeschlurft. Ryan musterte ihn. Er konnte es nicht beweisen, aber die Geschichten über den Hund und seine Hasen, die seit einer Woche die Titelseiten aller irischen und britischen Zeitungen füllten, trugen Thorntons Handschrift. Das Ärgernis war, daß er die Geschichte abgelehnt hatte und jetzt der Gelackmeierte war. Hätte er freie Hand, würde er diesen alten Schmierfinken auf der Stelle vor die Tür setzen, aber er hatte andere Order bekommen.

Seine britischen Verbindungsoffiziere in Stephens Green wollten, daß die Provo-Drogenstory hochgespielt würde, und hatten Ryan befohlen, Thornton – und keinen anderen – nach San Francisco zu schicken, um diesbezüglich zu wirken. Der Gedanke, daß dieser alte Whiskeysäufer einen Freiflug an die Westküste bekam, brachte Ryan auf die Palme, und er biß auf seiner Zigarre herum. Aber Befehl war Befehl. Er hatte vergeblich argumentiert, daß Thornton Pro-Provo sei und versuchen würde, ein Manuskript zu liefern, in dem er beweisen würde, daß diese mit Drogen nichts zu tun haben. Sein britischer Verbindungsmann hatte ihm barsch die Tür gewiesen. Thornton sollte auf der Stelle losfliegen.

Ryan, ein einfältiger Mensch, wußte nicht, daß der britische Geheimdienst Thornton deswegen in San Francisco haben wollte, gerade weil er versuchen würde, die Drogenvorwürfe zu widerlegen. Um das zu tun, würde er dort mit dem republikanischen Gesocks Kontakt aufnehmen müssen, und wenn sein Manuskript gedruckt war, würden die Hasen unter Umständen mit dem ihnen wirklich wohlgesonnenen Journalisten, der über alte Verbindungen zur republikanischen Bewegung verfügte, in Kontakt treten wollen, um die Drogenpropagandalüge zu dementieren. Der Schuß konnte nach hinten losgehen, aber die Sache war den Versuch wert, den Oldtimer als Lockvogel loszuschicken. Er würde ja ohnehin unter ständiger Überwachung stehen. Dafür sorgte das FBI. Man mußte abwarten, wie sich die Sache entwickeln würde.

Darüberhinaus würde die Drogengeschichte die Provos selbst zwingen, etwas gegen die Hasen zu unternehmen, schon allein aus der Angst heraus, daß der Dollarfluß aus den USA verebben könnte. Die irischstämmigen Amerikaner waren zwar durchaus bereit, Kriegsmittel an Männer zu geben, die britische Soldaten und Polizisten erschossen und Bomben in Hotels legten, waren aber weniger glücklich darüber, Drogenhändler zu unterstützen. Selbst die Contras haben das begriffen. Und auch Noriega. Emerald, der Maulwurf der Brits, hatte darauf hingewiesen. Der Verbindungsoffizier plädierte schon immer für die altbewährte Politik des 'Teile und Herrsche'. Hatte die sich nicht in der Vergangenheit bewährt? Und was, was bitte war aus dem glorreichen Empire geworden? Er seufzte. Sollten die Scheißfalklands alles sein, was davon geblieben war? Was hatte Britannia denn noch zu sagen? Waren Meisterspione wie er dazu verdammt, in Dublin zu sitzen und machthungrige Politiker zu bestechen und Zeitungsverleger zu kaufen?

DESPERADOS WARTEN AUF EINEN ZUG

Michael Gallagher trat aus der Dusche und rubbelte sich rasch trocken. Debbie Duncan, alias Philomena Clarke, saß lesend auf dem Futon. Merkwürdig, dachte Gallagher, nachdem sie es gemacht haben, duschen oder rauchen die meisten Leute. Diese Frau liest Bücher.

„Hör zu, Gallagher", sagte Phil und begann vorzulesen: „Im Sonoma County, Kalifornien, gibt es einen kleinen Flughafen, der einmal im Jahr an drei aufeinanderfolgenden Wochenenden anders als alle übrigen Flughäfen dieser Welt ist. An diesen Wochenenden, die gewöhnlich Mitte Juli an einem Donnerstag beginnen, sinken in Abständen hauseigene Flugzeuge großer Unternehmen aus dem wolkenlosen Himmel, leichte Lears und Lockheed Jetstars, und gleiten mit schrillem Pfeifen über den braunen Stoppelacker. Die abgestellten Pipers und Cessnas nehmen sich gegen diese Jets wie veraltete Kutschen aus und die Feuerlöschbomber wie düstere, übergroße prähistorische Monster. Das Schauspiel gleicht einer Szene bei Ian Fleming: zehn, zwölf, vierzehn Privatjets stehen auf der Landebahn wie Einheiten aus einem Millionärsgeschwader. Männer, meist bereits fünfzig Jahre oder älter, schreiten in teuren Anzügen oder Sportbekleidung die Rampe hinab, tragen Koffer zu den Gepäckkarren, die zum Hallenvorfeld gezogen werden oder laufen flink durch die flimmernde Asphalthitze und pralle Sonne zum Terminal und auf der anderen Seite wieder hinaus, wo sie wieder, so wie sie gekommen sind, weggleiten – nachdem sie ihr Gepäck einem Chauffeur oder Taxifahrer anvertraut oder sich an das Steuer eines für sie bereitgestellten Luxuswagens gesetzt haben ... Irgendwo zwischen diesen Hügeln, in einem ausgedehnten Forstschutzgebiet, konzentrieren sich Geld und Macht in einem politischen und gesellschaftlichen Fort Knox, das, wie es scheint, die Grundlage des Erfolgs bunkert ..."

Sie ließ ein paar Absätze aus. „Hörst du mir überhaupt zu, Gallagher?"

„Klar, sehr blumig, zu viele Adjektive. Was erwartest du, eine verdammte Literaturkritik?"

„Halt den Mund und hör zu, es kommt noch mehr, viel mehr." Sie las weiter.

„Zu diesem abgelegenen Ort kommen wie Zugvögel Jahr für Jahr zur gleichen Zeit prominente Männer aus allen Teilen der Vereinigten Staaten: Senatoren und Botschafter, Ausschußvorsitzende und geschäftsführende Beamte, reiche Entertainer, Generäle, Gouverneure, Richter des Obersten Gerichtshofes, Kabinettsmitglieder, Gouverneurs- und Präsidentschaftskandidaten (jeder republikanische Präsident seit Coolidge und – bis auf einen – jeder kalifornische Gouverneur seit Hiram Johnson) und erfüllen sich einen Traum von guter Kameradschaft und rustikaler Zurückgezogenheit, der teils Pfadfinderlager, teils Biergeselligkeit, teils Offiziersbiwak, teils religiöse Zuflucht ist: der vollendete jährliche amerikanische Stammesritus unter freiem Himmel, das Jahreslager im Hain des Bohemian-Clubs."

„Klingt ganz nach einer Versammlung von Kriegsverbrechern", sagte Gallagher aus dem Badezimmer kommend. „Also was?"

„Wo liegt der Bohemian Hain?" fragte Phil. Gallaghers Herz setzte einmal mit Schlagen aus, der Groschen fiel, und er begann zu grinsen.

„Der irische Premierminister spricht dieses Jahr dort, nicht wahr?" Sie nickte. Gallagher schaute auf den Wandkalender. Sechster Juli. Er begann seine Lieblingsmelodie längst vergangener Dylantage zu pfeifen. Phil stimmte ein, sang den Refrain:

„And it's a hard, it's a hard, and it's a hard, and it's a hard rain's a gonna fall."

VON DERRYKAI NACH AMERIKAI

Der Aer Lingus Flug 105 war voll besetzt, als die Maschine abhob, über Dublin kreiste und gemächlich über das Patchwork der Felder dröhnte, aus dem sich die Insel Emerald zusammensetzte. Bis nach Shannon und der dortigen Duty-Free-Falle für Unbedachte und Unwissende war es nur ein Sprung von vierzig Minuten.

Martha Dooley war aufgeregt, aber sie ließ es sich nicht anmerken. Obwohl sie bereits 67 Jahre alt war, war es ihr erster Flug. Neben ihr saß der Vogel, wie immer die Ruhe selbst. Einen Flug hatte er schon öfter gemacht. Auch die Wahl seiner Begleitung für die große, kostenlose Reise nach Amerikay hatte ihm keine großen Probleme bereitet. Martha mochte keine große Reiseerfahrung haben, aber sie war zweifellos fester politischer Überzeugung. Eine Republikanerin alter Schule. Sie war eine McLafferty, wie eine der unerschütterlichen, nationalistischen Familien der jungfräulichen Stadt hieß. Ihr verstorbener Ehemann, Jim Dooley, bekleidete während der Bombenkampagne der fünfziger Jahre den Posten eines IRA-Adjutanten in Derry.

Marthas Haus hatte immer offen gestanden für die Jungs, die abtauchen mußten.

Jim war 1972, kurz nach dem Blutsonntag, an Krebs gestorben, und mit seinem Tod hatten die Durchsuchungen ihres Hauses aufgehört. Mit Hilfe der örtlichen Sinn Fein war sie in eine kleine Rentnerwohnung im Creggan gezogen. Sie hatte im Aktionskomitee der Angehörigen gearbeitet, das Besuche der Gefangenen in Magilligan, Armagh und im Kesh organisierte. In Long Kesh hätte ihr einziger Sohn Eamonn zehn Jahre wegen Waffenbesitzes abzusitzen gehabt. Er war aber erschossen worden, als er 1979 versucht hatte, über den Stacheldraht zu entkommen. Danach hatte sie – davon gingen die Dienste aus – vom republikanischen Leben Abschied genommen. Sie wurde nicht mehr auf Märschen, Demonstrationen oder paramilitärischen Beerdigungen gesehen. Man erzählte sich im Creggan, daß sie wohl nach Australien emigrieren würde, wo ihre einzige Tochter in Sydney als Krankenschwester arbeitete – aber daraus wurde nichts. Sie blieb für sich. Offenbar kam sie mit der neuen Generation der Republikaner um Martin McGuinness nicht zurecht. Die Jungs waren in Sinn Fein und beteiligten sich an Wahlen.

Marthas Wohnung war seit Jahren von der britischen Armee verschont geblieben. Keine der Verrätergrößen hatte je ihren Namen fallen lassen. Auf den Listen der politischen Polizei, die immer auf den neuesten Stand gebracht wurden, tauchte sie schon lange nicht mehr auf. Sie war lediglich eine Rentnerin im darbenden, düsteren Derry. Der Vogel teilte das Rentnerdasein. Aber Martha glaubte immer noch fest an die Sache und würde es immer tun. Sie war Republikanerin, Anhängerin der Provos. Und als der Vogel wegen eines Urlaubs in Amerikay an sie herangetreten war, hatte sie gewußt, daß das kein Angebot eines alten Knaben war, der sich die letzten Hörner abstoßen wollte. Es handelte sich um eine Mission. Und sie hatte ihre Tasche gepackt, wundersamerweise einen Paß und ein Visum erhalten, die neidischen Hänseleien der Nachbarn gutmütig über sich ergehen lassen, und hier war sie nun, an Bord einer Aer Lingus 747 auf dem ersten Leitstrahl eines 7000 Meilen langen Fluges, ohne bislang irgendeine Frage außer der nach dem Flugziel gestellt zu haben.

„Weißt du, Kid“, sagte der Vogel, für den alle unter sechsundsiebzig immer noch 'Kids' waren. „Ich habe einmal in einem dieser amerikanischen Streifen einen Satz gehört: Alter und Perfidie werden Jugend und Geschicklichkeit immer schlagen.“

Während das Flugzeug zur Landung in Shannon ansetzte, lächelte Martha Dooley, geborene McLafferty. „Ich hoffe, wir werden Gelegenheit haben herauszufinden, ob das stimmt, Gerry Quigley“, antwortete sie.

SAN FRANCISCO

Zwei Tage später. „Wir müssen jede Menge Ausrüstung beschaffen“, sagte Phil. „Es wimmelt dort von FBI-Bullen.“

„Mann, was hast du denn erwartet? Du hast mit Kelly den Brit im Fairmont ins Jenseits befördert. Denkst du etwa, die haben das schon vergessen?“

Phil zog eine Grimasse. „Ich hab es dir doch schon einmal gesagt, Gallagher. Weder Tim noch ich hatten irgendetwas damit zu tun. Diese Enwright/Morgan-Einheit ist mir ein Rätsel. Vielleicht sind sie ja wirklich Hasen. Vielleicht sind es aber auch nur amerikanische Trittbrettfahrer oder irgendwer von Noraid hat die Finger im Spiel, obwohl ich das bezweifle. Die haben so etwas noch nie gemacht. Die kümmern sich doch ausschließlich um Kohle. Verdammter Mist! Ich habe Tim gesagt, er soll sich von denen fernhalten. Er wurde von dem schottischen Saukerl in einer irischen Kneipe gesichtet. Der letzte Ort, wo er hätte sein sollen. Aber er bestand darauf. Wie dem auch sei, wenn es nicht irgendwelche Noraid-Leute waren, werden sie uns oder wem auch immer nicht gerade dankbar sein. Laut den letzten Nachrichten sind mehr als zwanzig ihrer Mitglieder festgenommen und Dutzende von Häusern durchsucht worden.“

„Nun, dann sind sie wenigstens uns nicht so sehr auf den Fersen. Sie kennen mich nicht, der Schotte war der einzige, der dich hätte identifizieren können, und der ist jetzt tot.“

„Aber, wenn es Noraid nicht ist, wovon ich auch ausgehe, könnten es weitere Hasen sein. Wie können wir bloß Kontakt zu denen aufnehmen? Wir können doch keine Anzeige im *Bay Guardian* aufgeben!“

„Schau, der Hund hat es so arrangiert, da er nicht wollte, daß wir untereinander Kontakt haben. So sind unsere Möglichkeiten zwar beschränkt, aber wir sind abgeschottet und damit sicherer. Außerdem, denk dran, Sinn Fein, Wir Selbst. Also los! Ich bin es leid, hier rumzusitzen und Ränke und Pläne zu schmieden. Laß uns auf ein letztes Bier nach North Beach hochfahren. Wir müssen aus diesem verdammten Apartment raus.“

Phil nickte. „Okay, aber nicht ins *Vesuvio*. Laß es uns einmal woanders probieren. Irische Kneipen kommen sowieso nicht in Frage."

Gallagher lachte. „Auf dieser Zechtour bist du sicher. Es gibt in North Beach nicht eine einzige irische Kneipe."

Er langte nach seinem Jackett. „Ihr Taxi wartet, meine Dame!"

NORTH BEACH BEI SPECS

„Specs, warum bist du denn aus der KP ausgetreten?" Jim Jackson befand sich in seiner Lieblingskneipe in North Beach und unterhielt sich mit dem Besitzer, dem ehrwürdigen Specs Simmons höchstpersönlich. Es war ein Uhr nachts und die Touristen waren schon lange gegangen. Nur die Hardcoresäufer, die unter Insomnie Leidenden, die Taxifahrer auf Nachtschicht und die alten politischen Bohemiens hingen noch am Tresen.

Specs kratzte sich geistesabwesend an seinem Glatzkopf und goß sich noch einen Bushmills ein. Er unterhielt sich gern mit Jackson, obwohl letzterer ein Brit war. „Ich habe die Partei nicht wegen Ungarn oder so einem Unsinn verlassen", sagte er, „sondern meinen Parteiausweis an dem Tag zerrissen, als dieser Schwanzlutscher Earl Browder von oben verkündete, daß wir keine Streikbrecher mehr verprügeln dürften. Da hatte ich die Schnauze voll von dieser Scheiß-Kommunistischen Partei. Ich glaube, ich bin ein unverbesserlicher Wobbly. Die Arbeiterklasse und die Klasse der Ausbeuter haben nichts gemein."

Er lief am Tresen entlang, um einen anderen Gast anzupöbeln, und Jackson reckte sich und schaute sich um.

Er staunte und freute sich immer wieder, welch wunderbare Sammlung an Trödel und Andenken die Wände und die Decke des *Adlermuseums* schmückte. Einige Reiseführer hatten die Kneipe unter diesem Namen bekannt gemacht. Plunder der Gewerkschaften, der Handelsmarine, ein Walpenis, ein Paar Handschellen der Gefängnisverwaltung San Franciscos, Zeitungsausschnitte – gelb und verblichen, ein IWW-Wimpel, der einmal Gurley Flynn, dem Rebellenmädchen gehört hatte. Mitteilungen und Notizen in allen Sprachen, alte Witze, alte Anzeigen, alte Revolver, alte Kaliforniensen. Ein verblichenes Plakat mit einem Ausspruch von Fintan Lalor, einem irischen Rebellen des 19. Jahrhunderts.

„Derjenige, der dir erklärt, daß solch ein Akt bewaffneten Widerstands verfrüht, unklug und töricht sei, möge verachtet und bespuckt werden. Denn, merke dir dies und erinnere dich daran:

irgendwo und irgendwie und von irgendjemandem muß ein Anfang gemacht werden, und der erste Akt bewaffneten Widerstandes ist immer verfrüht, unklug und törricht."

Ein Plakat über der Tür erregte Jacksons Aufmerksamkeit. Ein gerahmtes Schwarzweißfoto, das einen maskierten Mann mit einem Armalite-Gewehr zeigte. Der Begleittext warnte vor lockerem Gerede: „Was immer du sagst, sag nichts!" Er erkannte es wieder. Es war ein Provo-Poster aus dem Jahr 1975. Ein seltenes Souvenir aus Belfast.

„Das ist neu, oder, Specs?" fragte er, als Simmons an der langen Bar entlangschlappte und den Tresen mit einem dreckigen Lumpen schrubbte. „Wo hast du denn das her?"

„Von einem meiner Stammgäste. Einem Belfaster. Schriftsteller. Er schreibt gerade ein Buch über die Wobblies. Trinkt Bushmills wie du. Du hast ihn sicher schon mal hier gesehen."

„Nein, wie heißt er?"

Specs winkte ab und zeigte auf das Plakat. „Wie heißt es da doch, lockeres Gerede ...!" Die Unterhaltung wechselte zur Religion über.

Es war eine Viertelstunde später. Jackson maßte sich Unfehlbarkeit an. „Eine omnipotente, allwissende Gottheit. Was für ein lächerlicher Blödsinn! Weil sie alles tun kann, kann sie nichts tun, da der Akt des Handelns Opposition erfordert. Gott kann nichts lernen, da er ja bereits Herr Klugscheißeralleswisser ist. Er kann nirgendwo hingehen, da er bereits überall ist, wie Kuhscheiße in Kalkutta. Wenn er also omnipotent sein sollte, ist er ein Tyrann und nur Sklaven beten Tyrannen an – tu es oder ich strafe dich – und wenn er omnipotent sein sollte und nicht eingreifen kann oder möchte, warum sollte man dann seine Zeit verschwenden und ihn anhimmeln?"

„Mein Gott, so einen ausgemachten Blödsinn habe ich seit Jahren nicht gehört."

Gallagher und Phil waren hereingekommen und hatten sich an den Tresen gesetzt, während Jackson weiter dozierte. „Ah, du bist es, Michael", sagte Specs und versuchte vergeblich, einen irischen Akzent zu imitieren.

Nachdem Specs die Vorstellung übernommen und Phil beäugt hatte, gab er noch einen Witz zum Besten und zog sich hinter den Tresen zurück. Phil zitierte William Burroughs, um nicht ausgestochen zu werden: „Der Mensch ist in der Tat das Endprodukt. Nicht weil homo sap den Höhepunkt der Perfektion markiert, vor dem selbst Gott vor Ehrfurcht leer schluckt – Mehr kann ich nicht tun – sondern weil der Mensch ein gescheitertes

Experiment ist, in einer biologischen Sackgasse gefangen, und unerbittlich seiner Auslöschung entgegengeht." Phil und Jackson amüsierten sich ganz offensichtlich bestens.

Gallagher nicht. „Paßt auf, ihr Klugscheißer, wenn ihr alle Atheisten seid, warum verplempert ihr dann eure Zeit damit, über Religion zu diskutieren? *Wenn* wir an einen Gott glaubten, müßte es ein rachsüchtiger Gott sein, ein zorniger Gott, ein Deus Irae (IRA = Zorn), denn der sogenannte Gott der Liebe, als dessen Ebenbild der Mensch angeblich geschaffen wurde, ist doch eindeutig eine Erfindung. Egal, die Diskussion ist sowieso akademisch. Die Hundstage stehen bevor."

Phil versuchte, Gallagher unter dem Barhocker ans Bein zu treten, aber Jackson setzte plötzlich sein Glas ab und schaute sie zum ersten Mal ganz ernst an. „Wollt ihr beiden nicht zu mir nach Hause kommen. Ich wohne ganz in der Nähe, nur die Straße rauf. Ich glaube, wir sollten miteinander sprechen."

Sie starrten ihn an. Gallagher zuckte die Achseln. Warum nicht. Als sie sich von Specs verabschiedet hatten, wandte sich der alte Ed Ivory, der das lebhafte Gespräch vom anderen Ende der Bar aus belauscht hatte, an den Litauer und fragte: „Wer waren denn diese Knalltüten, Simmons?"

Specs lachte. „Die? Warum? Das sind typische irische Rebellen – revoltieren immer gegen den Despotismus des Faktischen."

2 UHR MORGENS. VIDEOZEIT

Oben auf Telegraph Hill ließ Jackson das Video von Pontecorvos *Quemada* laufen.

„Und dann José Dolores, der sagt, 'wenn das, was wir haben, Zivilisation ist, ist es eine Zivilisation des weißen Mannes, und wir täten besser daran, unzivilisiert zu sein, weil es besser ist zu wissen, wohin man geht und nicht wie, als zu wissen wie und nicht zu wissen wohin.' Und dann sagt José Dolores, 'wenn ein Mann für einen anderen arbeitet, und selbst wenn man ihn Arbeiter nennt, bleibt er ein Sklave und wird immer ein Sklave sein, weil da diejenigen sind, denen die Plantagen gehören, und jene, die nur Macheten besitzen, um das Zuckerrohr für den Eigentümer zu schneiden.' Und José Dolores sagt dann: 'Es ist Zeit, Köpfe abzuschneiden statt Zuckerrohr.'

(Brando): 'Nun, das nenne ich ein nettes Programm!'"

Die Hasen, die sich gerade gefunden hatten, schauten einander an.

Moss Tierney stöberte in der Kollektion unverschämt teurer Arran-Sweater herum, um einen für Nora zu finden. Er hatte die Nacht zuvor nicht viel Schlaf gefunden und rote Augen vor Müdigkeit.

Conlon, der Provo-Stabschef, hatte ihn nach Longford beordert und ihn beauftragt, sich persönlich um diese 'verdammte amerikanische Angelegenheit' zu kümmern. Er mußte nach Los Angeles fliegen und irgendwie 'Onkel Chris' Conolly überzeugen, die Decknamen der Hasen auszuspucken. Die IRA mußte diese Renegaten stoppen, bevor es die Brits oder das FBI tun würden. Conlon hatte betont, daß die finanzielle Unterstützung aus Amerika zu wichtig sei, um durch den Amoklauf des Hunde-Teams aufs Spiel gesetzt zu werden. Dies warf natürlich imminente immanente Probleme auf. Zweifellos hatte der Angriff auf Mason bei den einfachen Mitgliedern und den Unterstützern der Provos an der Basis im Norden Zustimmung gefunden, wo Mason als gefühlloser Rohling in Erinnerung war. Er hatte auf einer Liste gestanden, die vor einiger Zeit unter Conlons eigenem Zutun erstellt worden war. Wenn die Provos sich von den Tätern distanzieren würden, liefen sie Gefahr, eine weitere Spaltung zu riskieren, aus der wahrscheinlich die 'Falken' in Belfast, Derry und South Armagh als Gewinner hervorgehen würden. Außerdem brauchten McDaid und Mulheron lediglich an die Presse zu lancieren, daß er, Conlon und zwei weitere Mitglieder des Armeerates über Unterhändler im letzten Jahr Gespräche über Friedensgespräche mit den Brits geführt hatten, und er wäre als Stabschef erledigt. Die Bewegung würde gespalten und weitere fünf Jahre zurückgeworfen. Er spürte, daß all die Vorteile, die möglicherweise erzielt werden könnten, zunichte gemacht würden. Darum mußte er dieses Mal zu Hause bleiben. Darum mußte statt seiner Tierney in die Staaten reisen.

Es war drei Uhr früh geworden, bis Conlon Tierney instruiert hatte, dann wurde ein Fahrer gerufen, der Tierney rechtzeitig nach Shannon brachte, um den Morgenflug in die Staaten noch zu erwischen. Er war mit einem falschen Paß samt eingestempeltem Touristenvisum, einem Flugticket nach L.A. und 2000 Dollar ausgestattet worden. Conlon wußte allerdings nicht, daß Tierney mehr als diese Summe in die Vereinigten Staaten einführte. Das Geld, die letzte Rate, wie er hoffte, hatte er von seinem Bankkonto in Dublin abgehoben. In seinem schäbigen Diplomatenkoffer befanden sich 20.000 Dollar. Er betete inständig zu Gott, daß das Geld für Noras Operation ausreichte. Er haßte es, sie in ihrer Verfassung zurückzulassen, aber was blieb ihm anderes übrig? Er mußte persönlich mit dem Chirurgen in New York sprechen. Der Aufruf für den Flug nach New York unterbrach seine Gedanken, und er entschied sich eiligst für einen Sweater. Er zuckte zusammen, als er das Preisschild sah: 80 Dollar. „Ach du lieber Himmel“, stöhnte er. Als er und Nora das letzte Mal im Westen Irlands waren, um eine Gedenkfeier in Ennistyron zu besuchen, konnte man so ein Ding für ein schlappes Pfund kaufen. Bei dieser Scheißwirtschaft galoppierten die Preise davon! Er ging zur Registrierkasse und fingerte nach seiner Brieftasche. Seiner Aufmerksamkeit entging dabei völlig das alte Paar, das sich ganz in seiner Nähe über die Wucherpreise für Waterford-Kristall empörte. Aber die beiden sahen ihn.

Martha stieß den Vogel in die Rippen, was aber unnötig war. Dessen Adleraugen war nichts entgangen. „Klar doch, Kid, ich seh ihn. Moss verdammtnochmal Tierney! Ein B-Mann. Ich frage mich, was der vorhat, wenn er zu so einer Zeit losfliegt. Du kannst dich darauf verlassen, daß man ihn gerade dazu verdonnert hat. Komm, meine Liebe, laß uns zu unseren Plätzen an Bord zurückgehen, bevor er uns sieht.“

Als Moss Tierney ganz in Gedanken versunken zu seinem Sitz eilte und den Sicherheitsgurt anlegte, ahnte er nicht, daß ihn sogar drei Paar Augen aus dem Heck des Flugzeuges verfolgten. Das dritte Paar gehörte Harry ‘Erstmeldung’ Thornton, der in der Mitte der 747 saß und seine beiden zollfreien Bushmills Single Malt Flaschen umkrallt hielt.

Harry hatte keine Ahnung, daß Tierney in den Armeerat berufen worden war, aber er kannte den Mann aus Cork von früher und wußte genug, um sicher zu sein, daß es kein bloßer Zufall war, der ihn zu diesem Zeitpunkt einen Flug in die Staaten machen ließ.

Interessant, dachte Harry und speicherte die Information in seinem Oberstübchen ab. Das „No Smoking“ auf der Leuchtanzeige blinkte aus, und als er aus dem Fenster schaute, um einen letzten Blick auf Irland zu werfen, bemerkte er, daß sie sich in der Luft befanden und das Flugzeug über den kabbeligen Atlantik hinwegglitt. Er drückte den Knopf an seiner Armlehne. Wenn er sich recht erinnerte, war New York ein Sechs-Whiskey-Flug. Während er auf die Stewardeß wartete, fragte er sich, ob wohl sein Cousin Jimmy in San Francisco noch lebte. Wenn ja, könnte er ja bei ihm wohnen und das Geld für die Hotelrechnung einstreichen. Fick dich selber, Ryan, dachte er, wieso hast du mich losgeschickt?

Als die Sicherheitsgurtleuchte abschaltete, wandte sich Martha dem Vogel zu.

„Gerry, was hast du gemeint, als du Tierney einen B-Mann nanntest? Steigt der nicht gerade in den IRA-Armeerat auf?"

Der Mann aus Derry lächelte. „Ein alter Witz der vierziger Jahre. Wir pflegten zu sagen, daß Moss Tierney bestimmt am Punkt B sein würde, wenn wir zu einer Operation aufbrachen. Und auch am Punkt B sein würde, wenn die Überlebenden zurückgehinkt kämen. Konsequent. Einmal Nachhut, immer Nachhut! Ich habe nie Zeit für ihn gehabt. Dein Jim auch nicht!"

Martha seufzte, als sie an ihren verstorbenen Ehemann dachte.

„Ich weiß, Gerry, ich weiß, aber ich mag es nicht, daß er im selben Flugzeug ist wie wir."

EINE FAMILIENZUSAMMENKUNFT

Das Telefon weckte Jimmy Phelan. Sein Mund kam ihm vor, als habe eine Céilí-Band darin die ganze Nacht geprobt. Er tastete nach dem Telefon, schmiß es vom Nachttisch, grapschte schließlich den Hörer und brummelte: „Yeah?" Die Stimme am anderen Ende der Leitung kam ihm irgendwie bekannt vor. Aber nur irgendwie. Der Wecker neben dem Bett zeigte an, daß es Mittag war.

„Jimmy, bist du das? Hier ist Harry. Dein Cousin Harry. Gott im Himmel, wieviele Harrys hast du denn zum Cousin? Harry Thornton. Ja, richtig. Nein, ich bin nicht in Dublin, ich bin am Flughafen. Am Flughafen von San Francisco, du Idiot. Wann kann ich dich treffen?"

Phelan versuchte, seine fünf Sinne zusammenzunehmen. „Wie lange wirst du in der Stadt bleiben? Okay, hör zu, du wohnst bei mir. Nimm dir ein Taxi. Wir treffen uns im *Molly Maguires,* das ist Geary, Ecke 23., jeder Taxifahrer kann dich da hinbringen. Ich muß was gegen meinen Kater tun. Also dann, in einer Stunde."

Er legte auf, entschloß sich gegen das Risiko einer kalten Dusche, zog die Klamotten an, die er wenige Stunden zuvor erst abgelegt hatte, hob die Morgenzeitung im Flur auf und ging hinaus ins Sonnenlicht. Er zog sich seine alte Fischermütze in die Stirn, um sich vor den vernichtenden Strahlen der Sonne zu schützen, die wild entschlossen waren, die Dunstwolken zu durchstoßen, und schlenderte dann die Straße hinauf. Der halbstündige Spaziergang zur Kneipe würde ihm helfen, wieder einen klaren Kopf zu bekommen.

*

Harry Thornton bezahlte den Taxifahrer, nahm seinen kleinen Koffer und die Duty-Free-Plastiktüte und schritt durch die Schwingtür in das Dunkel des *Molly Maguires.* Sein Cousin saß an einem Tisch und kümmerte sich um sein Pint und seinen Kater. Die einzelnen Seiten der Zeitung lagen über den Tisch verstreut vor ihm. Thornton setzte die Plastiktüte auf dem Tisch ab. „Single Malt Black Bush. Der jüngste und beste Exportartikel aus dem Land der Paddies, James", sagte er. „Schön, dich wiederzusehen."

Phelan grunzte, deutete mit seiner fetten Pranke auf einen Stuhl und rief: „Noch ein Pint Porter, Fats." Thornton setzte sich. Er war wieder in San Francisco und fühlte sich bereits wie zu Hause. Aber er war aus der Übung. Er hatte den FBI-Schwanz nicht bemerkt, den er seit dem Flughafen hinter sich her zog. Ein FBI-Agent saß jetzt ruhig bei einem Pint in der Ecke vom *Molly.*

*

Eine Stunde später: Phelan war in heller Aufregung. Der Bericht über Kelly und die „IRA-Drogenhöhle in Orinda", der die ganze Titelseite der Zeitung einnahm, hatte ihn in Wut gebracht. Der Mann, bei dessen Verhör auf dem Totenbett er zugegen gewesen war, war weder ein Junkie noch ein Drogenschmuggler, sondern ein Patriot. Fixer und Pusher hatte er während seiner Dienstzeit zur Genüge erlebt. Noch dazu sprach dieser Mann gaelisch. Es war schlimm genug, daß die Brits die Paddies nicht einmal ihre Toten in Frieden beerdigen ließen, die RUC die Trauergäste während der Beerdigungen angriff und Plastikgeschosse auf trauernde Verwandte abfeuerte, und die Nationalflagge entheiligte. Jetzt ging ihre dreckige Lügenpropaganda schon so weit, die Toten zu diffamieren. Phelan war außer sich, und sein lange Zeit verschollener Cousin Harry teilte seine Wut. Aber immerhin: Thornton war Journalist, der hier einen Auftrag zu erfüllen hatte. Während der Whiskey floß, konspirierten sie.

„Die Wahrheit wird ans Tageslicht kommen", verkündete

Phelan feierlich. „Wir rufen beim *Examiner* an, dort gibt es noch einige Leute mit Prinzipien. Du kriegst deine Exklusivstory, Harry, und dieser arme tote Junge wenigstens ein angemessenes Requiem."

Der Verleger des *Examiner war* hocherfreut über diese Geschichte von wahrem irischem Patriotismus und mystischem Unsinn, die der Augenzeuge James Phelan, Veteran der Polizei San Franciscos, dem irischen Starreporter Harry Thornton erzählte; nicht weil er etwa etwas für die 'Torftrottel', wie er die Iren abfällig nannte, übrig gehabt hätte, sondern weil der *Chronicle* ihm den Aufmacher weggeschnappt und exklusiv aus dem Polizeihauptquartier über den Provo-Drogenring berichtet hatte. Der *Examiner* mußte sich etwas aus den Fingern saugen, während der *Chronicle* längst auf den Straßen erhältlich war, und die Presseagenturen dessen Geschichte übernommen hatten. Jetzt konnte sein *Examiner* mit einer besseren Story aufwarten, der wahren Inside-Story, die nicht nur die Perfidie des FBI offenlegte, sondern die Macher des Konkurrenzblattes wie die Gimpel aussehen ließ, die sie auch waren.

In einem Kasten über Harrys Namenszug wurde erklärt, daß der *Examiner* dem Bericht des Konkurrenzblattes von Anfang an keinen Glauben geschenkt hatte, daß sie – als gewissenhafte Journalisten – recherchiert hätten und, wegen dieser verantwortungsvollen Haltung, nun die Wahrheit berichtet werden könne.

„Toter IRA-Mann war Mystiker, Heiliger und Gelehrter", verkündete die Schlagzeile. „Sterbender Rebell vom FBI gefoltert." Tim wurde mit seinem Namensvetter Ned Kelly verglichen, dem australischen Buschklepper, der bis zum Äußersten standgehalten hatte. Phelan, als altgedienter Veteran der San Franciscoer Ordnungshüter bezeichnet, hatte versucht, gegen die barbarische Behandlung eines verwundeten Soldaten Irlands zu protestieren, aber ein höherer, namentlich nicht genannter FBI-Beamter hatte mit Beihilfe und Unterstützung eines verrückten Arztes den im Sterben liegenden Rebellen unter Drogen und Wahrheitsseren gesetzt. Die Menschenrechte waren in eklatanter Weise mit Füßen getreten worden. Eine Untersuchung dieser Angelegenheit mußte eingeleitet werden. Warum war Kelly nicht in einem Krankenhaus gewesen, sondern in der Gewalt der Polizei? 'Erstmeldung' Thornton war ein Meisterstück gelungen. Es war eine verdammt gute Geschichte. Sein Bericht erregte großes Aufsehen.

*

In der hoch oben auf Telegraph Hill gelegenen Wohnung Jacksons hatten die drei Hasen den ganzen Abend lang diskutiert und debattiert. Von der Religion waren sie schnell abgekommen, als Jackson seine Beteiligung an den Bombenanschlägen in London und dem Attentat auf Mason gestand und davon erzählte.

Die drei waren grundverschieden. Phils Motivation war Rache für Eddie und jetzt auch für Tim Kelly und persönliche Loyalität dem Hund gegenüber, aber sie war keine irische Nationalistin, geschweige denn so mystisch drauf wie Kelly. Sie favorisierte internationale Angriffsziele wie Bilderberg oder den Bohemian Hain.

Jackson stimmte ihr zu. Er bezeichnete sich selbst als Anarchisten. Für ihn waren die einzig wirklichen Rebellen und Widerstandskämpfer in Amerika die Wobblies, die Industrial Workers of the World, und die Western Federation of Mineworkers zu Zeiten von Big Bill Haywood. Er hatte den Hund nie persönlich kennengelernt, und obwohl er seinem Freund aus Derry gegenüber loyal war und glücklich darüber, ihm in London geholfen zu haben, sah er, daß der Kampf in Amerika, den er führen wollte, wenig oder keinerlei Bedeutung für Irland hatte. Er machte sich keine Illusionen über den Aufstand der Massen oder das Entfachen einer spontanen Revolution. Er begriff sich als Revolutionär, es war für ihn die beste Art zu leben – und zu sterben. Er war stolz darauf, daß er den Aphorismus des bayerischen Kommunisten Eugen Leviné zitieren konnte: „Wir Revolutionäre sind Tote auf Urlaub“, und Nietzsches Spruch, wichtig sei es, zur richtigen Zeit zu sterben. Intelligente Menschen sollten sich nicht an das Leben klammern, als gingen sie unter und ein Rettungsring schwimme vorbei. Sie wüßten doch, daß die Existenz des Körpers lediglich einen winzigen Bruchteil der menschlichen Existenz überhaupt ausmachte, daß der Akt des Sterbens die Klassen und Herkunft transzendierte. Hierin lag des Menschen Schlüssel zur Erhabenheit, seine wahre Größe zeigte sich daran, wie er diese einsame Odyssee durchstand.

Der Bohemian Hain war daher für Jackson ein ideales Angriffsziel. All diese Kapitalisten und multinationalen Agenten der Macht. Diese Rassisten und Sexisten – keinem Schwarzen und keiner Frau war es je erlaubt worden, sich an den Waldlichtungen des Bohemian Hains zu erfreuen. Das wäre wirkliche Propaganda der Tat, ganz Amerika entsetzt und schockiert. Er machte sich keine Gedanken darüber, daß aus dem Samthandschuh die eiserne Faust zum Vorschein kommen oder die unter dem

McCarron Act vorgesehenen Konzentrationslager etabliert werden könnten. (Specs hatte darauf hingewiesen, daß Senator Pat McCarron, der hinter diesem reaktionären Gesetz stand, ein persönlicher Freund des berüchtigten Gangsters Ben 'Bugsy' Siegel gewesen war, dem er geholfen hatte, Las Vegas zu gründen.) Gerechtigkeit, Klassengerechtigkeit war das einzige, was Jackson interessierte. Die Geschichte würde ihn freisprechen. Anatole France hatte behauptet, daß „die bitterste Strafe, die ein Märtyrer erleiden muß, die ist, durch die ihn verzehrenden Flammen hindurch in die selbstgefälligen Gesichter derer zu schauen, für die er stirbt, um sie zu befreien." Das hatte sich Jackson zu Herzen genommen.

Gallagher wiederum war ganz anders. Im Gegensatz zu den beiden anderen verfügte er nur über geringe Erfahrung in linker Politik und politischer Theorie. Aber er hatte drei Jahre in Vietnam gedient. Wie viele andere Kriegsveteranen litt er unter der Bürde des begangenen Unrechts. Eingezogen, um in einem Krieg zu kämpfen, den, wie er zu spät erkannte, Amerika nie hätte führen sollen, hatte er im Dschungel getötet und war wie die anderen Soldaten auch Agent Orange, Heroin und Krankheiten ausgesetzt worden. Auch ihn hatte die Gesellschaft abgelehnt, als er verbittert und frustriert heimgekehrt war. Jahre später war ihm deutlich geworden, daß ein großer Teil von ihm im Dschungel gestorben war, und daß das, was in San Francisco vor sich hin existierte, einer leeren Geschoßhülse glich. Er konnte aber seltsamerweise niemandem erklären, am wenigsten sich selbst, wieso der Hund Erlösung versprach. Er hätte zu gerne mit dem Hund darüber gesprochen, ihn gefragt, was er, Michael Gallagher, tun könnte, um zu helfen. Aber das war unmöglich. Näher als bis zu Phil kam er an den Hund nicht heran. Der Hund hatte sie ebenso ausgewählt wie ihn. Es war irgendwie vorherbestimmt. Er war kein Revolutionär, aber ein Rebell, und der Feind war seit Jahrhunderten der gleiche – die Brits. Er konnte sich noch gut an die Erzählungen seiner Großmutter über die Große Hungersnot und die Black und Tans erinnern. In Belfast hatte er mit eigenen Augen gesehen, was die britischen Truppen und die RUC-Hammel auf den Straßen anrichteten. Irland war eine Sache, für die er kämpfen konnte, und wenn nicht drüben, dann eben hier, voller Überzeugung, mit Phil und Jim. Wenn ein Schläfer erwacht, muß er etwas tun. Im Grunde war Gallagher ein Romantiker, und wie man weiß, ist Romantik die Kunst der Sinnprojektion auf das Sinnlose.

Gallagher hatte aber auch das Gefühl, daß das Handeln ohne

sich zu erklären nutzlos und konterproduktiv war, und er diskutierte diesen Punkt heftigst und lange mit den neugefundenen Mitverschwörern. Ihnen reichte es, die Verantwortung für eine Aktion zu übernehmen. Ein kurzes Kommuniqué genügte ihnen. Es bedurfte keiner manifestartigen Selbstrechtfertigungen. In Gallaghers Denken war Publizität das Oxymoron des 'Terrorismus'. Er wurde überstimmt, aber nicht überzeugt.

Gegen Mittag ging Gallagher den Hügel hinunter, um im Café Trieste Kaffee zu holen. Phil und Jackson ließ er schlafen. Die Anschlagsplanung und die ideologischen Debatten hatten sich lange hingezogen, und die Dämmerung war bereits über dem Coit Tower hereingebrochen, bevor sie sich schlafen gelegt hatten. Aber Gallagher brauchte wenig Schlaf. Er war es gewohnt, früh aufzustehen. Er kaufte die Bohnen und den *Examiner.* Thorntons Story nahm die ganze Titelseite ein. Er starrte auf das Foto von Tim Kelly, den toten Genossen, den er nicht gekannt hatte. Er schaute auf die Fotos von Thornton und Phelan.

Im Saloon am Ende der Fresno Alley las er bei einem Bier die Story noch einmal. Thornton hatte wirklich schnell gearbeitet. Unter einem Foto von Tim Kelly befand sich ein Nachruf von 'Erstmeldung' Thornton.

„Wie der wilde Buschklepper aus den Kolonien, Ned Kelly, der bis zum Äußersten durchhielt, hielt auch Tim Kelly aus Belfast durch, der während eines 'Verhörs' durch das FBI in einem geheimen Verhörzentrum in San Francisco nach einer Schießerei im vorstädtischen Orinda starb.

'Keine Frage, er hielt bis zum Äußersten durch', sagte der ehemalige San Franciscoer Polizist Jimmy Phelan, ein Experte für Gaelisch, der herbeigerufen worden war, um die Worte des sterbenden Rebellen aus dem Irischen zu übersetzen. Phelan, der sich über die Behandlung des sterbenden Iren empört zeigte, enthüllte auch, daß ..."

Gallagher griff zum Telefonbuch. Darin war ein James Francis Phelan verzeichnet, mit einer Adresse in der 42ten Avenue, Paddy-Territorium. Kann nichts schaden, da mal anzurufen, dachte Gallagher. Aber nicht von diesem Telefon aus. Man wußte ja nie. Er merkte sich die Nummer, leerte sein Bier, schnappte sich die Zeitung und die Kaffeetüte und eilte nach draußen. Er ging die Grant Avenue hinauf und suchte nach einer Telefonzelle.

*

Es war 13 Uhr. Thornton stand unter der Dusche. Phelan klapperte in der Küche herum und versuchte, einen Cholesterinbomber zum Frühstück zu schustern – Schinken, Eier, Würstchen, Brot und Tomaten; das Ganze in einem Öl, das jeglicher Beschreibung spottete. Er fluchte, als das Telefon läutete, nahm die Bratpfanne vom Herd und griff zum Hörer. Die Stimme am anderen Ende der Leitung war ihm unbekannt. „Könnte ich bitte Harry Thornton sprechen?"

„Aber ja doch. Harry, es ist für dich", brüllte Phelan und kehrte zu seinem ekelhaften Frühstück zurück. Thornton tauchte aus der Dusche auf, trocknete sich ab und nahm den Hörer. Wer zum Teufel weiß, daß ich hier bin, dachte er. Er hoffte, daß es nicht der verdammte Matt Ryan war.

„Mr. Thornton?"

„Ja."

„Wir haben ihr Teil im *Examiner* von heute gelesen. Sehr gut. Wie wäre es mit einem Gespräch oder eventuell einem Interview?"

„Wer zum Teufel sind Sie?"

„Sagen wir doch einfach mal, wir sind Genossen des toten Tim Kelly. Sind Sie interessiert?"

Thornton war durcheinander und zögerte. Teufel, Teufel! Natürlich war er interessiert, wenn es um einen authentischen Artikel ging. Es konnte allerdins riskant sein. Sehr riskant. Dann aber fiel ihm Matt Ryans Hohnlächeln und sein endloses Gekeife ein. Er würde es ihnen zeigen. „Sicher bin ich interessiert. Wo und wann?"

„Morgen abend. Zwischen neun und elf. Harringtons Bar in der Front Street. Wir werden Ihnen ein Taxi schicken. Ich muß Ihnen ja wohl nicht sagen, daß wir nur Sie allein erwarten. Machen Sie also keinen Quatsch, wir werden Sie beobachten." Das Freizeichen ertönte.

„Wer war das?" fragte Phelan, der sich mit der übergroßen Bratpfanne abmühte.

„Verdammt, wenn ich das wüßte", sagte Thornton. „Vielleicht ist es die Gelegenheit. Meine große Chance. Es sieht ganz so aus, als habe irgendwelchen Leuten da draußen mein Artikel über Kelly gefallen."

*

Zehn Minuten später erreichte Harold Taylor im Hauptquartier ein Anruf. „Wir haben etwas für Sie, Sir", sagte der FBI-Agent. „Wir haben gerade mitgeschnitten, wie jemand bei Phelan angerufen hat. Der Anrufer behauptete, ein Freund des toten Tim Kelly zu sein und wollte mit Mr. Klugscheißer Thornton sprechen. Sie sagten, daß sie morgen abend ein Taxi zu einer Kneipe im Bankenviertel schicken werden, um ihn abzuholen."

Taylor setzte sein berühmtes Lächeln auf, das Lächeln, das dem Widerschein des Mondlichtes auf den Messinggriffen eines Sarges glich. „Hören Sie weiter das Telefon ab und observieren Sie Thornton und Phelan weiterhin rund um die Uhr. Ich will wissen, mit wem sie sich treffen. Und wenn jemand ein Taxi für sie schickt, gehen Sie sicher, daß sich dann jemand an ihre Fersen heftet. Zwei Wagen für die mobile Observation. Oh, und holen Sie mir London an die Strippe. Und gibt es schon ein Ergebnis in der Untersuchung der Fingerabdrücke am Leihwagen?"

LOS ANGELES

Sowohl Gerry als auch Martha waren erstaunlich frisch, als sie auf dem internationalen Flughafen von Los Angeles aus dem Flugzeug stiegen. Sie hatten der Versuchung des Bordkinos widerstanden und beide fünf Stunden Schlaf gefunden. Sie litten noch nicht unter dem Jetlag. Während sie durch das Terminal spazierten und auf ihr Gepäck warteten, schaute Martha sich um. „Sieht ein bißchen anders aus als in der Bogside, was, Gerry?"

Der grinste. „Ja, ja, Liebste, so ist es!"

„Wohin nun?"

„Wir müssen einen Mann treffen, wegen eines Hundes!"

Am Gepäckkarussell stand ein junger Mann, der einen mit der Aufschrift *Connolly Tours* bedruckten Karton hochielt. Der Vogel wandte sich an ihn.

„Mr. Quigley, eine Zweiergruppe?"

„Ja, mein Sohn, bring mich zu deinem Chef!"

„Lassen Sie mich Ihr Gepäck tragen, Sir. Ein Wagen von Mr. Connolly wartet auf Sie."

Bei dem Wagen handelte es sich um eine geliehene, superlange Limousine. Der junge Mann verstaute ihre Taschen im Kofferraum und öffnete eine der hinteren Türen.

„Willkommen in der Stadt der Engel", sagte der grauhaarige Herr auf dem Rücksitz. Er sprach noch mit leichtem Belfaster Slang.

„Hallo, Chris“, sagte der Vogel, „lange nicht gesehen, altes Haus.“

„Crumlin, 1945“, erwiderte Christopher Patrick Connolly, früher Freiwilliger des 2. Bataillons Oglaigh na Eireann, alias Onkel Chris, alias Connolly Tours, Los Angeles, Inc.

„Das ist Martha.“

„Sehr erfreut. Steigt ein. Die Pläne sind geändert worden. Ich bringe euch zu mir nach Hause.“

„Und wo ist das?“

„Liegt hier an der Straße. Ein bißchen nördlich. Also, ungefähr 400 Meilen nördlich. Gegenüber der Bai von San Francisco. Da, wo es momentan so aussieht, als beginne alles einzustürzen. Macht es euch bequem, ruht euch aus, nehmt einen Drink.“ Onkel Chris drückte einen Knopf, und eine Bar mit dem kostbaren Naß und ein Fernseher kamen zum Vorschein.

Martha schaute Gerry an. „Bist du sicher, daß wir nicht in Disneyland sind?“

Selbst der Vogel war etwas aus der Fassung geraten, sammelte sich aber wieder. „Das weiß man nie so genau, Liebste. Hier, was möchtest du trinken?“

Er studierte die wohlgefüllte Bar und wandte sich dann vorwurfsvoll an Onkel Chris. „Hey, du hast ja gar kein MacCardles Ale.“

„Tut mir leid, wird hier nicht so oft verlangt, Gerry.“

Der Vogel seufzte. „Was für ein lausiges Land.“

Er lachte. Connolly klopfte an die Kabinenscheibe. „Fahr los, Frankie“, sagte er und die Limousine glitt sanft davon, um sich in den spätnachmittäglichen Verkehrsstau Richtung Highway 5 einzureihen.

LONDON

Delaney las den Zeitungsbericht mit einem müden Lächeln. Laut dem *Guardian*-Reporter hatte die Kabinettssitzung, während der es zu erheblichen Meinungsverschiedenheiten gekommen war, lange gedauert, aber die Premierministerin hatte sich schließlich durchgesetzt. Die ungefähr einhundert irischen Gefangenen würden aus den englischen Gefängnissen nach Maghaberry in Nordirland verlegt werden, um dort den Rest ihrer Strafen abzusitzen. Dies sei lediglich eine Sicherheitsmaßnahme, die einer Bitte der englischen Gefängnisverwaltung nachkomme. Es handele sich keineswegs um ein humanitäres Entgegenkommen, obwohl die Regierung Ihrer Majestät – trotz aller gegenteiligen

Behauptungen von Amnesty International, Straßburg oder dem Internationalen Roten Kreuz – sich stets human gezeigt habe.

Diese Verlegung hatte nichts, aber auch gar nichts mit den mysteriösen Bomben zu tun, die in Londoner Banken explodiert waren – bislang drei. Ein Zusammenhang zwischen diesen Greueltaten und Irland bestehe nicht. Gespräche mit Terroristen hätten nicht stattgefunden und fänden auch in Zukunft nicht statt. In der City herrsche keine Panik. Die Spekulationen in den Wirtschaftsblättern, daß ausländische Investoren eine halbe Milliarde Pfund aus britischen Bankdepots abgezogen hätten, entbehrten jeglicher Grundlage. Der Run auf die Börse markiere lediglich eine leichte 'Korrektur' der Hausse. Nebenbei bemerkt habe all dies nichts, aber auch nicht das geringste mit irischen Terroristen zu tun.

Auf Seite zwölf fand sich die Kurzmeldung, daß die englischen Gerichte aufgrund einer neuen Beweislage die Wiederaufnahme der Fälle der in britischer Geiselhaft befindlichen unschuldigen Iren in Erwägung zögen. Diese Überlegungen hätten nichts, aber auch gar nichts zu tun mit ... Delaney lachte. Er wünschte, Jackson wäre hier, um mit ihm den Triumph auszukosten, aber nach dem, was er den Zeitungen entnahm, hatte er den Eindruck, daß sein Kumpel in San Francisco ziemlich beschäftigt war.

SAN FRANCISCO

Gallagher bog mit dem Taxi in die Front Street ab und parkte in der zweiten Reihe vor *Harringtons.* Er stieß die Schwingtür auf und blinzelte in das dunkle Kneipeninnere. Er erspähte Thornton, der am Tresen saß und an einem Whiskey nuckelte. „Taxi für Mister Thornton."

Harry kippte den Whiskey hinunter und schwang sich vom Barhocker. „Das bin ich."

Er folgte Gallagher nach draußen und stieg hinten in das Taxi. Es war dunkel. Vom Embarcadero Center drang nur ein schwacher Lichtschein auf die Front Street herunter. Gallagher fuhr los und bog nach links in die Sacramento Street ab. Zwei Wagen folgten ihm unauffällig.

„Er fährt nach Nob Hill hinauf", informierte der Agent Taylor über Funk.

„Verliert ihn bloß nicht!"

„Ja, Sir."

„Wohin fahren wir?" fragte Thornton, als sie das Fairmont

passierten und den Hügel auf der anderen Seite hinunterfuhren.

Gallagher lachte. „Wieso? Zurück in die Avenues. Und auf dem Weg dorthin können wir uns ein bißchen unterhalten. Ich denke, Sie sollten verstehen, wer wir sind und was wir wollen." Er begann mit seiner Selbstrechtfertigung.

„Er fährt Richtung Avenues", verkündete der Verfolger. „Wir haben ihn im Blickfeld. Die Verstärkung befindet sich in der Parallelstraße."

Taylor, der an seiner Funkanlage saß, spürte, wie die Spannung ihn immer mehr packte. Es war zu einfach.

*

Jimmy Phelan saß am Küchentisch und trank mit seinem alten Bekannten Fats Dolan, der gerade mit ein paar Flaschen Powers hereingeschneit war, um San Franciscos jüngste Berühmtheit, Harry Thornton, kennenzulernen. Da Thornton nicht da war, fragte Dolan Phelan ein Loch in den Bauch. Jimmy wiederholte nicht nur bereitwillig die ganze Geschichte, sondern schmückte sie auch noch aus. Sie unterbrachen ihre Unterhaltung, als sie Thorntons Schlüssel an der Eingangstür hörten.

Draußen in der dunklen Straße saßen Rodgers und Miller, die beiden Agenten Taylors, in einem Zivilwagen und beobachteten, wie die Rücklichter von Gallaghers Taxi die 42. Avenue hinunter verschwanden. Sie sahen, wie Thornton den kurzen Asphaltweg hochging, einen Schlüssel aus der Tasche zog und in Hausnummer 247 A verschwand. Und nun? Sie wandten sich per Funk an Taylor.

„Sieht nach Fehlalarm aus, Sir. Unser Mann im *Harringtons* bestätigt, daß der Verdächtige an der Bar gesessen, aber mit niemandem gesprochen hat. Nahm nur zwei Drinks. Ein Taxi ist für ihn gekommen, aber das hat ihn gerade bei Phelan abgesetzt. Es war niemand außer ihm im Taxi. Sieht so aus, als sei er das Warten leid gewesen und habe sich selbst ein Taxi gerufen."

Taylor knirschte mit den Zähnen. „Ein Mann ist bei Phelan. Walsh observiert das Haus. Er ist seit ungefähr einer halben Stunde dort. Entweder ist das der Mann, den er treffen soll oder – einen kleinen Moment – hat Ihr Mann im *Harringtons* gesagt, ob Thornton dort telefoniert hat?"

„Nein, aber das Telefon befindet sich direkt neben den Toiletten. Er könnte dort telefoniert haben, ohne daß unser Mann es mitbekommen hat. Oder die aus der Bar haben ihm ein Taxi gerufen, das machen die immer. Es war ein ganz normales Veterans-Taxi."

„Haben Sie die Nummer?"

„Ja, gewiß doch, 712", las er von seinem Notizblock ab.

„Okay. Hören Sie, was Sie tun werden. Walsh und Henderson kümmern sich um die Rückseite, Sie und Miller stürmen das Haus von vorne. Ich will wissen, was da drin vor sich geht. Also dann. Ich überprüfe von hier aus das Veterans-Taxi."

Rodgers zögerte. „Wie sieht es mit einem Durchsuchungsbefehl aus, Sir? Ich meine, Thornton ist immerhin Journalist und Phelan pensionierter Polizist."

„Scheiß auf den Durchsuchungsbefehl! Ich will diesen dritten Mann."

Rodgers versuchte, Ausflüchte zu machen. Er wußte, daß sein Kopf rollen würde, wenn die Aktion fehlschlug, und nicht der des sich im Hintergrund haltenden Taylor.

„Konnte Walsh irgendetwas über diesen dritten Mann sagen, Sir?"

„Nein, er sagte, es sei zu dunkel gewesen. Aber es war nur ein einziger Mann. Er trug einen Beutel bei sich. Er kam zu Fuß. Ohne Auto. Er kann bewaffnet und gefährlich sein. Also los, Rodgers! Ich sage Walsh, er soll in genau einer Minute von hinten zuschlagen."

*

Der Papierbeutel, der Harold Taylor Sorgen bereitete, befand sich im Mülleimer. Fats zweite Flasche Powers wurde gerade von Phelan geöffnet, als die Eingangstür in Stücke splitterte und Rodgers und Miller in den Flur stürmten. Sekunden später wurde die nächtliche Stille erneut gestört, als Walsh und Henderson die Hintertür eintraten und in die kleine Küche krachten. Phelan, der sich immer noch auf seine Cop-Instinkte verlassen konnte, griff nach seiner Polizei-Special im Schulterholster, der über dem Küchenstuhl hing. Der übereifrige Henderson schlug ihn mit dem Gewehrkolben zu Boden. Walsh tat Fats das gleiche an, als der sich – mit offenem Mund – von seinem Stuhl erheben wollte. Als Rodgers aus dem Flur hereinstürmte, nahm er die Schlachtszene wie in Zeitlupe wahr. Fats und Phelan lagen auf dem Boden, ihr Blut mischte sich mit dem Whiskey und den Glassplittern.

„Keine Bewegung, FBI!" brüllte er und fuchtelte mit seiner Knarre herum. Offenbar unbeeindruckt und so, als säße er noch immer Whiskey trinkend am Küchentisch, schaute der erfahrene Reporter Harry Thornton auf. Ein Lächeln lag auf seinen Lippen.

„Ist dies eine dieser illegalen Durchsuchungen und Festnahmen, über die wir zu Hause immer lesen? Haben Sie einen Durchsuchungsbefehl?“

Miller wollte ihm eins verpassen, aber Rodgers hielt ihn davon ab. Scheiße! dachte er. Dies würde wieder eine dieser Nächte werden.

Während Walsh ihn in die Sitzposition zerrte, glotzte Fats Dolan, als ginge es ihm an den Kragen. Still tropfte das Blut aus seiner Kopfwunde auf das Polyesterhemd des FBI-Agenten. „Das ist der dritte Mann, Sir“, rief er aus.

Rodgers, der Fats' Mondgesicht über der Tischkante aufsteigen sah, stöhnte. „Sie Arschloch, Miller“, murmelte er. „Das ist Fats Dolan. Er ist einer von uns.“

Dolan, der eine gewisse Ähnlichkeit mit einem grotesken Orson Welles in *Der Dritte Mann* aufwies, kreischte wütend. „Ich habe dich noch nie in meinem Leben gesehen, du Drecksbulle.“

Kaum hatte er den Mund geschlossen, bemerkte Rodgers seinen Irrtum und zog sich hastig zurück. Es war alles ein Versehen. Der falsche Mann. Entschuldigungen allenthalben. Phelan kam zu sich, und Doktor Beirne wurde herbeigerufen, die Wunden zu verbinden. Whiskey wurde angeboten, die Gemüter besänftigt. Am Morgen würden zuallererst Handwerker die Türen reparieren. Ein äußerst bedauerlicher Zwischenfall, über den man am besten kein Wort verlor. Nationale Sicherheit und all das.

Thornton saß, nippte bereits wieder an seinem Whiskey und schwieg, während die FBI-Leute versuchten, Phelan und Fats zu beruhigen. Für den Letzteren mußte der Abend eine Katastrophe gewesen sein, 'Erstmeldung' Thornton jedoch war sehr zufrieden. Er hatte nicht nur ein Exklusivinterview mit jemandem, von dem er glaubte, er stehe in engem Kontakt mit den Hasen, sondern war außerdem an eine überaus nützliche Information gelangt, die bestätigte, was die eher paranoiden Paddies in San Francisco schon immer vermuteten, bislang aber nie hatten beweisen können. Fats Dolan, dieser nette, aufrechte Patriot, dessen Kneipe ein Mekka für den harten Kern über den Gläsern war, stand in Spitzeldiensten für das FBI, war ein Informant! Ein Victor McLaglen. Wie die meisten Sympathisanten der irisch-republikanischen Bewegung hatte Harry Thornton etwas gegen Spitzel. Er konnte sie auf den Tod nicht ausstehen.

MARIN WINDHUNDE

Martha Dooley und Gerry der Vogel mochten auch keine Spitzel, aber an diese besondere Spezies der Inhumanität dachten sie nicht im entferntesten, während sie im prächtigen Whirlpool in Chris Connollys Bai-Schlupfwinkel saßen und den Ausblick genossen. Über der Landzunge von Marin gingen die Sterne auf, die Eichhörnchen hüpften aber immer noch von Baum zu Baum, und ein paar Rehe waren im Unterholz zu sehen, als auf der anderen Seite der Bai, in San Francisco, die Lichter angingen. Martha schaute auf die am Tiburon Dock vor Anker liegenden Boote hinunter, sah einen Teil der Golden Gate Brücke, deren Bögen vom abendlichen Dunstschleier eingehüllt waren, erfreute sich am Glanz des Lichtermeeres und an den Vögeln, die über Angel Island davonflogen, als die Dunkelheit hereinbrach. Eine so überwältigende Aussicht hatte sie in ihrem ganzen Leben nie genossen.

„Dagegen ist Bundoran ja nun wirklich ein Witz, nicht wahr, Gerry? Nicht der schlechteste Ort hier, um sich zur Ruhe zu setzen, was?“ Das Jetgebläse befreite sie langsam von den Reisestrapazen, während sie den Champagner süffelte, den der aufmerksame Chris für sie bereit gestellt hatte. Die Perlen prickelten ihr in der Nase und sie fühlte sich etwas schwindlig und schwach, aber angenehm angeheitert. Seit zwanzig Jahren hatte sie keinen Badeanzug mehr getragen, und jetzt nahm sie zusammen mit dem berühmt-berüchtigten Gerry dem Vogel Champagner trinkend unter klarem Sternenhimmel ein riesiges Schaumbad. Siebentausend Meilen von Derry und der Bogside entfernt. Was würde wohl die ganze Bande aus dem *Rocker* denken, wenn sie Gerry und sie jetzt so sehen könnte?

Der Vogel antwortete nicht. Der Ausblick hatte ihn nachdenklich gestimmt. Die großen Bäume, das Wild, die Eichhörnchen, die wohltuende Stille der Abenddämmerung hatten ihn an die Fianna längst verganener Zeiten denken lassen, an Oscar und Conan Maol, an Goll MacMorna und an die Tuatha de Dannan selbst.

Die Tuatha. Tickte der Hund nicht ganz richtig, als er von ihnen wie von real existierenden Lebewesen gesprochen hatte, während er vor längerer Zeit erstmals vor den älteren Herren seinen Plan einer Untergrundkampagne ausgebreitet hatte? Der Hund wollte Hasen der jüngeren Generation für seine Kommandos, aber er war sich auch der Notwendigkeit einer

Rückendeckung durch ein Reserveteam bewußt. Gerry der Vogel und Onkel Chris. Sie waren seine Hunde. Seine Windhunde.

Der Vogel kannte den Hund seit den fünfziger Jahren. Der Hund war damals ein vielversprechender junger Republikaner, und der Vogel zog sich langsam und unauffällig aus der Bewegung zurück. Sie achteten sich gegenseitig. Der Vogel war an der gescheiterten und wirkungslosen Bombenkampage in England in den späten dreißiger Jahren beteiligt gewesen, und hatte in den vierziger und fünfziger Jahren seinen Mann gestanden. Er war ein alter Irredentist. Niemals vergeben! Niemals vergessen! Ein alter Befürworter von Gewalt. Aber im Gegensatz zu vielen seiner alten Waffengefährten war er nie ein 'grüner Tory'. Er hatte zu viele Freunde gehabt, die 1936 und 37 in Spanien in der Connolly-Brigade gekämpft hatten und gefallen waren, und hatte zu lange in den Gefängnissen der Freistaatler gesessen, die er immer noch Blauhemden nannte, um irgendetwas mit jenen gemein zu haben, die den 'Neuanfang' befürworteten. Den parlamentarischen Weg zu einem vereinigten Irland! Als läge darin irgendetwas Neues! Hatten nicht Dutzende tugendhafter Iren – von Parnell bis Mick Collins – diesen Freudenpfad ins Verderben beschritten und waren Opfer des perfiden Albion geworden?

Der Vogel respektierte daher die neue Generation der Provos, die 'Absolventen' von Long Kesh. Und er respektierte den Hund, der trotz all seiner Schwärmerei vom Groucho-Marxismus ein gestandener Revolutionär war, der bis zu seiner Festnahme hinter der gegenwärtigen Bombenkampagne in England gestanden hatte.

Der Vogel war erfreut gewesen, ein Schläfer zu werden, aber die Bezugnahme des Hundes auf die Tuatha hatte ihn doch sehr verwundert. Während seiner verschiedenen Aufenthalte in nahezu allen Knästen Irlands, ob nun im Norden oder Süden, hatte der Vogel gelernt, fließend Gaelisch zu sprechen und all die alten Legenden gelesen, die für ihn die reinste Poesie waren. Doch starrköpfig hatte der Hund darauf bestanden, daß sie irgendwie mehr waren als das, und er war kein hellsichtiger Fanatiker, kein Padraig Pearse. Gerry der Vogel weder religiös noch abergläubisch, hatte in letzter Zeit immer wieder geträumt. Träume von den Fianna aus uralter Zeit.

Ein Ellenbogenstoß von Martha riß ihn aus seinem Tagtraum.

„Raus hier, du alter Narr, du schrumpelst sonst wie eine Backpflaume."

Und Chris Connolly stand da mit einem breiten Lächeln und zwei riesigen Frotteemänteln für die beiden. Während er Martha aus dem Becken half, blickte der Vogel ihn an, und der Belfaster nickte. „Drinnen lodert ein schönes Kaminfeuer, Gerry. Laß uns ein wenig plaudern, wenn ihr umgezogen seid. Habt ihr schon die Sauna getestet?"

Der Vogel grinste. „Du weißt doch, daß ich keine Lust auf diese japanischen Autos habe."

Connolly lachte. „Immer noch ganz der alte Vogel."

Eine halbe Stunde später saßen sie vor dem Feuer und tranken Bier. Connolly reichte dem Vogel das Lokalblatt. „Scheinbar redet jemand aus dem Hundeteam mit der Presse, zumindest mit diesem Harry Thornton."

Ein Photo von Thornton zierte an prominenter Stelle die Titelseite des *Examiner.* Für Einzelheiten seines Exklusivinterviews mit einem Mitglied der Cuchullain Brigade, den Terroristen, die Sir Geoffrey Mason im Fairmont Hotel ermordet hatten, wurden die Leser auf die Innenseiten verwiesen. 'Erstmeldung' Thorntons Artikel begann auf Seite 1 unter einer riesigen Unterüberschrift samt Autorennamen.

„Während den örtlichen Polizeifahndern die Identität der irischen Freiheitskämpfer noch immer ein Rätsel ist, die gegenwärtig im Auftrag eines mysteriösen Mannes, den irische Republikaner 'den Hund' nennen, hier in der Bai von San Francisco operieren, und FBI-Agenten ihre Serie wahlloser und oft illegaler Hausdurchsuchungen fortsetzen (siehe Extrabericht, Interview mit dem Polizeiveteran Jimmy Phelan auf S. 3), ist unserem Reporter ein Exklusivinterview gelungen ..." Es folgte eine äußerst begünstigende Zusammenfassung von Gallaghers *raison d'être.* Darin war die Rede von der Richtigkeit und Gerechtigkeit der irischen Sache und von der Perfidie Englands. Auf der Seite 3 prangte die Überschrift „'War George Washington ein Terrorist?' fragt irischer Rebell."

„Erstmeldung Thronton", murmelte der Vogel. „Klar, den kenne ich. Hab ihn letztes Jahr in Bodenstown gesehen. Ist zwar eine alte Saufnase, aber überzeugter Nationalist. Was treibt der denn hier?"

„Sieht so aus, als sei er mit diesem Jimmy Phelan verwandt, diesem alten San Francisco Cop, der sich einbildet, ein gaelischer Gelehrter zu sein. Wie dem auch sei, Thornton wird von der Presse als Experte in Sachen Hund aufgebaut. Hier, lies das! Er behauptet, mit einem der Hasen gesprochen zu haben. Meinst du, da ist was Wahres dran?"

Der Vogel kratzte sich den grauen Kopf. „Er gehört nicht zu denen, die Geschichten erfinden. Aber wie hat er bloß den Kontakt herstellen können? Weißt du, welche Decknamen sie benutzen, Chris?“

Chris seufzte. „Logo, schließlich habe ich ihnen ja die gefälschten Pässe besorgt. Enwright, Morgan und Kelly sind tot. Bleiben also noch drei, von denen ich weiß. Zwei Typen und eine Frau. Die Jungs laufen unter den Namen Stan Powers und Tex Dougan, der Paß der Frau ist auf den Namen Debbie Duncan ausgestellt. Das heißt aber natürlich nicht, daß sie die Namen, unter denen sie eingereist sind, noch immer benutzen. Außerdem ist mindestens ein Hase wahrscheinlich immer noch in England. In einer Barclay Bank ist gestern wieder eine Bombe hochgegangen.

Als es hier losgegangen ist, habe ich mit meinem Mann von Noraid gesprochen. Kelly hatte wohl mit ihnen Kontakt aufgenommen, aber sie wissen nichts über die anderen. Jedenfalls geht den Noraid-Typen hier der Arsch auf Grundeis. Das hat mir zumindest Alo gesagt. Dutzende von ihnen sind schikaniert und eingelocht worden. Einige von ihnen sind illegale Einwanderer, so daß die Einwanderungsbehörde sie abschieben kann. Ich sage dir, die Jungs sind ganz und gar nicht erfreut über den Hund und seine Hasen. Seit Jahren haben sie aus Dublin zu hören bekommen, ja keine Aktionen diesseits des Atlantiks zu starten, sondern sich darauf zu beschränken, Geld zu sammeln und die obligatorische Menschenkette zu organisieren, wenn ein namhafter Brite auftaucht. Und nun hat man ihnen während der vergangenen Woche einen britischen Minister im Fairmont in die Luft gejagt und tote Drogendealer serviert, die ein offensichtlich verrückter IRA-Mann erschoß, der dann in einer Schießerei mit einem britischen Agenten ums Leben gekommen ist. Das ist doch das reinste Chaos. Kein Wunder, daß sie und der Armeerat zu Hause die Schnauze voll haben.“

Der Vogel überflog noch einmal Thorntons Artikel. „Er ist tapfer gestorben, denkst du das nicht auch, Chris?“ beharrte er leise.

Connolly nickte. „Versteh mich bitte nicht falsch, Gerry. Ich bin in dieser Sache auf der Seite des Hundes. Es ist mir schnurz, ob die Jungs zu Hause beschließen, sie als Renegaten zu beschimpfen. Du und ich und der Hund kennen uns seit Urzeiten. Ich bin nun schon seit vierzig Jahren hier, und mir geht es hier blendend, aber eigentlich bin ich nach wie vor von ganzem

Herzen ein Mann der Belfast Brigade. Es mag taktisch unklug sein, den Brits hier in den Staaten ans Leder zu gehen, aber Kruzifix nochmal, man stirbt nur einmal."

Der Vogel nickte und fragte dann: „Chris, erinnerst du dich an Moss Tierney?"

„Klar doch, sicher, konnte den Kerl nicht ausstehen, hab ihm auch nie über den Weg getraut. Wie ich gehört habe, gehört er mittlerweile zum Stab."

„Ich kann dir noch was viel Besseres erzählen. Er war in der selben verdammten Maschine von Shannon nach New York wie Martha und ich."

„Sag bloß."

„Nun denn, ich vermute, es ist nur eine Frage der Zeit, bis wir ihn hier im Westen sehen werden. Es ist doch ziemlich offensichtlich, warum er hier ist."

„Klar doch, um dem Hund ins Handwerk zu pfuschen. Ich sage schon mal ein paar Leuten Bescheid, daß er auftauchen wird. Er kontaktiert ja sicher Noraid. Das erfahre ich schon früh genug. Willst du noch ein Schlückchen?"

Der Vogel schüttelte den Kopf. „Nein danke, Chris, ich glaube, dieser Jetlag, von dem alle immer reden, hat mich erwischt. Ich leg mich ein bißchen hin, wenn du nichts dagegen hast. Oh, eines wollte ich dich noch fragen. Denk bitte nicht, daß ich einen Sprung in der Schüssel habe, aber hattest du in letzter Zeit irgendwelche merkwürdigen Träume?"

Connolly blickte überrascht auf. Er sah sich um, aber sie saßen allein vor dem Feuer. Martha hielt sich immer noch im Schlafzimmer auf. Frankie, der Fahrer, war einkaufen. Langsam wandte sich Chris seinem alten Genossen zu.

„Sprichst du etwa von den Tuatha?"

Der Vogel atmete erleichtert auf. „Also geht es nicht nur mir so ..."

SO WIE DAS LEBEN IST, TRÄUMT MAN VON RACHE (GAUGUIN)

Es war Gallagher, der davon anfing. „Weiß jemand von euch etwas über Träume?" Er fuhr hastig fort: „Seit Jahren träume ich von 'Nam und Belfast, aber das ist normal. Postvietnamstreß und so weiter, aber in letzter Zeit waren die Träume anders. Wirklich seltsames Zeug. Über keltische Mythologie oder sowas, und davon habe ich ja nun überhaupt keine Ahnung."

Er brach verlegen ab und war froh darüber, daß offenbar

weder Phil noch Jackson dachten, er sei nicht mehr ganz bei Trost.

Jackson, schon immer der 'Intellektuelle', sprach als erster. „Laut Pötzel tritt in Traumbildern die bewußte zugunsten der vorbewußen Wahrnehmung zurück. Freud stellte die Hypothese auf, daß durch den neutralen Charakter vorbewußter Wahrnehmung diese Material liefert, das ansonsten als wertloser Assoziationsabfall beseitigt würde."

Gallagher schnaubte. „Kannst du das vielleicht auch so ausdrücken, daß es ein normaler Mensch versteht?"

Unbeeindruckt fuhr Jackson fort. „Einige Experten wollen uns glauben machen, daß die Funktion von Träumen darin bestehe, das Gehirn von nicht benötigten gedanklichen Zusammenhängen zu befreien. Nervenhausputz. Wir träumen, um zu vergessen. Andere Experten sind der Meinung, daß Träume – wie der Schlaf – eine biologische Notwendigkeit sind. Ohne sie stirbt man. Ich glaube, beide Theorien sind falsch."

„Hör mit der Hirnwichserei auf! Worum geht es denn nun in Träumen?" unterbrach ihn Gallagher.

„Es gibt verschiedene Traumformen. Die gewöhnliche Art zu träumen, wobei der Tag rekapituliert wird, das, was du getan hast, über wen du nachgedacht hast, mit wem du gesprochen hast – das ist nicht beängstigend. Aber hast du jemals so etwas erlebt: Du fällst in einen besonders tiefen, dir bislang unbekannten Schlaf und begegnest Persönlichkeiten, durchlebst Situationen, in denen du nie zuvor gewesen bist. Eine Desintegration deines Ich, deiner Persönlichkeit als solcher beginnt; du verschmilzt mit ursprünglichen Wesenheiten. Jung sprach vom kollektiven Unbewußten, von der Regression in pränatale Zeiten, vom Zurück in andere Lebenswelten, die von Archetypen bevölkert sind, die dich jederzeit absorbieren und eine Wiederherstellung deines Ich verunmöglichen können. Du bist dann lediglich ein lebendes Abbild der Archetypen. Das Problem ist, daß die Archetypen sich deiner nicht in der Nacht, während du schläfst, bemächtigen, sondern am Tage, wenn du glaubst, wach zu sein, während du aber schläfst."

Phil hatte die ganze Zeit geschwiegen, drehte sich jetzt aber Jackson zu und fragte: „Das ist ja alles schön und gut, Jim. Aber du hattest doch auch diese Träume, nicht wahr? Michael und ich sind nicht die einzigen, und nichts von dem, was du gesagt hast, macht irgendeinen Sinn, außer diesem Zeug vom kollektiven Unbewußten. Wenn dem so ist, wie kommt es dann, daß drei einzelne Personen, faktisch vier, da Tim mir erzählt hat, daß auch er diese Träume hatte, unabhängig voneinander von alten mythologischen Helden träumen können? Wenn mehrere Personen unabhängig voneinander dieselben Träume haben, bedeutet das denn nicht, daß sie wahr sind?"

Gallagher schaute sie verächtlich an. „Ich stehe nicht auf diesem modischen Esoterikmist. Du könntest genausogut spekulieren, daß jeder deiner Vorfahren in einer Zelle eingesperrt war – im Kern einer Körperzelle, einem DNS-Molekül – mit Fenstern nach nur einer Seite. Die einzige Möglichkeit mit ihren Nachkommen, also uns, zu kommunizieren, ist die über Träume. Aber das ist so, als seien sie Tausende von Jahren in Isolationshaft gewesen. Ihre einzige Unterhaltungsform ist die, uns voyeuristisch zu beobachten und zu versuchen, unsere Aktionen zu steuern. Jedesmal also, wenn wir etwas tun, beispielsweise vögeln, lauern die Gespenster der Geschichte, so als seien wir in diesem gottverdammten römischen Kolosseum. Du postulierst, daß die Tuatha einen Weg gefunden haben, einen Knastausbruch zu inszenieren und aus ihren Zellen abzuhauen und unsere Unterbewußtsein zu überfluten. Für mich ist das erstmal eine üble Verletzung der Privatsphäre. Man spricht ja auch davon, einen Menschen wegen der Gedanken zu töten, die er im Kopf hat. Bis zu einem gewissen Punkt ist das okay. Nun versuchst du mir aber weiszumachen, daß es nicht einmal meine eigenen Gedanken seien, sondern die von längst verblichenen Vorfahren. Mein Gott! Wenn das nicht eine doppelte oder mehrfache Strafsache ist! Was ist eigentlich aus dem freien Willen geworden? Sind wir unserer Vorfahren Hüter?"

„Vielleicht werden wir programmiert wie ein Computer. Und wenn das so ist, muß es eine Sperrung geben, damit wir nicht wissen, worum es bei dem gesamten Programm geht. Aber eines Tages rollt das Programm ab. Du kannst es mit einer posthypnotischen Suggestion vergleichen. Ein Stimulus, und wie aus heiterem Himmel weißt du plötzlich, was du tun sollst. Aber, hey, schimpf mich ja nicht paranoid."

„Warum nicht?"

„Weil es mich paranoid macht."

„Dem Paranoiker sind Überraschungen fremd."

Die Debatte der Träumer ging weiter, aber es kam – wie gewöhnlich – nichts dabei heraus.

Harold Taylor blickte finster drein. Er hatte gerade Thorntons Interview mit 'einem irischen Freiheitskämpfer' im *Examiner* gelesen. Er war nicht sehr erfreut. Er brüllte durch die Wechselsprechanlage nach Rodgers.

Rodgers trat ein. Auch er war nicht besonders glücklich. Er hatte die letzten vierundzwanzig Stunden damit verbracht, ein Rechtfertigungsscheiben aufzusetzen, um die unrechtmäßige Hausdurchsuchung bei Phelan und die zwei zertrümmerten Paddyschädel zu legitimieren. Wie er befürchtet hatte, mußte er die Suppe auslöffeln, die man ihm eingebrockt hatte.

„Haben Sie diesen Humbug gelesen?" bellte Taylor und hielt Rodgers die inkriminierende Zeitung unter die Nase. Rodgers nickte grantig. „Entweder hat dieser Schweinehund alles frei erfunden – was ich ihm nicht unterstellen möchte – oder er hat mit einem der Hasen gesprochen. In diesem Fall muß es der Taxifahrer gewesen sein, da ich nicht annehme, daß er das Interview im *Harringtons* geführt hat."

Einen Moment lang grollte Rodgers heimlich. „Sie wollten sich doch darum kümmern, Sir. Erinnern Sie sich nicht, daß ich Ihnen die Nummer des Taxis durchgegeben habe, bevor wir bei Phelan eingedrungen sind?" Das mag zwar wahr gewesen sein, taktvoll war es nicht.

„Ich war viel zu sehr damit beschäftigt, für Sie und den Rest der Nullbons in diesem Büro dem Ganzen ein Deckmäntelchen zu geben", keifte Taylor. Er sah aus wie ein Telefonspanner, der lüstern darauf wartete, endlich seinen Anschluß zu bekommen. Er stand kurz vor einem Nervenzusammenbruch. Aus Washington war er einfach zu oft angerufen worden. Und die Jungs in Washington hatten Druck aus London bekommen. Es war ein Glück für die 'Firma', daß sich die Briten wegen der Leiche eines britischen Armeeoffiziers ärgerten, der im Presidio hätte sein sollen, statt Rambo in Orinda zu spielen, und so ihren Spott über Hoovers Cowboys zügeln mußten.

Aber die Briten hatten ja schließlich zunächst die US-Dienste von Harry Thorntons Reise informiert, und die 'Firma' hatte ihn seit seiner Ankunft auf dem Flughafen von San Francisco observiert. Und Thornton hatte offensichtlich bereits mit den Terroristenfreunden des Toten Kontakt aufgenommen. Und die FBIler taten jetzt so, als seien sie gerade erst aus dem Ei gekrochen.

„Ich betraue Sie persönlich mit dieser Angelegenheit, Rodgers.

Miller soll sich um den Papierkram kümmern. Gehen Sie auf der Stelle zu diesem Taxiunternehmen und besorgen Sie mir Name und Adresse dieses Fahrers. Ich werde den Fahndungstrupp persönlich leiten, und dieses Mal wird es einen Durchsuchungsbefehl geben. Und sorgen Sie dafür, daß dieses Duo Thornton und Phelan weiterhin rund um die Uhr observiert wird."

„Was ist mit Dolan? Er hat mich am Telefon genervt und gejammert, er könne enttarnt werden."

Taylor zuckte die Achseln. „Das interessiert mich reichlich wenig. Er ist entbehrlich. Von ihm haben wir ohnehin noch nie irgendwelche verwertbaren Informationen bekommen. Außerdem haben Sie doch gesagt, daß Phelan ohnmächtig war, und Thornton ist neu hier. Er hat dem wahrscheinlich gar keine Aufmerksamkeit geschenkt. In seinem Artikel steht nichts davon. Also, machen Sie sich auf den Weg."

MISSION UNMÖGLICH

Gallagher war zwei Tage lang kein Taxi gefahren. Er hatte sich mit Phil und Jackson auf dem Telegraph Hill vergraben. Keine nächtlichen Sauftouren mehr. Keine Drogen. Es waren ernste Zeiten. An diesem Nachmittag beschloß er, etwas von seinem Hab und Gut zusammenzupacken, verließ die anderen, nahm den BART-Zug vom Embarcadero und stieg vier Haltestellen weiter an der Station 16. Straße/Mission aus. Auf dem Weg zu seinem Apartment in der Valencia Street blieb er stehen und plauderte mit den Leuten aus dem Viertel. Gallagher hatte fast fünfzehn Jahre im Mission-Viertel gelebt und verfolgen können, wie sich dessen Charakter veränderte. Früher wohnten hier überwiegend Iren, aber mittlerweile war daraus ein hispanisches Viertel geworden; Mexikaner – und in jüngster Zeit Flüchtlinge aus El Salvador, Guatemala und Nicaragua – hatten es in einen Barrio verwandelt, in dem es nach Tacos und Barritos roch, funzlig erhellte Cantinas und billige Klamottenläden aus dem Boden schossen und Pfandleiher ihre Geschäfte tätigten.

Gallagher hatte sich dort wohlgefühlt. Am Tag ging es eher gemächlicher zu und abends wilder als in anderen Stadtteilen.

Als er gerade um die Ecke in seine Straße einbiegen wollte, berührte eine kleine dunkle Hand seinen Arm.

„Señor Mike!" Es war Paco, ein Chicano-Junge, der Gallagher regelmäßig half, das Taxi zu waschen, und dem es immer gelang, auch in einem dringenden Fall Gras aufzutreiben.

„Ja, Kleiner, quien sabe? Ich hab's eilig."

Der Knabe lächelte. „Ich würde an Ihrer Stelle nicht ins Apartment gehen, Señor Mike. Muy Federales. Señora Gomez hat es gerade meiner Mutter berichtet. Sie warten dort auf Sie. Sie haben Knarren. In Schwierigkeiten, Señor Mike?"

Gallagher dachte kurz nach. Jesus, Maria und Joseph! Er hätte es sich eigentlich denken können. Diese Taxifahrt mit Thornton war beknackt. Total bescheuert! Er drückte Paco eine Fünf-Dollar-Note in die Hand und machte kehrt.

„Danke, Kleiner. Du hast mich nicht gesehen, klar? Sag der Vermieterin, Señora Gomez, daß sie meine Sachen haben kann, wenn die Bullen sich verdrückt haben." Es war ohnehin nicht sehr viel. Ein paar Sperrmüllmöbel, der altersschwache Fernseher, ein paar Klamotten. Seine Bücher. Seine Bücher würden ihm fehlen.

Der Knabe winkte. Auf der Straße hatte er mehr gelernt, als man ihm vom Alter her zutrauen würde. In ein paar Monaten würde er wahrscheinlich mit Crack dealen. Andere Knaben, die jünger waren als Paco, taten es bereits. „Klar doch, Mike. Vaya con dios."

Gallagher ging zur nächsten Telefonzelle. North Beach war out. Wirklich out. Das FBI hatte längst seinen Namen, und er war dort zu bekannt – wie hier auch. Er mußte die anderen warnen.

EXODUS

Phil hängte den Hörer ein. Kalt überlief es sie. Sie drehte sich zu Jackson um. „Los, Jim, wir hauen ab! Auf der Stelle!"

„Was ist denn los?"

„Das erklär ich dir auf dem Weg. Pack zusammen – nur das Notwendigste, und sack all die Kohle ein, die wir haben. Meinst du, du kannst uns ein Auto besorgen?"

Jackson nickte. „Sicher, kein Problem. Wohin fahren wir?"

„Raus aus der Stadt. Nach Norden. In einen Ort namens Bodega Bay. Kennst du den?"

„Klar. Liegt oben an der Küste."

„Auf geht's." Phil packte bereits. Sie verstaute die Uzi in ihrer Umhängetasche.

NORDKALIFORNIEN

„Du Depp, Gallagher. Du verantwortungsloser Volldepp!" Phil war wütend. Sie saßen vor einem Kaminfeuer in einer gemieteten Ferienhütte. Draußen brandeten die Wellen des Pazifiks gegen die Küste von Bodega Bay, und obwohl es Mitte Juli war, wehte ein kühles Nachtlüftchen. Kühl war auch die Atmosphäre in der Hütte – trotz des prächtigen Holzfeuers. Gallagher hatte sein törichtes Unternehmen gestanden, und es herrschte dicke Luft. Er hatte sie alle in Gefahr gebracht. Die Fahnder suchten jetzt nach Michael Dexter Gallagher. Bislang war die Fahndung weder öffentlich, noch ein Photo von ihm in den Medien erschienen, aber das war sicher nur noch eine Frage der Zeit.

Während Gallagher seinen Fehler zugab, trat er die Flucht nach vorne an und bezweifelte, daß Debbie Duncan noch ein cooler Deckname war. Die FBIler hatten Kellys falschen Paß in dem Haus in Orinda gefunden und sicher längst überprüft, mit welchem Flug er angekommen war. Und wer anders war seine Flugbegleiterin auf dem Nachbarsitz als eine Ms. D. Duncan, die zufälligerweise den Toyota gemietet hatte, der nach der Schießerei mit ihren Fingerabdrücken am Ort des Geschehens gefunden worden war?!

Phil entgegnete verärgert, daß noch nie Fingerabdrücke einer Philomena Clarke aus New York genommen worden waren. Sie war nie aktenkundig geworden und besaß noch immer ihren richtigen Paß. Gallagher wies darauf hin, daß die Briten wahrscheinlich ihre Prints nach dem Bilderberg-Anschlag gefunden hatten. Nein, sie hatte Handschuhe getragen. Gut, fuhr Gallagher fort, sie und Kelly hatten eine Kellnerin entführt, oder etwa nicht? Was ist mit dem Raum, in dem sie das Mädchen gefangen gehalten hatten?

Phil war immer noch trotzig und keck. Sie war immer noch clean. Nur Kelly und Gallagher hatten gepfuscht. Sie hatte eine Perücke getragen, als sie zum Ditchley Park gefahren war. Sie hatte Handschuhe getragen, als sie das BZ ausgestreut und den Leihwagen in England gefahren hat. Die Angestellten der Autovermietung in San Francisco würden sich wohl kaum an sie erinnern können. Die FBIler mochten nach Debbie Duncan fahnden, aber sicher nicht nach Philomena Clarke.

Jackson tat sein Bestes, als Friedensstifter zu wirken. Der Schaden war angerichtet, nun mußte er in Grenzen gehalten werden. Phil und Gallagher würden ihr Aussehen ändern müssen. Neue Ausweise mußten her, aber er kannte einen Mann, der ihnen zumindest Führerscheine besorgen konnte. Er selbst verfügte bereits dank Delaney (und hätte er es gewußt, dank Chris Connolly) über einen Paß und einen Führerschein auf den Namen Stan Powers. Von jetzt an bis zum Anschlag auf den Bohemian Hain würde nur er in der Öffentlichkeit auftauchen.

Er würde ihnen die notwendigen Pappen organisieren. Sie mußten jetzt zusammenhalten, wenn der Anschlag gelingen sollte. Gegenseitige Vorwürfe waren kontraproduktiv. Der Plan war von Phil, aber er war der Sprengstoffexperte. Und nur Gallagher konnte den Hubschrauber fliegen. Morgen würde er ein sicheres Haus mieten. Sie beruhigten sich. Gallagher wurde philosophisch: „Die schlechte Nachricht ist, daß wir vielleicht aufgeflogen sind. Die gute Nachricht ist, daß wir vermutlich dem Zeitplan voraus sind."

SAN FRANCISCO

Taylor war in das Hauptquartier zurückgekehrt. Die Durchsuchung des Mission-Viertels hatte sich als Schlag ins Wasser erwiesen. Er hatte zwei Männer beim Apartment postiert, bezweifelte aber, daß Michael Dexter Gallagher zurückkehren würde. Señora Gomez und die anderen Nachbarn hatten ihre Haltung gegenüber der Polizei im allgemeinen und dem FBI im besonderen deutlich zum Ausdruck gebracht. In diesem Viertel konnte man kaum mit Kooperation rechnen, und er war sich sicher, daß diese Strauchdiebe Gallagher längst gewarnt hatten.

Bei der Durchsuchung der Wohnung waren zwar weder Waffen, Sprengstoff, noch subversives Material gefunden worden, aber sie hatten Gallaghers Paß zutage befördert, den Taylor vor sich liegen hatte. Inzwischen verfügten sie auch über die spärlichen Polizeiunterlagen, die es in San Francisco über Gallagher gab. Daraus ging lediglich hervor, daß Gallagher einmal wegen Trunkenheit und nächtlicher Ruhestörung belangt und ein anderes Mal wegen geringfügigen Drogenbesitzes angeklagt worden war, was allerdings bereits fünf Jahre zurücklag.

Dem Paß konnte Taylor entnehmen, daß Gallagher ein einziges Mal in Irland gewesen war, aber das schon vor mehr als zehn Jahren. Ihr Spitzel in der örtlichen Sektion von Noraid hatte noch nie etwas von Gallagher gehört, und die Polizei in Boston versprochen, Auskünfte über Gallaghers Vergangenheit zu erteilen. Bis jetzt allerdings konnten keinerlei irisch-republikanische Verbindungen festgestellt werden. Es war alles sehr rätselhaft.

Dann gab es noch seine Armeeunterlagen. Vietnamveteran. Eine ganze Reihe Auszeichnungen. Ehrenvolle Entlassung. Keine Ansprüche gegenüber der Veteranenadministration erhoben.

Aber etwas störte Taylor. Der sechsseitige Ausdruck, der alle Details über Michael Dexter Gallaghers Armeelaufbahn enthielt, gab ihm darüber keinen Aufschluß. Es war nichts Alarmierendes, aber Taylor spürte im Urin, daß da etwas im Busch war, worauf er sich keinen rechten Reim machen konnte.

Das Telefon läutete. London war an der Strippe. Als er einhängte, hatte Taylor das Gefühl, endlich etwas Boden unter die Füße zu bekommen. Die britischen Geheimdienste hatten zu guter Letzt herausgefunden, daß Phil Clarke eine Frau – und mit Debbie Duncan identisch sein könnte. Jeannie Morrison, die Kellnerin, hatte zwar keine Beschreibung ihrer Entführer liefern können, war sich aber sicher, daß der Mann Belfaster Slang gesprochen hatte. Ackroyd war in der Lage gewesen, eine leidliche Beschreibung der Frau zu liefern, die die Morrison verkörpert hatte.

Enwright war offensichtlich aus dem Rennen, und so auch sein toter Kumpan, den die RUC in Belfast jetzt als Damien Morgan identifiziert hatte. Es blieben noch Delaney und diese mysteriöse Person namens Phil Clarke. Bei Delaney handelte es sich um einen polizeibekannten Sprengstoffexperten aus Derry. Man konnte darauf wetten, daß er hinter den Londoner Bombenanschlägen steckte. Es blieben noch Phil Clarke und die Bilderberg-Geschichte. Den Anschlag hatte eine Frau ausgeführt.

Es waren auch neue Einzelheiten über Tim Kellys Tod in Kalifornien bekannt geworden. Die RUC hatte zwar seit Jahren nichts über ihn abgespeichert, aber der Computer spuckte aus, daß Tim Kelly in den siebziger Jahren eng mit einem E. Doyle (verstorben) befreundet war, einem bekannten IRA-Mann. Und E. Doyles Freundin, die man bei seiner Beerdigung fotografiert hatte, war eine Amerikanerin namens Philomena Clarke, geboren in New York, gegenwärtiger Aufenthaltsort unbekannt. Könnte das FBI wohl diese Philomena Clarke überprüfen? Natürlich konnte das FBI dies tun. Die FBI-Agenten waren just im Moment damit befaßt.

LOS ANGELES

Moss Tierney war müde und niedergeschlagen, als er in Los Angeles ankam und sich im Flughafenhotel anmietete. Der Chirurg, den er in New York konsultiert hatte, war nicht sonderlich optimistisch, daß Nora einer erfolgreichen Operation unterzogen werden könnte, selbst unter seinem erfahrenen Messer nicht. Darüberhinaus hatte er angedeutet, daß die 20.000 Dollar,

Moss' Lebensersparnisse, die Kosten nicht decken könnten. „Kein Wunder, daß man den Amerikanischen Medizinerverband den Amerikanischen Mörderverband nennt", griesgrämelte Tierney.

Er kam gerade aus der Dusche und wollte den Zimmerservice rufen, als das Telefon läutete. Nur eine einzige Person wußte, wo er sich aufhielt. Sein verdammter Kontrolleur vom britischen Geheimdienst. Gab es denn kein Entkommen? Nein, das war ihm klar. Er konnte sich nicht sagen: Nur noch dieses letzte Mal. Wenn er aufhören würde, als Informant für die Briten zu arbeiten, würden sie ihn fallen lassen wie ein benutztes Kondom. (Was aber nicht heißt, Moss, der gute Katholik, der er war, habe sich jemals eines solchen Dings bedient.) Ein Hinweis an die IRA genügte, und Moss wäre für den Rest seines Lebens ein gezeichneter Mann. Er könnte sich zwar aus dem Staub machen, Nora aber nicht. Mürrisch hob er ab.

Neue Befehle. Connolly war von Los Angeles in den Norden gezogen. Sie wußten nicht genau wohin, tippten aber auf San Francisco. Tierney erhielt Order, die nächste Maschine dorthin zu nehmen und im *Molly Maguires* Fats Dolan aufzusuchen, der ihn mit Noraid-Anhängern zusammenbringen würde. Die Anwesenheit eines leibhaftigen Mitgliedes des IRA-Armeerates würde sie ehrfürchtig erzittern lassen. Chris Connolly zu finden, sollte dann kein Problem mehr sein.

SAN FRANCISCO

Dem war nicht so. Sechs Stunden später hielt sich der von der Reise erschöpfte und nun noch depressive Tierney in Fats Dolans Wohnzimmer über dem in dem irischen Avenues-District gelegenen Pub verborgen.

Fats fühlte sich durch den Besuch eines solch erlauchten Republikaners gebauchpinselt. Er hatte bereits Alo Nagle angerufen und die letzte Stunde damit verbracht, einem müden Tierney seine Heldentaten im Kampf für Irlands Freiheit aufzutischen. Das Geld, das er für die Sache gespendet hätte. Die mittlerweile berühmte Schlacht in Fats' Pub gegen MacIntyre und sein gesamtes Regiment (Sammy & Butch) und wie er und Jimmy Phelan in den Klauen (und unter den Gewehrkolben) des Scheiß-FBI gelitten hätten.

Dolan schüttete den Powers hinunter, während der triefäugige Tierney sich mit einer Tasse, wie er fand, abscheulich schwachen Tees zufrieden geben mußte, der, wie er angewidert festgestellt hatte, aus elenden britischen Tetley Teebeuteln bereitet worden war.

Es klopfte an der Tür. Alo Nagle kam, um zu huldigen. Und zufälligerweise kannte er das Haus in der San Francisco Bai, in dem sich Chris Connolly verborgen hielt. Im Main County auf der anderen Seite der Golden-Gate-Brücke. Er würde Tierney morgen persönlich dorthin bringen. Aber wie wäre es, wenn Moss sich jetzt erst einmal zur Ruhe begäbe? Tierney nickte dankbar. Wenn er nicht so erschöpft und niedergeschlagen gewesen wäre, wäre er der Prahlerei dieses widerlichen Dolans längst entflohen. Er beschloß, erst Connolly aufzusuchen und dann seinen Geheimdienstler zu benachrichtigen. Das FBI konnte warten. Er nahm Alos Angebot an, ihn zu einer sicheren Unterkunft zu fahren.

FATS DILEMMA

Fats Dolan befand sich in einer verzwickten Lage. Er war betrunken. Das war nichts Ungewöhnliches, hatte aber nun zur Folge, daß er mit seiner whiskeyumnebelten Birne länger brauchte, die Dinge auf die Reihe zu kriegen. Einerseits war er sehr enttäuscht über die Haltung des FBI. Seiner Meinung nach war er seit zehn Jahren ein loyaler Agent, hatte aber für sein Bemühen lediglich einen Hungerlohn erhalten. Man hatte ihn wahrscheinlich enttarnt, und er würde den Wölfen zum Fraß vorgeworfen werden. Sollten gewisse Leute in San Francisco etwas von seinem langjährigen Treiben erfahren, wäre sein Leben nicht einen müden Nickel wert, wie es in den Pennywestern immer geheißen hatte, die er als Junge all die Jahre an den Ufern des dreckigen Dargle Rinnsals in Dublin gelesen hatte. Rodgers reagierte nicht einmal mehr auf seine Notanrufe. Wenn seine Leber ihm nicht bereits die Gelbsucht beschert hätte, wäre es ganz gewiß das FBI gewesen.

Andererseits verfügte er über eine wichtige und wahrscheinlich äußerst wertvolle Information: Kein Geringerer als Moss Tierney, ein Mitglied des Armeerates der IRA, war in San Francisco eingetroffen. Dolan wußte zwar nicht, warum er sich in San Francisco aufhielt oder weshalb er Chris Connolly treffen wollte, den Dolan nur flüchtig kannte, aber – ob betrunken oder nicht – ihm war klar, daß Rodgers und das FBI begierig auf eine solche Information warteten. Vielleicht wäre dies die Schiene, über die er in die geschützte Welt der 'Firma' zurückkehren könnte. Unter Umständen ließe sich auch jede Menge Kohle machen – er mußte nur schnell handeln. Die Sicherheitsbehörden der Stadt, von der Polizei bis zum FBI und den anderen geheimen Diensten, verfügten über mehr Spitzel als nur Fats Dolan. Tierney war direkt vom Flughafen zu ihm gekommen, wodurch Fats gegenüber den anderen Schnüfflern einen Wissensvorsprung hatte, aber früher oder später würde einer von ihnen Wind von Tierneys Ankunft bekommen und die Lorbeeren ernten wollen. Fats mußte schnell zu einer Entscheidung kommen. Über diesen gewichtigen Problemen schlief er auf dem Sofa ein.

*

Während Moss Tierney das irische Frühstück beendete und darüber nachdachte, daß dies die erste vernünftige Mahlzeit seit seiner Abreise von zu Hause war, telefonierte Nagle eifrig. Ein Noraid-Genosse, der bei der Telefongesellschaft arbeitete, hatte ihm Connollys Telefonnummer und Adresse besorgt, die nicht im Telefonbuch standen. Frankie war am Telefon aber wenig hilfreich.

„Nein, Mr. Connolly ist nicht im Hause. Nein, ich weiß nicht, wann er zurückkommt. Kann ich ihm eine Nachricht hinterlassen?“

Alo schaute zu Tierney hinüber, der den heißen, süßen Tee schlürfte. Der Mann aus Cork schüttelte den Kopf.

„Nein, keine Nachricht. Danke. Ich werde es später noch einmal versuchen.“ Er hängte den Hörer ein.

„Soll ich Sie nach drüben fahren?“ fragte Alo.

„Ja, wenn der Berg nicht zu Mohammed kommt ...“

MARIN COUNTY

Es war zehn Uhr dreißig. Tierney saß seit einer halben Stunde in Nagles Oldsmobile, der in einer ruhigen, baumgesäumten Straße, fünfzig Meter vor Connollys Haus parkte. Nagle ging die Warterei auf die Nerven. Er bedauerte es, einen Tag unbezahlten Urlaub genommen zu haben, um schweigend in einem Auto zu sitzen, wenn auch in Begleitung einer wichtigen Person. Tierney war die Ruhe selbst. Wenn ihn seine 68 Jahre eines gelehrt hatten, dann war es die Tugend der Geduld. Er konnte warten und sagte sich: Mit Geduld und Spucke fängt man jede Mucke.

Plötzlich öffneten sich elektronisch die Tore und Connollys

Chrysler Le Baron mit dem treuen Frankie am Steuer fuhr heraus, bog nach links ab, passierte das geparkte Auto der Beobachter und glitt die Straße hinunter. Zwei Personen saßen auf dem Rücksitz. Moss Tierney kannte die ältere Frau nicht, aber den kleinen, grauhaarigen Mann, der neben ihr saß, erkannte er sofort. Gerry 'der Vogel' Quigley. Tierney duckte sich und zog den erschrockenen Nagle am Ärmel. Er war weder ein großer Kinogänger, noch las er billige Krimis, aber sein nächster Satz war unvermeidlich: „Folgen Sie diesem Wagen!"

Während Alo den Olds in Gang brachte und weitere Instruktionen erwartete, stammelte er verwirrt: „Keiner dieser Männer war Chris Connolly."

Tierney richtete sich wieder auf und pflichtete ihm grinsend bei. „Ich weiß, ich weiß, aber wenn mich nicht alles täuscht, wird mich dieser alte Fuchs auf dem Rücksitz geradewegs zu ihm führen."

„Sie kennen ihn also?" fragte Alo, als das Auto sich den Hügel hinunterschlängelte und nach rechts Richtung Golden-Gate-Brücke abbog.

„Klar kenne ich diesen Vogel", murmelte Tierney, „und soweit ich weiß, hat er Irland seit der Bombenkampagne in England vor fast fünfzig Jahren nicht mehr verlassen. Und nun taucht er hier im verdammten, siebentausend Meilen entfernten Kalifornien im Zufluchtsort eines weiteren alten Belfaster IRA-Mannes auf, mit dem wir sprechen wollen. Ich sage Ihnen noch mal, verlieren Sie diesen Wagen ja nicht aus den Augen!"

Alo befolgte die Anweisung, und beide Autos fuhren Richtung Babylon an der Bai.

*

Die Entscheidung fiel spontan und war, wie sie zu jener Zeit gedacht hatten, unwichtig. Chris Connolly war aufgebrochen, um Harry Thornton aufzuspüren, da sowohl er wie auch Gerry Grund hatten, mit dem neuen Medienstar zu sprechen. Chris hatte Gerry und Martha gesagt, daß der andere Wagen – wie auch Frankie als Fahrer – zu ihrer Verfügung stünde, und sie doch etwas Sightseeing machen könnten; schließlich sei es ihr erster Besuch in Kalifornien und es wäre nichts anderes zu tun. Und hatten sie nicht diese Reise nach San Francisco gewonnen? Warum also nicht. Martha wußte, was sie tun wollte. Jahrelang hatte sie sich *Die Straßen von San Francisco* und *Hotel* angesehen, was in ihr den Wunsch geweckt hatte, endlich einmal mit einer Cable Car zu fahren. Der Vogel hegte abwegigere Absichten und wollte Alcatraz besichtigen.

Frankie hatte beteuert, die Fahrt dauere höchstens eine halbe Stunde. Als der Vogel Martha die Reise nach Kalifornien angeboten hatte, war Martha bewußt gewesen, daß ihre Rolle primär darin bestehen würde, dem ganzen Unternehmen einen normalen Anstrich zu geben, eine Rolle, die sie mehr als bereitwillig spielen konnte und wollte. Wenn Gerry sie in sein Vertrauen zu ziehen gedachte, war das okay. Wenn nicht, würde sie sich auch nicht über die Reise ihres Lebens beklagen. Denn, hatte sie dem Vogel gesagt, er sei schließlich in England gewesen, sie aber noch nie irgendwo außerhalb Irlands.

Während sie neben dem Vogel auf dem luxuriösen Rücksitz des Chrysler Le Baron saß und er in seine keltischen und revolutionären Träume versunken war, stellte sie verwundert fest, wie sich ihr Leben in kurzer Zeit verändert hatte. Bis vor kurzem war sie nur eine Rentnerin, die ihr Dasein von ein paar kümmerlichen Kröten im Creggan fristen mußte, und nun wurde sie hier von einem Chauffeur durch das sonnige Kalifornien kutschiert und würde bald mit den Cable Cars 'zu den Sternen' fahren. Hatte Tony Bennett nicht davon gesungen? Es war schon etwas bizarr, sicher, aber ihr Mann hatte immer gesagt, man solle sich keine unnötigen Gedanken machen. Der Wagen brummte Richtung Golden-Gate-Brücke, und weder sie noch Gerry ahnten, daß Moss Tierney ihnen auf den Fersen war. Ein entschlossener Moss Tierney, der eine Luger in der Tasche trug, die er am Morgen aus der Waffensammlung seines Gastgebers Alo Nagle entwendet hatte.

*

Um neun Uhr war Fats Dolan aus seinem Schlummer erwacht. Er hatte geträumt. Beunruhigende Träume. Im Gegensatz zum Hund und seinen Bundesgenossen war er nicht von den Tuatha de Dannan oder anderen, seit langem toten, irischen Helden heimgesucht worden. Stattdessen hatte er seinen eigenen Grabstein gesehen. Ein äußerst schmuckloser Stein auf einem Pestfriedhof, in den jemand „Patrick Flaherty Dolan (Spitzel)“ eingemeißelt hatte. Darunter hatte ein anderer mit Kreide „Kein Verlust“ gekritzelt. Von mehr als dem üblichen Powers-Kater arg mitgenommen, griff Fats zum Telefon und rief Rodgers an. Das FBI erfuhr erstmalig, daß sich ein hochrangiger IRA-Mann in San Francisco aufhielt, der mit einem gefälschten Paß reiste und eifrig bestrebt war, einen gewissen Christopher Connolly zu treffen.

IM PRESSECLUB VON SAN FRANCISCO

Harry Thornton sonnte sich in seiner neuen Rolle als Guru für alle die irischen Terroristen betreffenden Fragen. Die Hasen waren schließlich die erste Stadtguerilla seit Patti Hurst und der Symbionese Liberation Army, die in der Bai operierte, und die Medien konnten nicht genug bekommen. Sowohl im Radio als auch in Fernseh-Talkshows äußerte Harry täglich seine Meinung und seine Mutmaßungen. Und zu seiner größten Zufriedenheit schenkten die Leute seinen Ausführungen Aufmerksamkeit. Welch ein himmelweiter Unterschied! In Dublin war er als schrulliger Lohnschreiber behandelt worden, und Matt Ryan hatte ihn nur mit Sarkasmus und Spott bedacht.

Er verfügte allerdings über genug Realitätssinn, um zu wissen, daß sein Stern schnell verblassen konnte. Wenn die Hasen erwischt würden oder sich aus dem Staub machten, wäre Harrys Exklusivwissen ebenfalls dahin, aber bis dahin wollte er aus dieser Geschichte das Äußerste herausholen. Er war fest entschlossen, sich der Trivialität des Faktischen nicht zu beugen.

Im Moment saß er in einem komfortablen, gepolsterten Sessel im Presseclub von San Francisco, einer erlauchten Organisation, die großzügigerweise dem in der Stadt neuen 'Erstmeldung' Thornton die vorübergehende Mitgliedschaft verliehen hatte, und füllte seinen Cousin Jimmy mit harten Drinks ab. Seine Artikel, in denen er Kelly zum neuen Inbegriff des romantischen Helden gemacht hatte, erschienen in mehreren Zeitungen gleichzeitig, und zum ersten Mal in seinem Leben war er bei Kasse.

Nun drängte er Jimmy, sich doch noch einmal an alle Einzelheiten seiner Begegnung mit dem seltsamen und rätselhaften Timothy Kelly zu erinnern, an etwas, das helfen konnte, die Geschichte weiter zu spinnen.

„Jimmy, erzähl mir noch mal, was er über die Tuatha de Dannan gesagt hat.“ Phelan ließ sich den Whiskey schmecken. Seit seiner zufälligen Begegnung mit dem sterbenden Rebellen hatte er sich in seine Bücher vertieft. Wenn sein Cousin als Experte in Sachen Hund, IRA und Guerillakrieg galt, war doch kein anderer als er selbst Experte für alles Keltische und Mystische.

„Er hat von ihnen gesprochen, als gäbe es sie wirklich. Weißt du, so als kommunizierten sie mit ihm. Ich habe zunächst gedacht, er deliriere. Die Poesie-Fetzen, halbrichtige Zitate und Geschichten – ich meine, er lag im Sterben und diese Schweinehunde hatten ihn mit Drogen vollgepumpt." (Seit das FBI Jimmy Phelan mit dem Gewehrkolben traktiert hatte, war er den Sicherheitskräften im allgemeinen sehr viel weniger wohlgesonnen.) „Aber wenn ich mich so zurückerinnere, bin ich sicher, daß er daran geglaubt hat. Ich weiß, es hört sich komisch an. Ich weiß nicht, wie ich es dir erklären soll."

„Nun, er war verrückt geworden, oder?" fuhr Thornton fort.

„Hast du nicht auch erzählt, daß einige alte Freunde des Hundes dir gesagt haben, der sei auch ein spinnerter Softie gewesen?"

Harry, für den ein irischer Softie ein Typ war, der Frauen dem Alkohol vorzog, hatte kaum über diesen Aspekt nachgedacht. Für ihn war der Hund ein Patriot und ein hervorragender Kämpfer. Aber an der Behauptung konnte wohl etwas dran sein.

Phelan fuhr fort: „Nun, wenn sie spinnert werden, ist das doch kein Wunder bei dem, was die Paddies seit achthundert Jahren erdulden müssen. Da rastet doch selbst der Intelligenteste aus."

Thornton konnte nicht anders, als seinem in San Francisco geborenen und aufgewachsenen Cousin klar zu machen, daß er wohl nicht behaupten könne, sehr unter den Schlägen der Axt, äh, Pax Britannica gelitten zu haben.

„Ich habe darüber nachgedacht. Angenommen, nur einmal angenommen, es ist etwas Wahres dran?" Er wich den ungläubigen Blicken Thorntons aus.

„Also ich habe gestern abend dieses alte Buch gelesen, während du dich in dieser Talkshow produziert hast" – Thornton begriff den vorwurfsvollen Hinweis und orderte eine neue Runde – „und dabei bin ich auf dieses Wort 'Theolepsie' gestoßen. Weißt du, was das ist?"

Thornton schüttelte den Kopf und gab damit zu, daß er von solch geheimnisvollen Dingen keine Ahnung hatte. Phelan kam in Stimmung und wollte es ihm jetzt einmal richtig zeigen. Er mochte seinen Cousin und war gern mit ihm zusammen, aber diese selbsternannten Experten sollten ja nicht glauben, sie seien allwissend. Jimmy Phelan, Veteran der Polizei von San Francisco, war keine Penntüte. Er konnte es sehr wohl mit den Topexperten aufnehmen.

„Soweit ich es verstehe, spricht man dann von Theolepsie, wenn jemand von einem Gott oder mehreren Göttern besessen ist." Phelan tat so, als habe er sich jahrelang mit diesem gewichtigen Thema befaßt, dabei war er erst am Abend vorher auf diesen Begriff gestoßen. „In der Geschichte gibt es dafür eine Reihe von Beispielen. Denk etwa an Jeanne d'Arc."

Harry schnaufte. „Ja, ja, die Klapsmühlen dieser Welt sind voll von Leuten, die Stimmen hören und glauben, Gottes Werk zu vollbringen. Hirnis. Vollidioten. Leute, die auf die Straße gehen und die bescheuertsten Sachen machen, wie auf John Lennon oder den Papst schießen, und dann behaupten, in göttlichem Auftrag gehandelt zu haben. Wie dieser Sohn von Sam, Kruzifix nochmal."

Phelan guckte beleidigt drein. „Sicher, es sind jede Menge Knalltüten unterwegs. Mein Gott, als ich noch Dienst geschoben habe, hatte ich es doch mindestens einmal im Monat mit einem selbsternannten Messias zu tun. Aber davon möchte ich gar nicht sprechen. Ich sage lediglich, daß die Tuatha ja vielleicht immer noch existieren und sich immer noch der Leute bemächtigen können. Leute wie der Hund. Leute wie der junge Kelly. Sie können ihnen physisch nichts antun, sie aber heimsuchen, in Träumen beispielsweise."

„Roy Orbison", sagte Thornton automatisch. Das letzte Mal, das er mit einer Frau getanzt hat, war in den sechziger Jahren, als die große Träne in den Tanzsälen Dublins jede Menge Imitatoren gefunden hatte.

„Hör auf mit dem Scheiß, Harry. Wenn du dich nicht mit dem auseinandersetzen willst, was ich dir sage, brauchen wir uns gar nicht unterhalten. Ich behaupte ja gar nicht, daß es wahr ist, aber wie hat doch der Barde gesagt: Es gibt mehr Dinge zwischen Himmel und Erde ... als wir logisch erklären können."

Harry gab klein bei. Jimmys Ausführungen hatten ihn zwar keineswegs überzeugt, ihm aber doch zu denken gegeben. Er mochte ein Zyniker sein, sagte sich aber schließlich, man müsse konsequenterweise so ignorant bleiben, wie man es immer schon war.

„Erzähl mir mehr über die Tuatha, Jimmy", sagte er, „und laß uns noch eine Runde bestellen. Die geht auf mich."

Andy, der Barkeeper, erschien so diskret wie immer. „Entschuldigen Sie, Mr. Thornton. Unten ist ein Mister Connolly, der Sie zu sprechen wünscht."

„Schicken Sie ihn rauf", sagte Erstmeldung Thornton, „ich erwarte ihn."

EIN SAUBERES PROGRAMM

Der Bohemian Hain sollte am Abend des zweiten Samstags im Juli angegriffen werden. Anläßlich der Zeremonie „Verbrennen wir unsere Sorgen“, dem spektakulärsten Ereignis während der Sommerfrische im Hain, würde sich dort die Crème de la Crème einfinden. Dieses Jahr sollte der irische Taoiseach, den alle irischen Republikaner als Quisling ansahen, in seiner Rolle als unbedeutender Würdenträger dort erscheinen. Ginge es nach den verbliebenen Hasen, würden mehr als nur die ‘blöden Sorgen’ verbrannt und es gäbe gar keine hohen und weniger hohen Herrschaften mehr im Hain dieses Jahr.

Die Hasen waren in einem gemieteten Haus in den Wäldern bei Sebastopol, knappe fünfzig Kilometer von der dem Hain am nächsten gelegenen Ortschaft Guerneville entfernt, untergetaucht. Seit zwei Wochen hatten sie sich bedeckt gehalten, während Taylor und seine Mannen und die Polizei von San Francisco die gesamte Bai, besonders aber die Stadtteile Mission und North Beach durchkämmt hatten, um Michael Dexter Gallagher und Philomena Clarke aufzuspüren. Sie waren aber nicht untätig geblieben. Jacksons Chemiekenntnisse hatten sich bezahlt gemacht. In einem kleinen Schuppen hinter dem Haus standen zwei 55-Gallonen-Ölfässer, die mit einer Mischung aus Naphtensäure und Aluminiumseife gefüllt waren – selbstgefertigtes Napalm. Zu der Uzi, die Kelly Phil hinterlassen hatte, waren noch ein 38er Python Colt und eine Smith & Wesson, Modell 64 mit 38er Magazin hinzugekommen, die Jackson in einem Pfandhaus in San Francisco gekauft hatte. Sie waren bewaffnet, gefährlich und wild entschlossen.

SO WAR'S MIT DEN CABLE CARS

Moss Tierney war kein erfahrener Schatten. Das ältere Paar besichtigte die Touristenattraktionen rund um San Franciscos Fisherman's Wharf. Tierney hatte Mühe, ihnen zu folgen, der Morgen verging und er war es langsam leid. Als Gerry und Martha Tickets für eine Bootsfahrt nach Alcatraz gekauft hatten, atmete er erleichtert auf und zog sich auf eine Tasse Tee in ein Café an den Piers zurück.

Der Trip zu und die Tour auf dem Felsen dauerten etwas über zwei Stunden, dann kehrte das Boot wieder an Pier 43 zurück. Tierney fand es unwahrscheinlich, daß der Vogel dort rauffuhr, um Chris Connolly zu treffen, aber selbst wenn, würden die beiden ja ohnehin wieder zum Pier zurück müssen. Es war vermutlich nur eine perverse Ader des alten Knastvogels, eine weitere Strafanstalt besuchen zu wollen, die das Juwel der Bai von San Francisco und das frühere Zuhause von Al Capone war.

Gerry Quigley hatte den Ausflug genossen. Der Blick über die Bucht war atemberaubend schön, der Rundgang durch das frühere Gefängnis informativ und interessant. Innerhalb einer Stunde hatte der Vogel bereits eruiert, wie er von dort getürmt wäre und stolz seinen narrensicheren Plan in allen Einzelheiten einer äußerst skeptischen Martha unterbreitet. Auf der Rückfahrt saßen sie auf dem offenen Oberdeck des Fährbootes und schlürften Irish Coffee.

Martha unterbrach den Vogel just, als er geduldig erklärte, wie frühere Ausbruchsversuche gescheitert waren. „Glaubst du, der ist uns immer noch auf den Fersen?"

Der Vogel nickte. Er hatte den inkompetenten Schnüffler binnen fünf Minuten am Kai ausgemacht.

„Oh ja, meine Gute. Moss Tierney wird sicher da sein, der ausgemergelte Bluthund, der er ist. Mein Gott, man hätte doch annehmen können, daß der Armeerat einen besseren Typen hier rüber schicken kann, nicht wahr. Conlon muß wohl langsam eine weiche Birne haben. Mach dir keine Sorgen. Wir werden schon mit ihm fertig. Der junge Bursche wird uns nicht vor zwei Stunden drüben bei den Embarcaderos abholen." Er gestikulierte zu den Wolkenkratzern an der Küste hinüber.

„Es bleibt genug Zeit für eine Fahrt mit den Cable Cars für dich."

Er sah erneut auf den Stadtplan. „Also, schau hier, meine Liebe, wir können in der Nähe des Piers einsteigen und durch Chinatown hinauf- und dann vom Nob Hill direkt zum Embarcadero hinunterfahren."

„Aber Gerry, Tierney muß uns doch schon vor Fisherman's Wharf gefolgt sein. Ich kann nicht glauben, daß er uns dort zufälligerweise entdeckt haben soll."

Der Vogel nickte. „Ja, er verfolgt uns, seit wir das Haus verlassen haben. Sicher. Er sucht Chris. Deshalb werde ich wohl selbst ein kleines Wörtchen mit ihm reden müssen."

Martha schaute besorgt drein. „Du bist doch nicht etwa bewaffnet, Gerry?" fragte sie ängstlich.

Der Vogel lächelte. „Ich, meine Liebste? Hey, ich habe seit dreißig Jahren keine Waffe mehr bei mir getragen. Willst du mich abtasten?"

*

Als sie in der Hyde Street in die Cable Car einstiegen, brach auch Tierney auf. Es ist Quatsch, dachte er, ihnen folgen zu wollen, ohne daß sie mich erkennen. Trotz seines Alters war der Vogel noch immer scharfsinnig. Zu scharfsinnig, verdammt nochmal, dachte er.

Als der Schaffner die Glocke läutete und die mit Touristen vollgestopfte Cable Car Nummer 65 sich auf den steilen Weg gen Chinatown machte, sprintete Tierney ein paar Meter und sprang auf. Gerry und Martha hatten Plätze im vorderen Teil des Wagens, er postierte sich hinter ihnen und hielt dabei krampfhaft Alos Knarre in seiner Jackentasche fest.

„Tag, Gerry", murmelte er.

Der Vogel dachte nicht daran, sich umzudrehen. Er genoß offensichtlich den Ausblick.

„Tag, Moss. Wie findest du dieses Wetter? Besser als zu Hause, was? Du hättest mit uns nach Alcatraz kommen sollen. Spitzentrip! Leichte Brise von der Bucht her. Besser als schweißgebadet am Ufer zu hocken."

„Wo ist Connolly?"

„Connolly? Haben ihn nicht die Brits nach diesem Tanz im Hauptpostamt damals 1916 erschossen?"

„Mach dich nicht über mich lustig, Quigley", zischte Tierney. „Und komm ja nicht auf dumme Gedanken. Ich hab dich im Visier."

Der Vogel lächelte erneut. „Im Visier, ach so. Du hast zu viele dieser alten Yankee-Spätfilme gesehen, Moss. Außerdem, warum kümmert sich ein so wichtiger Typ wie du um so jemanden wie Chris Connolly oder mich?"

„Vogel, die Bewegung verarscht man nicht. Das solltest du wissen, schließlich bist du alt genug. Wo ist Chris Connolly?"

„Der kümmert sich um seine eigenen Angelegenheiten, nehme ich mal an. Schade nur, daß nicht alle seinem Beispiel folgen. Ja, ich und diese gute Frau hier, wir sind bloß Touristen. Schöne Stadt, findest du nicht auch? Und außerdem ist deine Art zu sprechen nichts für die Ohren einer Dame. Wird einem denn in Cork kein Benehmen mehr beigebracht?"

„Paß auf, Quigley, ich habe keine Zeit, mit dir zu debattieren. Ich bin gerade hier angekommen und habe außerdem etwas zu erledigen. Ich muß mit Connolly sprechen. Wann wird er wieder zu Hause sein? Ich habe bisher mit niemandem gesprochen. Das ist eine Sache zwischen ihm und mir und – wie ich vermute – auch dir. Ihr beide mögt alte IRA-Leute sein, aber ihr seid doch jetzt draußen. Wenn du da anderer Meinung sein solltest, irrst du dich gewaltig. Der Hund ist weg beim Tee, und wir werden diesem Zauber ein Ende bereiten. Also bring mich zu Connolly. Wir werden uns ein bißchen unterhalten, und ich muß dann nicht dem Hauptquartier berichten, daß du dich hier rumtreibst und den Affen machst. Ich laß deinen Namen aus dem Spiel, ich versprech es dir. Also, werde endlich erwachsen. Du bist nicht mehr 21. Es ist wichtig und dringend."

„Gerry", stieß Martha den Vogel an, „hier müssen wir umsteigen." Sie befanden sich am höchsten Punkt der Powell Street, drei Viertel der Strecke zum Nob Hill lagen hinter ihnen. Der Vogel nickte.

„Begleite uns, Moss, du alter Schuft. Sitzen wir nicht trotz allem alle im gleichen Boot? Wir sind auf dem Weg, Chris zu treffen."

Sie stiegen in die Cable Car ein, die langsam die steile California Street hinunterfuhr. Tierney folgte ihnen argwöhnisch. Die Cable Car war voll von japanischen Touristen, aber Martha und Gerry gelang es wieder, Fensterplätze zu ergattern, von denen sich gerade knipsende Orientalen erhoben hatten. Tierney stellte sich grimmg hinter sie, als erneut die Glocke läutete und die 101 Jahre alte Cable Car Nummer 9 wie ein Skispringer auf dem Weg zum letzten großen Flug des olympischen Finales bergab rutschte.

„Der Hund gilt also jetzt als Renegat? Das ist die offizielle Parteilinie, oder?"

„Du hast verdammt recht", brabbelte Tierney.

„Ach, Moss", sagte der Vogel und wandte sich erstmalig dem Mann aus Cork zu, „du warst schon immer ein mieser B-Mann."

Der Bremser grapschte nach dem Hebel, die Cable Car kam an der Stockton Street zum Stehen, und ein paar Fahrgäste stiegen aus.

„Auf Wiedersehen, Moss", sagte der Vogel, duckte sich zwischen die Beine des Mannes aus Cork und kippte ihn über seinen Rücken aus der Cable Car. Tierney knallte mit gezogener Knarre auf die Straße und rollte bergab.

Als die Fahrgäste und die Fußgänger zu schreien anfingen, löste der Vogel die Bremse und das Gefährt fuhr an. Tierney zappelte wild, um aus der Fahrspur der Cable Car zu gelangen, während das 17.000 Pfund schwere Vehikel bergab rumpelte. Das Meiste von Moss schaffte es.

Harold Taylor kam aus seinem Büro, Hausnummer 720, California Street und schritt eilends über die Straße, um im japanischen Yamato-Restaurant zu Mittag zu essen. Taylor schritt immer. Er ging nie. Gedankenversunken fragte er sich, ob man Moss Tierney auf der Stelle festnehmen oder ihn in der Hoffnung, daß sie über ihn an Clarke und Gallagher rankämen, observieren sollte. Das mußte rasch entschieden werden. Er reagierte instinktiv, es handelte sich einfach nur um eine Reflexbewegung, als er ein rundes Objekt auffing, das ihm vom Hügel her entgegengeholpert kam. Den Bruchteil einer Sekunde lang hielt er es fest und ließ es dann mit einem Aufschrei fallen. Blut tropfte auf seinen Anzug. Aus dem Rinnstein, wohin der abgetrennte Kopf von Moss Tierney, bis zu seinem Tode Mitglied des Armeerates der Provisional IRA, gefallen war, starrten ihn zwei leere Augen an. Über ihm prangte die Uhr der Paulinischen Pater der Alten St. Marienkirche, deren Inschrift lautete: „Tu von dir die Falschheit des Mundes und sei kein Lästermaul. Sprüche Salomos 4,24." Harold Taylor würde es irgendwie nicht zu seinem beabsichtigten Mittagsmahl mit tiefgefrorenem Tintenfisch schaffen.

*

Gerry und Martha bahnten sich mühsam einen Weg durch die hysterische Menschenmenge, die sich um Moss Tierneys kopflosen Leichnam gebildet hatte. Der Fahrer der Cable Car hatte sich übergeben, mehrere Touristen waren ohnmächtig geworden. Man konnte das Heulen der Sirenen der Krankenwagen hören, die im nachmittäglichen Verkehrsgewühl steckten. Das alte Paar ging ein Stück die Stockton Street hinunter und bog dann rechts in die Sacramento Street ein. Martha befand sich in einem leichten Schockzustand, aber der Vogel schien wie immer bester Dinge zu sein.

„Man muß doch den Kopf oben behalten, wenn ihn ringsherum alle verlieren", murmelte er, während sie zum Embarcadero-Center hinunter schlenderten, wo Frankie mit dem Wagen wartete.

*

„Enthaupteter Revolverheld als führender Pate des IRA-Terrors identifiziert" verkündete am nächsten Morgen der *Chronicle* in Großaufmachung.

„Moss Tierney, ein bekannter IRA-Mann, der gerade erst mit einem falschen Paß in die Staaten eingereist war, ist bei einem außergewöhnlichen Unfall ums Leben gekommen, als ihm auf der California Street von einer Cable Car der Kopf abgetrennt wurde. Wie der Sprecher des FBI, Harold Taylor, erklärte, befand sich Tierney in San Francisco, um die Aktivitäten der irischen Terroristengruppe zu koordinieren, die unter dem Namen 'Die Hasen des Hundes' oder 'Cuchullain Brigade' für Schlagzeilen gesorgt hat. Taylor hat weiter ausgeführt, daß es sich bei der in einigen Zeitungen kolportierten Behauptung, die Terroristen seien das Geistesprodukt von Arthur O'Brien, der in seinem Bekanntenkreis als 'der Hund' bekannt ist, um eine typische Desinformation handelt. 'Wir vom FBI wissen schon seit langem, daß die Provisional IRA für die jüngste Terrorwelle verantwortlich ist. Die Ankunft von Moss Tierney, einem Revolverhelden und Paten des irischen Terrorismus, ist hierfür der Beweis. Durch seinen Tod wurden die übrigen Terroristen führerlos.'

Die Sicherheitsbehörden fahnden weiterhin nach zwei Amerikanern, Philomena Clarke und Michael Gallagher. Gewöhnlich gut unterrichtete Kreise gehen davon aus, daß die beiden mit Timothy Kelly in Verbindung standen, dem Iren, der vor zwei Wochen in Orinda bei einer Schießerei mit dem britischen Undercoveragenten Jock MacIntyre ums Leben gekommen war ..."

„Ihr habt falsch gelegen", triumphierte Taylor, als er die Geheimdienstler des MI 6 in London anrief. „Wir haben den Anführer."

Am anderen Ende der Leitung schwieg Moss' Verbindungsmann. Wie konnten sie jetzt zugeben, daß Tierney einer der ihren war, wo sie doch bislang diese Einzelheit gegenüber ihren amerikanischen Vettern schamhaft verschwiegen hatten. Es war undenkbar. In San Francisco frohlockte Taylor weiterhin.

„Diesen Mist über den Hund könnt ihr streichen. Mit dieser Figur O'Brien seid ihr einem Tarnmanöver auf den Leim gegangen. Das war eine der Presse zugespielte Lügengeschichte."

Der britische Geheimdienstler hustete. „Können Sie mit dem Wort 'Windhunde' etwas anfangen?"

„Das ist eine Busgesellschaft, warum?" schnaubte Taylor.

Der Geheimdienstler seufzte. „Damit könnte es mehr auf sich haben. Die Wanze in O'Briens Zelle verrät uns nun schon seit geraumer Zeit, daß er im Schlaf ständig etwas von Windhunden murmelt."

Taylor lachte höhnisch. „Ich habe Ihnen doch bereits gesagt, daß der sogenannte Hund mit der ganzen Sache nichts zu tun hat. Es waren von Anfang an die Provos. Findet euch damit ab, ihr Brits befandet euch schlichtweg auf dem Holzweg."

Der britische Verbindungsmann legte sanft auf. Es war zwecklos. Er sah schon das militärische Begräbnis vor sich, das die Provos inszenieren würden, wenn der Leichnam ihres Märtyrers Tierney zur Beerdigung in seine Heimatstadt Cork überführt würde. Die Jugendlichen Westbelfasts randalierten bereits und beschmissen die Truppen mit Steinen. Aber noch schlimmer war, daß sie nicht nur ihren Maulwurf im Provo-Armeerat verloren hatten, sondern daß darüber eine Machtverschiebung zugunsten der 'Falken' unvermeidlich geworden war. Geheimgespräche würde es nicht mehr geben. Jahrelange Arbeit war durch einen grotesken Unfall zunichte gemacht worden. Und er wußte, daß die Hasen noch am Werk waren. Moss Tierney hätte sie wahrscheinlich durch seine irischen Verbindungen aufspüren können, was diesem Tölpel Taylor nie gelingen würde. Und diese verdammten Windhunde, was oder wer sie auch sein mochten, gab es auch noch.

Er spielte nicht das erste Mal mit dem Gedanken, daß sie sich aus diesem ganzen verflixten irischen Schlamassel zurückziehen sollten. Er seufzte. Die Premierministerin. Die, der man zu gehorchen hatte, würde dem niemals zustimmen. Es würden noch viele sterben müssen, damit die Eiserne Lady ihr Gesicht wahren kann. „Blöde Hexe", zischelte er unloyal.

MITTSOMMER MACHT UNS FREI

Der Taoiseach von Irland, ein weltgewandter, freundlicher, gebildeter Aal, den seine Partei (bedauerlicherweise) als den Besten ansah, den sie zu bieten hatte, wenn es darum ging, mit den Briten und ihren europäischen Partnern zu verhandeln, den aber ein großer Teil seiner Landsmänner und -frauen als verräterischen Kollaborateur und arschkriecherischen Speichellecker verachtete (Vorwürfe, die er vehement und selbstgerecht zurückweisen würde), war in ausgelassener Stimmung, als er mit Cowboyhut und -stiefeln den netten Sicherheitsbeamten die Hand schüttelte, die ihm aus der Limousine halfen und sich seines Gepäcks annahmen. Selbst Pat O'Riordan, der störrische Garda-Inspektor, der nie von seiner Seite wich, entspannte sich, als er der herrlichen Umgebung gewahr wurde. Die Mammutbäume, die sich über ihnen fast bis zum Himmel emporreckten, spendeten in der Mittagshitze Nordkaliforniens Schatten.

Gemeinsam mit ihrem Gastgeber, dem amerikanischen Senator aus dem irischen Wahlkreis, begaben sie sich unter die leger gekleideten Reichen und Berühmtheiten und schlenderten unter den mächtigen Bäumen den gewundenen Pfad zum Gemeinschaftskomplex hinauf, vorbei an einer Bar und einem Grillplatz, die dem ruritanischen Jagdgut aus dem Film *Der Gefangene von Zenda* nachempfunden waren, und vorbei an einem riesigen Open-Air-Theater, in dessen Rund Elektriker hin und her hasteten, um eine weitere ausgelassene Fröhlichkeit vorzubereiten, wie die Bohemians ihre Pfadfindershows nannten. Sie bestiegen einen den haineigenen, mit Eulen-Insignien versehenen offenen Geländewagen, die gemächlich auf den unzähligen Pfaden und Wegen hin und her fuhren und Mitglieder und ihre Gäste an ihren jeweiligen Camps aufnahmen und absetzten. Der Waldweg, auf dem der Geländewagen fuhr, führte an kleinen Seen vorbei, in denen Forellen faul die Spätnachmittagssonne genossen. In den Bäumen sangen und trillerten Vögel. Die Besucher konnten hören, daß irgendwo jemand auf einem Klavier spielte, eine Blaskapelle probte und eine Cocktailparty kein Ende finden wollte. Die einflußreichsten Herren, der Verantwortung für das Big Business und der Staatsführung entledigt, benahmen sich wieder wie kleine Jungen, tollten durch den Wald, angelten, tranken, erzählten schmutzige Geschichten und pißten unter freiem Himmel. Und da war immer ein Kellner, der dezent für volle Gläser sorgte und sich ihrer sonstigen Marotten annahm.

Der Premierminister fühlte sich geehrt, an diesem Ort sein zu dürfen, wo er sogar Gast in einem der angesehensten Camps, dem Caveman's, war. Präsident Hoover hatte diesem Camp zu Ruhm verholfen, und der längst diskreditierte, aber immer noch lebende Jammerlappen Nixon und seine alte Garde hatten sich ebenfalls dort aufgehalten.

„Was um alles in der Welt ist denn das, Sir?“ fragte O'Riordan, auf eine hölzerne Statue deutend, die mit einem Talar und einem kleinen quadratischen Hut bekleidet war, und deren Zeigefinger auf den Lippen ruhte. Die Statue stand am Rand des Sees gegenüber dem 'Schrein der Eulen'. Der Premierminister nahm dankbar einen Scotch von einem Mitfahrer entgegen. Dieser, ein millionenschwerer ehemaliger Waffenhändler, dessen Unternehmen die ganze irische Wirtschaft übernehmen könnte, wenn er wollte, trug Bermuda-Shorts und ein grellbuntes Hawaii-Hemd.

„Wenn mich mein Gedächtnis nicht trügt, Seamus“, der große Premier wollte alle, die zuhörten, wissen lassen, daß er bereits schon einmal Teil dieser erlesenen Gesellschaft war, „ist das eine Statue des Schutzheiligen dieses Hains, des Heiligen St. Johannes von Nepomuk, der 1393 auf Befehl des gütigen König

Wenceslaus, ja, des Santa Claus selbst, in der Moldau ertränkt wurde, weil er sich geweigert hatte, die Beichtgeheimnisse der ehebrecherischen Königin zu offenbaren. Schweigsam wie ein Grab war der alte St. Johannes und nicht solche Plaudertasche wie unsere Superverräter heutzutage, die euch die Arbeit erleichtern, Seamus. Hier sind alle Mitglieder zur Geheimhaltung verpflichtet und wir als Gäste ebenfalls."

Der Inspektor hörte aber schon längst nicht mehr zu. Er starrte erstaunt auf eine Prozession von Herren mittleren und älteren Jahrgangs, die in seltsamen Kostümen steckten. Manche waren als Mönche verkleidet, andere als mittelalterliche Fußsoldaten oder als Waldgeister und Elfen, echte und falsche, wieder andere sahen aus wie Robin Hood oder wie Dudelsackmajore in Kilts. Plastikbecher und -speere gen Himmel gereckt, lenkten sie ihre Schritte den Pfad hinunter und sangen in einem ohrenbetäubenden Chor den Campsong: „Bo-hee-mi-a, Bo-he-mi-ahh, dein Heim ist hiiiiier!"

O'Riordan schüttelte den Kopf. Er hatte gedacht, daß ihn nichts mehr überraschen könnte. Erwachsene Männer! Durch seine dreißig Dienstjahre, von denen er fünf als Leibwächter in vielen Ländern verbracht hatte, war seine Meinung im allgemeinen nicht besonders hoch, was Politiker betraf, welcher Partei sie auch immer angehören mochten. Aber so etwas hatte er noch nie erlebt. Erwachsene Männer, die sich wie kleine Kinder aufführten, dachte er kopfschüttelnd. Als er gehört hatte, daß er der einzige Sicherheitsbeamte sein würde, der seinen Boss begleiten durfte, hatte er sich schwer geplustert. Jetzt beneidete er den Rest seiner Kollegen, die anderen Gardai, die sich für die kommenden zwei Tage fünfundsechzig Kilometer südlich in San Francisco selbst überlassen waren. Wie er seine Jungs kannte, würden sie in zwielichtigen irischen Kneipen die Sau rauslassen, und er mußte hier seinen Dienst verrichten, stocknüchtern und umgeben von reichen, betrunkenen Vollidioten. Sein Heuschnupfen begann ihn zu plagen, als der Geländewagen eine Anhöhe erreichte und der Fahrer ausrief „Caveman's nach links", während er auf eine geschmückte Blockhütte deutete, in der sich Lawrence und Conart und Oppenheimer getroffen und die Pläne erstellt hatten, aus denen das Manhattan-Projekt und Amerikas erste Atombombe hervorgegangen waren. Hier hatte Wernher von Braun, der Nazi der NASA, so manchen Sommer verbracht. O'Riordans Blick fiel auf die verbiesterte, fiese, gefährliche Visage eines Mannes, der – offenbar von alte Bekannten umgeben – an einem Mammutholztisch saß. Nein, das konnte doch nicht wahr sein! Doch, es war tatsächlich Tricky Dicky höchstpersönlich, der für ein paar ihm nach wie vor die Stange haltende Speichellecker Hof hielt.

„Willkommen im Hain!“ erschallte es in einem Chor von Stimmen. Das hält doch kein Schwein aus, dachte O'Riordan.

SCHWERER REGEN

El Tacomo ist ein kleiner Flugplatz fünfundsechzig Kilometer nördlich von Sebastopol im Sonoma County. Dort stehen ein paar Schädlingsbekämpfungsflugzeuge und -hubschrauber, aber außer den beiden Hangars, einem schäbigen Büro, das auch schon bessere Zeiten erlebt hat, und dem schlaffen Windsack gibt es dort kaum etwas zu sehen. Der Nachtwächter hieß Ed Douglas. Der Job brachte ihm nicht sehr viel Geld ein, aber er gab auch freimütig zu, daß er sich kein Bein ausriß. Tagsüber zapfte er ein bißchen Benzin und erledigte ein paar Reparaturarbeiten, und nachts schlief er auf einem Feldbett in dem kleinen Büro. Er verfügte über ein tragbares Fernsehgerät und vertrieb sich seine Zeit mit Fortbildungskursen. Manchmal kam eines der Mädchen aus Monte Rio herüber und blies ihm einen, wenn keine Fremden in der Stadt oder im Bohemian Camp waren. Normalerweise aber war es ein einsames Leben.

Ed, ein gedrungener, fetter Mann in den frühen Fünfzigern, mit feuchten Händen und einem gierigen Grinsen, war glücklich damit. Einige mochten vermuten, daß für ihn der Käse gegessen war, aber Ed wußte es besser. Bald würde er sein Lebensziel erreicht haben und Fernsehevangelist sein.

Es war 19 Uhr. Er verriegelte das Haupttor. Es waren weder Flugzeuge von hier gestartet, noch wurden welche erwartet. Ed hatte sich in die letzte Lektion vertieft, die gerade aus der Oral Swaggart Fernuniversität eingetroffen war. Das ist ja ein Mordsding, dachte er, während er das grelle Cover betrachtete. „Wie man dicke Kohle mit Teufelsaustreibung macht.“ Eine Autohupe unterbrach seine Lektüre. Die Abenddämmerung war angebrochen, und er knipste die Lampe an und äugte durch das schmutzige Fenster in das Zwielicht hinaus. Am mit Vorhängeschlössern gesicherten Haupttor konnte er einen ziemlich abgewrackten Lastwagen erkennen. Er legte sein Übungsbuch beiseite, öffnete die Tür und ging seelenruhig den staubigen Pfad hinunter.

„Tut mir leid, Leute, alles schon geschlossen. Kommt morgen wieder.“

„Das denkst auch nur du“, sagte Philomena Clarke alias Debbie Duncan und richtete die Uzi auf ihn. „Los, mach das Tor auf!“

Sie brauchten kaum zehn Minuten, um den verdutzten Möchtegernprediger zu fesseln, die Telefonleitung zu kappen und die beiden großen Fässer vom Laster in den sechssitzigen Bell Jet Ranger 206 Helikopter zu verfrachten. In wenigen Minuten hatte Gallagher die Zünder angebracht. Seine langjährige Ausbildung bei den Luftlandetruppen in Fort Benning war keine vergeudete Zeit gewesen. Der Helikopter erhob sich in die Lüfte und verschwand über den Bäumen. Gallagher betätigte die Seitenruderpedale zu wild, und der Helikopter schlingerte und trudelte.

„Laß doch die Scheiße“, schrie Jackson, der sich an dem Auslösermechanismus für die Fässer zu schaffen machte. Gallagher lachte.

„Nur keine Angst, Kids, ’s ist bloß das alte Hue-Syndrom.“

Phil klammerte sich an den Gurten fest, die am Bolzenring der offenen Tür befestigt waren. „Manchmal muß ich mich doch über dich wundern, Gallagher“, stieß sie zwischen ihren zusammengepreßten Zähnen hervor.

Der Mond ging auf, sich seiner selbst nunmehr ganz gewiß, und der Wind jammerte in den Bäumen. Mit siebzig Knoten Geschwindigkeit flog der Helikopter dicht über den Mammutbäumen Richtung Russian River.

*

Taylor schaute auf die Uhr. Zwanzig Uhr. Die Sorgenbeerdigungszeremonie sollte beginnen. Er schaltete sein Walkie-Talkie ein und rief Rodgers, der am achthundert Meter entfernten Haupteingang postiert war. „Ist irgend etwas los?“

„Negativ. Vierzig Mann patroullieren an der Umzäunung. Auf den beiden einzigen Zufahrtsstraßen werden Kontrollen durchgeführt. Auf dem Gelände befinden sich weitere zwanzig Mann. Das Verpflegungspersonal ist durch unsere Leute ersetzt worden. Wirklich, Sir, es ist alles unter Kontrolle.“

„Alles in Ordnung“, brummte sich Taylor in den Bart. Taylor hatte immer recht. Hatte er nicht alles persönlich beaufsichtigt? Seit zwei Wochen traf er nun alle notwendigen Sicherheitsvorkehrungen und stritt sich mit den reichen und arroganten Schnöseln, nachdem er vergeblich versucht hatte, den Bohemian Club zu überreden, die vierzehn Tage dauernde Party abzusagen. Sicher, einige klügere Mitglieder des Clubs hatten plötzlich dringende anderweitige Geschäfte zu erledigen und konnten leider an diesem Jamboree nicht teilnehmen. Einigen war das abscheuliche Bilderberg-Verbrechen noch in frischer Erinnerung, aber die Mehrheit dachte überhaupt nicht daran, sich etwas von Terroristen, und schon gar nicht von der Regierung diktieren zu lassen.

Taylor war allerdings davon überzeugt, daß Clarkes und Gallaghers nächstes Attentat dem Bohemian Hain gelte, wenn sie noch in Kalifornien waren. Die diesjährige Anwesenheit des irischen Premiers garantierte seinem Gefühl nach hierfür. Was konnten aber schließlich zwei schlecht ausgerüstete und steckbrieflich Gesuchte schon anrichten? Der Tod ihres Bandenchefs Moss Tierney hatte die Gruppe ihres Kopfes beraubt. Rodgers hatte ausnahmsweise einmal recht. Vermutlich waren sie längst in Kanada. Aber irgendetwas ließ ihm dennoch keine Ruhe. Man kennt das. Es juckt einen zwischen den Schulterblättern, und man kann sich da nicht kratzen. Irgendetwas aus dem Bericht über Gallagher beunruhigte ihn. Etwas über Vietnam.

Das Knattern der Hubschrauberrotoren fiel aus einiger Entfernung in die Stille ein, und ihm wurde eiskalt. Der Schweinehund war Jagdfalke gewesen! Pilot in Hue! Er fluchte vor sich hin, entriß einem verblüfften Agenten die Heckler & Koch und stürmte Richtung See. Die Zeremonie hatte soeben angefangen. Aus dem Schatten einer der Hügel drang ein Klagelied. Männer in knallroten Überwürfen und roten wallenden Roben tauchten auf. Einige machten Musik, andere trugen lodernde Fackeln. Mit einem Sarg, der die dummen Sorgen symbolisierte, paradierten sie vom Kasino zum See. Beobachter verfolgten das Geschehen von der auf der anderen Seite des Sees gelegenen Wiese aus. Es waren noch fünfundsiebzig Meter bis zum zehn Meter hohen Altar, der die Form einer riesigen Eule hatte und auf dessen Zementschale Moos wuchs. Ein Totenlicht stand vor seinem Sockel. Waldnymphen und -geister lauerten im Dickicht – zumindest laut der Folklore des Bohemian Clubs. Vielleicht waren die Tuatha ja auch darunter.

„Vertraut Eure Sorgen den Flammen an und verliert nicht den Glauben an die heiligen Bäume“, intonierte der Hohepriester, der fünfzig Wochen im Jahr den Präsidenten von Amerikas viertgrößter Bank mimte. „Webende Spinnen kommen hierher nicht.“

„Meine Fresse, hör auf!“ murmelte Pat O'Riordan vor sich hin, als er hinter dem irischen Premier stand, der wiederum an der Seite Richard Nixons Platz gefunden hatte. Beide waren von der

Zeremonie ergriffen. „Die sollten sich mal ein bißchen am Riemen reißen.“ Der siebenunddreißigste Präsident der USA furzte. Der Premier wurde leichenblaß. Wenn die Prostata hin ist, ist offenbar alles zu spät, grübelte er.

Die Rotorengeräusche lockten die Agenten aus den Büschen. Das Überfliegen der exklusiven Rückzugsstätte war verboten. Es gab keinen Hubschrauberlandeplatz, nicht einmal für den Präsidenten der Vereinigten Staaten, selbst wenn er es gewollte hätte. Einige Mitglieder sahen in dem Hubschrauberlärm, der bereits den Grabgesang übertönte, eine Profanisierung der semi-religiösen Zeremonie. Den Sicherheitsbeamten signalisierte er höchste Alarmstufe.

Gallagher folgte in zwanzig Meter Höhe dem Verlauf des Russian River. Vor ihm, zu seiner Rechten, konnte er die Lichter sehen. In Schräglage checkte Jackson die Auslöserstrippen und brachte den letzten Zünder an.

Unten leierte der für das Geschehen um ihn herum blinde Hohepriester weiter: „Großartige Natur, an deren Busen man sich ausweinen kann, die Zuflucht für schwere Herzen ist. Unser Scheiterhaufen erwartet die Sorgenlast“, rief er, als ein Horn ertönte, um die Ankunft der mit den Sorgen beladenen Fähre zu verkünden, und die Pseudogondoliere eine Barkarole anzustimmen versuchten. „Bringt das Feuer!“ kommandierte der Hohepriester, und achtzehn Fackelträger schritten nach vorne.

Das erste Faß wurde aus fünfzehn Meter Höhe abgeworfen und explodierte beim Aufschlag. Das klebrige Petroleum wurde in die Menge der berobten Akolythen gespritzt. Taylor kam aus den Büschen hervorgeschossen, gefolgt von drei mit ihren Gewehren fuchtelnden Agenten. Taylor feuerte eine Salve auf den Helikopter ab, der in Schräglage nach links abdrehte. Jackson, der gerade das Faß abgeworfen hatte, taumelte hintüber, als Kugeln ihm die Schulter bis auf die Knochen zerfetzten. Während Gallagher wild am Steuerknüppel hantierte und eine Sturzspirale flog, feuerte Phil in das Inferno unter ihnen und erwischte zwei Sicherheitsbeamte und einen Gebrauchtwagenhändler, der tollkühnerweise seinem vorsichtigeren Schwager Ed Meese die Einladung abgekauft hatte.

Als die Flammen aus den Bäumen loderten, die Kugeln aus den Gewehren der FBI-Agenten in den trudelnden Helikopter einschlugen und ältliche, schlaffe Geldhaie und Politiker, von denen viele Togen trugen, sich lichterloh brennend panisch in den nahegelegenen See stürzten, fiel Jackson rückwärts auf das zweite Faß, beschädigte die Kabel und ließ weitere fünfundfünfzig Gallonen Napalm in die Feuersbrunst hinunterrauschen. Er faßte sich an die Schulter und sackte weg. Die in ihre Sicherheitsgurte gezwängte Phil versuchte, seine ausgestreckte Hand zu fassen, kam aber nicht ganz heran.

Der Helikopter trudelte immer noch, und Gallagher bemühte sich verzweifelt, die Kontrolle wiederzuerlangen, da fiel Jackson hinaus und dem Faß hinterher. Er schaffte es weder, sich wie Slim Pickens in *Dr. Seltsam* auf das Faß zu schwingen, noch hatte er einen großen Stetson-Cowboyhut zum Winken, aber Phil konnte schwören, daß sie ihn hatte lachen hören, als er in den Holocaust abgestürzt war.

Das zweite Faß schlug auf, und die Explosion war noch verheerender als die erste. Brennende Leiber wurden in den Bohemian See geschleudert, darunter Richard Milhous Nixon. Nachdem das Feuer schließlich gelöscht war, wurde in der kalten, grauen Abenddämmerung seine verkohlte Leiche gefunden, die mit dem Gesicht nach unten, knorrigem Treibholz gleich, im See schwamm. Daneben trieb der frühere Premierminister Irlands.

Der Helikopter spuckte schwarzen Rauch aus, während Taylor, O'Riordan und ausgesuchte FBI-Agenten ihm in die Dunkelheit hinterherschossen. Der 206 streifte auf seinem Flug beinahe die Bäume auf der anderen Seite des Sees und schwankte wie ein verwundetes Ungeheuer mit bansheeähnlichem Geheul in die Nacht hinaus.

Im Hain folgte die zehn Meter hohe Eule den eingeäscherten Sorgen und kippte kopfüber auf den symbolischen Scheiterhaufen. Das Totenlicht wurde im Gerangel der Club-Mitglieder zerstört, weil jeder der Herren sich als erster in die relative Sicherheit des Sees bringen wollte. Webende Spinnen spannen ihre Netze, aber es waren wenigstens die Sorgen vertrieben worden. Keiner der Überlebenden würde jemals diesen außergewöhnlichen Abend mittsommerlichen Irrsinns vergessen.

„Wir schmieren ab", rief Gallagher. Der Wald weckte in ihm Bilder aus Vietnam. Noch immer pfiffen Kugeln durch den Nachthimmel, dessen Dunkel so brutal erhellt worden war, durch einen Ersatz für das Produkt der Herren von Dow Chemicals, den stolzen Erfindern des Napalms, von denen sich einige da unten im 'danse macabre' krümmten.

Der außer Kontrolle geratene Helikopter taumelte dicht über den rauschenden Mammutbäumen. Gallagher sah das Schimmern des Russian River wie eine silberne Klinge zwischen den Bäumen und versuchte es mit einer Wasserlandung.

„Ich hab's geschafft, Ma, jetzt bin ich ganz oben!" schrie er – war nicht Jimmy Cagney ein Kelte – und machte mit der Bell eine Bruchlandung.

*

„Massaker im Bohemian Hain", schrien am nächsten Tag die Schlagzeilen. Die scheußliche Geschichte war einer schwarz umrahmten Spalte auf der Titelseite zu entnehmen.

Unter den siebzehn Toten und vierzig Verletzten befanden sich:

10 Angehörige der Hautevolée San Franciscos
9 prominente Bankiers/Geldhaie
8 Sicherheitsbeamte
7 Politiker
6 käufliche Bürgermeister
5 Militärs im Ruhestand
4 hochrangige CIA-Agenten
3 Vorstandsmitglieder von Dow Chemicals
2 ausländische Diplomaten
1 früherer Präsident der Vereinigten Staaten
1 irischer Premierminister
1 noch nicht identifizierter Terrorist, den Augenzeugen aus dem angreifenden Hubschrauber hatten fallen sehen.

„Und ein Rebhuhn im Birnbaum", murmelte Harry Thornton und las weiter.

Im Morgengrauen hatten FBI-Agenten das Wrack des Hubschraubers im Russian River entdeckt. Es war von Einschußlöchern übersät und voller Blut, aber es fanden sich keine Leichen an Bord. Eine flußabwärts durchgeführte Suchaktion war erfolglos verlaufen. (Das FBI war nicht in der Lage, die verkohlte Leiche des dritten Terroristen zu identifizieren. Es gab keine Fingerabdrücke und Jacksons zahnärztliche Unterlagen waren in den Vereinigten Staaten nie in die Akten gelangt. Es würde Taylors Nemesis, Harry Thornton, vorbehalten bleiben, aufgrund von ihm zugespielten Informationen schließlich Jim Jackson zu belasten, der Kamikaze der Hasen gewesen zu sein.)

Die ganze Nation trauerte über den Verlust dieser großen Männer. Thornton saß an seiner Schreibmaschine. Ihm fiel ein Zitat Hermann Melvilles ein. „Selbst die Wahrheit vergeht, und siehe, aus der Wahrheit trauriger Asche erwachsen Pein und Lüge." Wie wahr, wie wahr, dachte er.

Am nächsten Tag erhielt Harry Thornton ein Kommuniqué

in Form einer aus der Bibel gerissenen Seite. Der Text entstammte dem Brief des Jakobus und lautete:

„Ihr aber, ihr Reichen, weint nur und klagt über das Elend, das euch treffen wird. Euer Reichtum verfault, und eure Kleider werden von Motten zerfressen. Euer Gold und Silber verrostet, ihr Rost wird als Zeuge gegen euch auftreten und euer Fleisch verzehren wie Feuer. Noch in den letzten Tagen sammelt ihr Schätze."

Die Unterschrift unter der Erklärung, die am Tag zuvor in Sebastopol aufgegeben worden war, lautete: „Die Hasen des Hundes."

DIE HOFFNUNG AUF DIE AUFERSTEHUNG

Die Stadt Whittier erstreckt sich über den dem Wind zugekehrten Hang des Puente-Vorgebirges. Sie liegt fünfundzwanzig Kilometer östlich von Los Angeles und dreißig Kilometer von den San Gabriel-Bergen entfernt. Ihre Berühmtheit erlangte die 1898 von Quäkern gegründete und nach John Greenleaf Whittier, einem abgeschmackten, unbedeutenden Dichter, benannte Stadt trotz der intensiven wirtschaftlichen Aktivitäten der um das Wohl der Stadt besorgten Handelskammer wesentlich durch den angeblich größten Friedhof der Welt, den Rose Hills Memorial Park. Hinzu kam, daß der 37. Präsident der Vereinigten Staaten, Richard Milhous Nixon, hier aufgewachsen war und das Whittier College absolviert hatte.

Als er noch kein Krimineller war, verrichtete der Mann auf seine merkwürdige Art einst die Andacht in der East-Whittier-Friends-Kirche in der Nähe der Russel Street, aber in den letzten zwanzig Jahren hatte man ihn kaum in der Stadt gesehen, da er sich in einer New Yorker Penthouse-Wohnung versteckt gehalten, seine paranoiden Phantasien ausgelebt, Tonbänder verbrannt und sich bei Freund und Feind gleichermaßen entschuldigt hatte.

Zu guter Letzt kehrte nun also der Sohn ehrbarer, rechtschaffener Quäker heim, heim auf den Rosenhügel, wo auch seine liebe Mutter in Frieden ruhte. Von ihm ruhte allerdings nicht sehr viel in der verzierten, teuren und vulgären Kiste, die in der 'Gedächtniskapelle der Ruhe' aufgebahrt war. Das Napalm hatte seine fleischige Haut verbrannt und verkohlt, so wie es viele Jahre lang zahllose Vietnamesen verstümmelt und entstellt hatte.

Die Prozession, die sich von der Kapelle, deren drei hohe Türme sich in dem kristallklaren, weil mit Chemikalien versetzten

Wasser eines Betonbeckens spiegelten, den Hügel hinunterwand, war auch keine besonders große. Wie schnell man doch vergißt! Neben dem engsten Familienkreis und ein paar schleimigen Bebe-Rebozo-Gestalten bestand die Trauergemeinde wesentlich aus Geheimdienstlern, die in ihren Schwarzkitteln schwitzten. Der Leichenzug passierte die Gärten der Weihe, des Gedenkens, des Trostes, des Erbarmens und die Wiesen der Erle, der Ringelblume, der Lupine und der Nelke, erreichte den an den Garten der Stille grenzenden Garten der Heiterkeit und schließlich den etwas kleineren und umso angemesseneren Garten der Wahrheit, wo das, was von Tricky Dicky verblieben war, zur Ruhe gebettet werden sollte. Er war nicht länger der Prügelknabe dieser schrecklich unbarmherzigen Welt.

*

Gerry der Vogel, der alte Irredentist, war müde. Redlich müde, wie er meinte, hatte er doch die ganze letzte Nacht geschuftet. Die Nacht war aber nicht nur lang gewesen, sondern der Geruch des Paxo, dieses alten irischen, von Jim Donovan – Gott sei seiner Seele gnädig – für die Bombenkampagne in England erfundenen Wundermittels, hatte in ihm freudige Erinnerungen geweckt. Paxo, das aus dem Salz der Erde zusammengemischt wurde, aus den Nitraten, die man heutzutage bequemerweise in jedem Gartenbedarfsgeschäft kaufen konnte. Aah! Paxo! dachte der Vogel, als er hoch oben auf dem Lullerrasen in der Sonne saß und fröhlich ein altes Liedchen aus Lurgan vor sich hin trällerte: „Ich möcht gern wissen, ob sie es merken, Sir, Kunstdünger – und am Morgen bin ich schon auf dem Weg in mein teures Derry." Er blickte auf die Prozession herab, die gerade im Garten der Wahrheit geendet hatte. Der Geistliche hielt die letzte Rede auf einen in Ungnade gefallenen Führer, „in der gewissen und sicheren Hoffnung auf die Auferstehung." Von seinem Horst auf dem Hügel konnte der Vogel beobachten, wie der Sarg herabgelassen wurde; er konnte die dumpfe Explosion hören, als dieser die mit dem Paxo verkabelte Zündvorrichtung berührte, die er in der Nacht zuvor zweieinhalb Zentimeter unter der Erde des frisch ausgehobenen Grabes plaziert hatte. Sein Haupttribünenplatz ermöglichte ihm ein hautnahes Miterleben der Auferstehung des trickreichen Dicky. Der Sarg schoß wie ein Schachtelmännchen in die Höhe, überschlug sich, krachte zu Boden und fiel auf ein ebenso bestürztes wie überraschtes Fernsehteam des privaten KPIX-Senders.

„Diese Verbrecher tauchen aber auch immer wieder auf", gluckste der Vogel, wischte die Grasflecken vom Hosenboden seiner alten Moleskinbuxe und schlenderte in Richtung Workman Mill Street, wo der geduldige und zuverlässige Frankie wartete. Kurz darauf rasten sie auf dem Highwag 605 nordwärts.

WER WILL SCHON VOR DIE HUNDE GEHEN?

Der Wärter linste zum letzten Mal durch den Spion. Seine Schicht näherte sich dem Ende. O'Brien, der Hund, lag in eine schäbige Decke gehüllt, zusammengerollt wie ein Embryo, auf seinem Holzrost. Er schien wie in einem unruhigen Schlaf zu wimmern. Der Wärter grinste. Er war gerade erst von den Scrubs nach Brixton versetzt worden. Er konnte nicht verstehen, warum um diese irischen Gefangenen so viel Aufhebens gemacht wurde. Hochsicherheit! Scheiß doch drauf, sie sind doch bloß tumbe Micks. Regelmäßig eins auf die Fresse, und wenn sie Anstalten machen sich zu wehren, dem Direktor melden und sie in den Bunker stecken. Wenn ich mir bloß dieses Wrack angucke. Was immer er gewesen sein mag, nach dem, was sie mit ihm gemacht haben, kann man ihn doch abhaken. Staatsfeind Nummer 1. Daß ich nicht lache!

Der Hund! Gleicht eher einem räudigen Köter, dachte er, als er durch den Spion verächtlich auf ihn spuckte und seinen Patrouillengang Richtung Kontrollraum fortsetzte, wo er sich schnell über den konfiszierten Pornoheftchen einen runterzuholen gedachte. Die Schicht war fast vorüber, und er konnte sich danach zu einigen seiner Schließerkollegen im Hinterzimmer des *Lamb and Flag* gesellen und sich von seiner Sonderzulage ein paar Pints genehmigen. Geld fürs Einmachen, wirklich, amüsierte er sich. Wenn die Scheiß-IRA nicht existieren würde, müßten wir sie ins Leben rufen, damit ein paar Leute wie ich einen sauberen Job bekämen, bei dem man so viele Überstunden schrubben konnte, wie man wollte. Er setzte den Kessel für eine letzte Tasse Tee auf, starrte aus dem vergitterten Fenster auf den frühmorgendlichen Nebel, dessen Schwaden im Hof hingen, und blätterte ein altes *Penthouse*-Heft durch, um das Klappbild von Lesben in Leder zu finden, die lüstern auf halbnackte Models in Gefangenenpose schielten, deren flaumhaarige Gliedmaßen durch festgezurrte Fesseln fixiert waren.

Leck mich, dachte er, gegen so ein paar Ladies hätte ich in unserem Loch hier nichts einzuwenden. Stattdessen müssen wir auf diese verrückten irischen Dreckskerle aufpassen. Er starrte auf die Titten des Models, die aus der knappsitzenden Uniform heraussprangen. Seine Hand wanderte an den Schritt, und der Kessel fing zu kochen an. Ihm entging das Wap Wap Wap der Rotoren, das sich im Nebel näherte.

Am Ende des Zellenflurs jedoch hörte der Hund in seiner berstenden Enge das Geräusch, schwang sich von seiner Holzpritsche und klammerte sich an das Gitter seines Zellenfensters. Nur die Ruhe, Jungs, ganz ruhig, murmelte er.

Der Hubschrauber zerschnitt den Morgennebel wie ein riesiger grauer Greifvogel und schoß im Tiefflug über die Gefängnismauer. Die Fingerknöchel des Piloten waren weiß, da er krampfhaft den Steuerknüppel umklammerte, um den Hughes 500 in eine Schwebeposition sechs Meter über und sechs Meter vor dem Zellenfenster zu manövrieren, das durch einen abgerissenen, am Gitter verknoteten Deckenfetzen markiert war. Er konnte die Walther P. 38 spüren, die sich früher im Besitz eines mittlerweile verstorbenen Polizisten der Royal Ulster Constabulary befunden hatte und jetzt vom alten Spotter Murphy leicht gegen sein Ohr gedrückt wurde.

„Vorsichtig und langsam jetzt, du Schuft", befahl eine Stimme in unverkennbarem Derry Slang hinter ihm. Aus dem Augenwinkel konnte er den anderen Hijacker sehen, der sich mit einem Enterhaken zu schaffen machte.

„Das klappt doch nie", winselte er angsterfüllt.

„Kümmer du dich um deinen Schwebeflug und überlaß den Rest uns", befahl die Stimme. Der Lauf der Knarre berührte wieder sein Ohr, und der Pilot bemühte sich, die Geschwindigkeit des Hubschraubers zu drosseln. Die Hand des Hundes tauchte geisterhaft auf und winkte durch das Gitter. Ein Hijacker warf den Enterhaken, aber viel zu hoch und zu weit links, so daß er von der Mauer zurückklirrte. Der Hijacker wickelte schnell das Seil auf und warf erneut. Dieses Mal konnte der Hund danach grapschen. Der Haken schaukelte hin und her und saß dann. Der Hund befestigte ihn richtig am Gitter, zog fest am Seil und spang zurück auf den Zellenboden.

„Los gehts!" Ronnie Fairchild, ehemals Pilot bei der Luftwaffe Ihrer Majestät und jetzt Angestellter bei Rent-a-Copter, schwitzte vor Angst, riß den Steuerknüppel zurück, und der Helikopter erhob sich in die Lüfte und riß das Gitter samt Mauerwerk heraus.

„Los, wieder runter!" Der Hijacker schleuderte das Netz Richtung Mauerloch. Als der Hund sich in die Maschen des

Netzes stürzte und sich festkrallte, während er in den Hubschrauber gezogen wurde, ertönte irgendwo im Nebel eine Alarmglocke. Während der Hubschrauber über der Mauer verschwand, die Nebelschleier sich über dem verschlafenen Brixton lüfteten und ein Dutzend Wärter in Panik in den Gefängnishof rannten, hilflos mit ihren Schlagstöcken fuchtelten und nach jemandem riefen, das verdammte Tor zu schließen, während aus den anderen Zellen des C-Flügels der Jubelschrei „Einer getürmt, einer getürmt" erschallte und die Sirenen vergebens heulten, blickte Liam Delaney auf Brian Arthur O'Brien, der keuchend auf dem Boden des Hubschraubers lag.

„Bist du okay, Alter?"

Der Hund blickte auf. „Warum verdammt nochmal habt ihr so lange gebraucht?" Er grinste. „Alles klar, mein Sohn. Ich bin okay. Bringt mich endlich nach Hause."

Von irgendwo hoch oben über dem Morgennebel, der die Themse einhüllte, schauten die Tuatha De Dannan herab. Ein unheimlicher, schriller Ruf durchdrang den Himmel. „Lamh laidir an uachdar." Der Schlachtruf des O'Brien-Clans. Wäre Jimmy Phelan dagewesen, hätte er ihn folgendermaßen übersetzt: „Die starke Hand gewinnt." In der Zelle C3-45 las ein Wärter derweil das Gekritzel auf der Wand direkt neben dem klaffenden Loch. Da stand einfach: „Wer will schon vor die Hunde gehen?"

*

Bald darauf wurde Fats Dolan der Teufel an die Wand gemalt. Eines Abends im August sprayte irgendjemand aus der irischen Community „Vorsicht Spitzel!" auf die Außenwand des *Molly Maguires.* Am nächsten Tag überstrich der verärgerte Fats diese Schmiererei und gab den wenigen Gästen, die das Warngrafitto ignoriert und die Kneipe dennoch betreten hatten, einen aus. Am nächsten Abend wurde in der Gasse hinter dem *Mollies* dem Fetten von einem Unbekannten, der allerdings eine von der San Franciscoer Polizei ausgegebene 38er benutzte, der Kopf weggeblasen. Der Täter, der dieses abscheuliche, heimtückische Verbrechen begangen hatte, konnte bis zum heutigen Tag noch nicht gefaßt werden.

Harold Taylor hatte sich nur kurz als der Mann feiern lassen können, der den irischen Terroristen auf die Spur gekommen war. Das Massaker im Bohemian Hain hatte ihn natürlich eines Besseren belehrt. Die Galle schwoll ihm jedoch noch mehr, als Harry Thornton, der mittlerweile beim *San Francisco Examiner* angestellt war, seinen Schnellschußpaperbackbestseller über die Hasen des Hundes veröffentlichte und enthüllte, daß Moss Tierney nicht etwa der strategische Planer der Kampagne, sondern ein bezahlter britischer Agent gewesen war, ein Faktum, das er von Chris Connolly und Master McGrath alias Eamonn Mulhern erfahren hatte. An dem Tag, als Taylor seinen Schreibtisch räumte und in den vorzeitigen Ruhestand trat, erhielt er einen Brief, der eine aus der Paperbackausgabe von Zolas *Germinal* herausgerissene Seite enthielt. Der Absatz war rot markiert:

„Nachdem Souveraine die Mine gesprengt hatte, warf er seine letzte Zigarette weg, und ohne auch nur noch einen Blick zurückzutun, entfernte er sich in das hereingebrochene Nachtdunkel hinein. Sein Schatten wurde immer kleiner, verschwand in der Finsternis. Dorthin ging er ins Unbekannte hinein, mit ruhiger Miene weiterem Vernichtungswerk entgegen; überallhin, wo es Dynamit geben würde, um Städte und Menschen in die Luft zu sprengen. Wenn das sterbende Bürgertum unter jedem seiner Schritte das Pflaster seiner Straßen wanken fühlte, dann wird es ihn erkennen."

Ein weiteres Stück Papier war mit einem Daumenabdruck versehen. Das FBI fand rasch heraus, daß er einem Michael Dexter Gallagher gehörte. Der Brief war in Mexico City abgestempelt worden. Mexico City hat ungefähr 14 Millionen Einwohner, und just in diesem Moment werden es wieder mehr.

Jimmy Phelan lebt immer noch in San Francisco und schnorrt sich durch so manche irische Kneipe.

Chris Connolly ist Geschäftsmann im Ruhestand und lebt in Los Angeles. Die Tuatha De Dannan stehen immer noch seitwärts zur Sonne. Die gegenwärtigen Aufenthaltsorte des Hundes, von Liam Delaney, Spotter Murphy, Philomena Clarke, Gerry dem Vogel und Martha Dooley sind dem Autor unbekannt. Außerdem sagt Specs Simmons: „Lockeres Geplaudere kostet Leben."

Richard Nixon soll sich im siebten Ring der Hölle befinden. In Irland wurde ein neuer Premierminister gewählt. Niemand konnte irgendeinen Unterschied feststellen. Jack Conlon ist nicht mehr Stabschef der IRA. Er wurde von den Belfaster Falken seines Postens enthoben. Die Friedensgespräche hörten abrupt auf.

Gestern hat die Royal Ulster Constabulary in Belfast erneut einen Trauerzug angegriffen. In South Armagh explodierte eine Bombe. Der Krieg in Irland geht weiter.

EPILOG

Uns winkt Freude, die Saga ende ehrenvoll;
Jetzt stechen wir in See und sagen Lebewohl.
Gehißt das Segel, das im Winde knarrt!
Mit frohem Mut beginnen wir die Fahrt,
Die schicksalhafte. Wir wissen nicht wohin,
Und welcher Himmelsstern wird uns begleiten
Der Kurs ist ungewiß, verwirrt der Sinn.
Ermüden wir, bevor wir auf den Wellen reiten,
Vor ihrem Tosen sichre Zuflucht finden?
Oh, seid uns hold, ihr rauhen Schicksalswinde,
Denn unsre Fahrt ist Irlands ganze Habe,
Sein Hoffen weht am Mast. Es dämmert schon,
Und wir sind froh. Oh, hilf uns, Manannaun!

James Stephens 1881–1950

> „Wir sind nicht geneigt zu entscheiden, ob der Nationalismus als Prozeß ein Fluch oder ein Segen ist. Wir haben die Geschichte zur Genüge studiert, um bei der moralischen Beurteilung großer und langdauernder Prozesse Vorsicht und Zurückhaltung üben zu können."
>
> Carlton H. J. Hays

Für den keltischen Mystiker besteht das Universum aus zwei sich gegenseitig durchdringenden Welten: der sichtbaren und der Anderswelt. Die Anderswelt wird von vielen Wesen bewohnt, deren höchste die Tuatha De Dannan sind, die den Göttern der Griechen und der Hindus entsprechen.

Der Kelte neigte wie die alten griechischen Denker im Gegensatz zu vielen modernen Wissenschaftlern immer dazu, einer Erklärung für die Phänomene der Evolution des Lebens dadurch näher zu kommen, daß er postulierte, eine reine Idee bilde den ursächlichen Hintergrund der phänomenalen Welt der Wirkungen.

Der Kelte glaubt, daß die materielle Substanz, die den menschlichen Körper konstituiert, lediglich ein Mittel ist, Leben auszudrücken, und dieser als Leiter einer unbekannten Kraft dient, die über einen eigenen Willen und individuelles Bewußtsein verfügt. Und schließlich werden die Atome, aus dem sich der Körper in der Kindheit bildete, lange bevor das Kind erwachsen ist, durch neue ersetzt, aber dennoch erinnert sich die unsichtbare Kraft an das, was sie in den kindlichen Wesen tat. Dies weist darauf hin, daß Erinnerung oder Bewußtsein als ein psychischer Prozeß weder notwendigerweise von einem materiell existierenden Gehirn noch von stetigem Wandel unterliegenden Denkmustern abhängig ist. Es erlaubt uns, zumindest die Behauptung aufzustellen, daß es ein psychisches Erinnerungsvermögen jenseits physischer Sinnes- und Bewußtseinstätigkeit gibt. Die Kelten sehen im Ego ein permanentes Prinzip. Und Norman Spinrad führt aus: „Dem Superego mögen die anmaßenden Ambitionen eines Faust nicht passen, das Ego aber sieht in ihm einen Helden."

Die esoterische Wiedergeburtsdoktrin der Kelten geht nicht von persönlicher Unsterblichkeit aus, sondern von einer umfassenden Unsterblichkeit, der Unsterblichkeit jener unbekannten Kraft, die jede vergängliche Persönlichkeit zu einer

Einheit werden läßt. Diese Persönlichkeit ist laut William James nur eine vorübergehende und partielle und Teil eines großen Ganzen, in das sie durch den Tod resorbiert wird.

James glaubte auch an „eine Form übermenschlichen Lebens, und es kann sein, daß unser Bewußtsein mit diesem korrespondiert, ohne daß wir es wissen." James könnte wohl recht gehabt haben.

Eine logische Folge aus der Wiedergeburtslehre und integraler Teil der keltischen Evolutionstheorie ist es, daß es Menschengattungen wie die gegenwärtige gegeben hat, deren Evolution sich vor äonenlanger Zeit von der Ebene bewußter Existenz zur Ebene des Existenzbewußtseins vollzogen hat. Hierfür sind die Tuatha De Dannan ein Beispiel.

Und, ob Du es glaubst oder nicht, die Tuatha De Dannan, jene, die sich seitlich zur Sonne gedreht haben, existieren noch immer. Lauern. Beobachten und schauen. Denn, denke daran, Realität ist das, was nicht verschwindet, wenn Du aufhörst, daran zu glauben. Die Kelten haben darüberhinaus eine heimliche Vorliebe für das Chaos. Es sollte einfach mehr Chaos geben. Glaube ja nicht, daß Ordnung und Stabilität immer gut sind – sie sind es weder in der Gesellschaft noch im Universum. Das Alte und Verknöcherte muß verschwinden. Das mag schmerzhaft sein, aber so ist es nun einmal im Leben.

Den Vorsokratikern nach ist die Realität ein Paradoxon. Parmenides lehrte, daß die einzig realen Dinge die sind, die sich niemals ändern, während Heraklit behauptete, alles ändere sich. Wenn beide recht haben, gibt es nichts Reales. Und hat nicht Immanuel Kant nachgewiesen, daß „Raum und Zeit lediglich Wahrnehmungsformen" sind? Oder, wie W. S. Gilbert es formulierte: „Dinge sind selten das, was sie scheinen/ Milchrahm ist Sahne, sollen wir meinen."

Idios Kosmos = persönliche Realität. Koinos Kosmos = objektive, geteilte Realität. Wir brauchen aber Idios Kosmos, um klar im Kopf zu bleiben. Vielleicht, es kann ja sein, liegt auch der verstorbene große Philip K. Dick richtig: „Alle Systeme, theoretische, verbale, symbolische, semantische Formeln, die versuchen, sich als allumfassende, alles erklärende Hypothese auszugeben, was es mit dem Universum auf sich hat, sind Ausdruck von Paranoia. Wir sollten uns mit dem Mysteriösen, dem Bedeutungslosen, dem Widersprüchlichen und Gegensätzlichen begnügen."

Den Kelten ist dies seit Jahrtausenden bekannt, ihren Eroberern hingegen nicht. Daher mußten die Kelten unter den

Folgen britischer Unwissenheit und unter britischem Rassismus leiden. Schon Stuart Piggott hat in seinem Buch über die Druiden geschrieben: „Anzunehmen, die Briten könnten nachvollziehen, was in den keltischen Köpfen vor sich geht, ihre Psychologie und ihre Gefühle teilen, ist reine Zeitverschwendung."

Ein Kelte aus meinem Bekanntenkreis drückte es kurz und bündig so aus: „Was kann man von einem Schwein anderes erwarten als ein Grunzen?"

Der Autor wurde schon häufiger bezichtigt, bösartige antibritische Gefühle zu hegen. Vielleicht ist dem ja so. Ein Apologet des britischen Empire, in dem niemals die Sonne unterging und das Blut niemals trocknete, ist er mit Sicherheit nicht. Selbst die britische Flagge, der Union Jack (oder die 'Schlächterschürze') stellt eine dreifache Kreuzigung dar. Der Autor möchte sich jedoch mit zwei Zitaten zufrieden geben.

„In dem Moment, wo nur der Name Irland erwähnt wird, scheinen die Engländer jegliches Feingefühl, die übliche Vorsicht und den gesunden Menschenverstand abzulegen und barbarisch wie Tyrannen und dumm wie Idioten zu handeln."

Sydney Smith (englischer Geistlicher)

Und: „Ich wurde zu einem Haß auf England bewegt, der so tief in meiner Natur verwurzelt ist, daß es eher ein Instinkt denn ein Prinzip ist. Die Wahrheit ist, ich hasse den bloßen Namen England. Ich haßte die Engländer, bevor ich ins Exil ging und werde sie immer hassen."

Wolfe Tone

Keiner der beiden war Kelte. Aber wie Yeats sagte: „Ein zu langes Leiden läßt das Herz zu Stein werden."

Als ich anfing, dieses Buch zu schreiben, sollte es ein reiner Thriller werden. Ich beabsichtigte nicht, auf keltische Mythologie, das kollektive Unbewußte oder gar die Person Kelly zu sprechen zu kommen. Und bis zum heutigen Tag bestehe ich vehement darauf, Kelly oder die Tuatha De Dannan nicht in das Buch aufgenommen zu haben. Sie haben sich selbst eingeschlichen. Wie auch immer, wenn wir mit etwas beginnen und es passiert etwas, ist es dann nur 'scheinbar wahr'?

Dies ist eine fiktive Geschichte. Ähnlichkeiten zwischen tatsächlichen Personen und den Figuren und Gestalten im Roman sind nicht zufällig, sondern beabsichtigt. Aber ist es nicht vielleicht mit dem Leben ebenso? Und merke Dir, wohin Du auch gehst, dort bist Du.

Beir Bua,

Sean McGuffin

GLOSSAR

(erstellt von Jürgen Schneider)

Doktor Barnado: Dr. Barnado's ist eine englische Wohltätigkeitsorganisation, die sich um Waisenkinder kümmert, „sie lehrt, ein gutes Leben in Armut und Arschkriecherei zu führen. Die meisten Kids lehnen sich natürlich dagegen auf und werden zu Lumpenproletariern, wenn sie dieser Fürsorge entkommen." (Brief des Autors vom 3.8.1989)

Beir Bua: Hasta la victoria siempre!

Bennett, Tony: Amerikanischer Schlagersänger, dessen bekanntestes Lied 'I left my heart in San Francisco' ist. „ ... little cable cars, going up to the stars."

Bennett-Bericht: 1978 veröffentlichte amnesty international einen Bericht über das Belfaster Verhörzentrum Castlereagh, worin 78 Fälle von Übergriffen der nordirischen Polizei (RUC) gegen Gefangene nachgewiesen wurden. Im März 1979 sagte der Polizeiarzt Robert Irwin, ihm seien 150 Gefangene bekannt, denen von der RUC ernsthafte Verletzungen beigebracht worden waren. Daraufhin veröffentlichte die britische Regierung einen eigenen Untersuchungsbericht, den der Richter *Harry Bennett* zusammengestellt hatte. Auch Bennett mußte eingestehen, daß die RUC Gefangene folterte und empfahl, die Verhöre durch Fernsehkameras von uniformierten RUC-Beamten überwachen zu lassen.

Biaggi, Mario: Italoamerikaner, Ex-New York-Cop, Kongreßabgeordneter, Gründer des 'Ad Hoc Committees on Irish Affairs'. Das Komitee machte im US-Kongreß wiederholt Nordirland zum Thema und wandte sich gegen die Verweigerung von Visa für prominente irische Republikaner durch das State Department.

Brug am Fluß Boyne: Dies ist das berühmte Brugh na Bóinne, die 'Wohnstatt' am Boyne-Fluß, die mit der Flußgöttin Boann und dem megalithischen Grabmal von Newgrange in Zusammenhang gebracht wird.

Brunel: Englische Universität

Bundoran: Seebad in der irischen Grafschaft Donegal.

Caucus: Kürzel für 'Irish National Caucus'. Ende 1973, Anfang 1974 als US-Lobby für irisch-republikanische Angelegenheiten entstanden. 1978 Bruch mit den irischen Republikanern und ihren Unterstützern in den USA, seitdem an Bedeutung verloren, aber dann und wann noch öffentlichkeitswirksam aktiv.

Céilí Band: Tanzkapelle. Die Zeiten, da solche Bands in den irischen Ballsälen aufspielten, sind vorbei.

Creggan: Größtes Katholikengetto in Derry; vom Sommer 1969 bis Juli 1972 mit dem Viertel Bogside befreites Gebiet ('Free Derry'), nachdem die Bewohner die verhaßte RUC-Polizei aus ihren Wohnvierteln vertrieben hatte.

Croagh Patrick: Der rund 750 Meter hohe Croagh Patrick in der Grafschaft Mayo ist der heilige Berg Irlands. Im Jahre 441 soll der Schutzpatron der Iren (und des Viehs), der Heilige St. Patrick, hier 40 Tage und Nächte gefastet und mit inständigem Gebet und heftigem Trommelschlag Schlangen und anderes giftiges Getier ins Meer getrieben haben. Am 'Reek Sunday', dem letzten Sonntag im Juli, ist der Croagh Patrick Ziel von Zehntausenden von Pilgern, die den geröllübersäten Kegel erklimmen.

Dagda: Der 'Gute Gott' der Druiden und 'Allvater' der Tuatha De Danann. Der Dagda der irischen Sage ist der korpulente wie treusorgende Grundeigentümer der *Sidhe mounds* ('Feenhügel').

Emmet, Robert: Mitglied der 'United Irishmen'. Nach einem Aufstandsversuch in Dublin 1803 zum Tode verurteilt und öffentlich gehängt.

Ennistymon: In einem waldigen Tal gelegene Ortschaft in der irischen Grafschaft Clare. Der Ort wurde am 22. September 1920 von vandalischen Black und Tans heimgesucht.

Fenier: Heute geläufige Bezeichnung für republikanische Iren. 1858 ein Geheimbund zum Sturz der englischen Herrschaft in Irland (Irish Republican Brotherhood), besonders unter den in die USA emigrierten Iren verbreitet (Fenian Brotherhood). „Charakteristisches Merkmal des Fenianismus: sozialistische Bewegung, Bewegung der unteren Klassen." (Karl Marx, 1867)

Fianna: Irisch: Soldat. Name der Jugendorganisation der PIRA (Provisional Irish Republican Army, kurz IRA oder Provos).

Fields, Paddy: „Wortspiel mit Paddy (für: Ire) und Paddy Fields, die in Asien (und Vietnam) Reispaddies sind. Wäre Gallagher Fußsoldat in Vietnam gewesen, hätte er sich seinen Weg durch 'paddy fields' schlagen müssen." (Brief des Autors vom 21.1.1990)

Fomorianer (irisch: Fomhoire): Dämonen, die von den Tuatha De Danann bei Moytura geschlagen wurden. Dies weiß das 'Buch der Invasionen Irlands' (irisch: 'Leabhar Gabhala Eireann') aus dem 12. Jahrhundert zu berichten.

Four Courts: Ein Meisterwerk des Architekten James Gandon in Dublin: Sitz des Obersten Gerichtshofes von Irland. Gandon errichtete den Bau unter Einbeziehung eines älteren Gebäudes von 1786 bis 1802. Bei den Bürgerkriegsgefechten von 1922 schwer beschossen, wurde er 1931 mit geringfügigen Veränderungen wiederhergestellt. Die Front zum Fluß Liffey wird von einem weithin sichtbaren Rundbau mit Kuppel überragt.

GAA: Gaelic Athletic Association

Große Hungersnot (The Great Famine): 1845–51, während der zahllose Iren an Unterernährung starben oder auf 'Sargschiffen' nach Amerika auswanderten. Die Bevölkerungszahl reduzierte sich von 8 auf 6 Millionen. Zwar war eine Kartoffelmißernte die Ursache des Elends, zur gleichen Zeit aber wurde in Irland angebautes Getreide nach England verschifft. Getreide aber war 'money crop' und nicht 'food crop' und das Festhalten an der Laissez-faire-Politik London wichtiger als der hungernde Ire.

Harrow: Englische 'Public School'.

Hibernians: Mitglieder des 'Ancient Order of Hibernians', einer 1836 in New York gegründeten irischen Emigrantenorganisation.

Hotel: US-Fernsehserie à la *Dallas.* Schauplatz ist allerdings nicht die Southfork Ranch, sondern die Nobelherberge 'Fairmont Hotel' in San Francisco.

Hume, John: Führer der moderaten nordirischen 'Social Democratic and Labour Party' (SDLP).

The *Invincibles:* Anarchistisch-republikanische Gruppe, die in Irland in den 80er Jahren des 19. Jahrhunderts operierte; spektakulärstes Attentat war das auf Lord Cavendish und Thomas Burke, beide höchste englische Regierungsbeamte. Nach diesem Anschlag im Dubliner Phoenix Park wurden die Konspirateure durch Verrat aufgerieben.

Ireland's 32: Typisch irisch-amerikanischer Kneipenname; spielt auf die 32 Grafschaften Irlands an.

Irischer Bürgerkrieg: 1920 schlug England einen Friedensvertrag und die Teilung Irlands vor: Ein Parlament unter englischer Kontrolle sollte für die sechs Grafschaften im Norden zuständig sein, ein Parlament unter eigener irischer Verantwortung den 'Free State', die restlichen 26 Grafschaften, regieren. Die irische Delegation in England unterzeichnete 1921 den umstrittenen Vertrag und schrieb damit die Teilung des Landes fest. Nur wenige Iren waren mit der Teilung des Landes einverstanden. Die Republikaner weigerten sich, die Teilung zu akzeptieren. Die vorher für eine gemeinsame Sache kämpften, kämpften jetzt gegeneinander: IRA gegen Free-State-Kräfte. Mit dem Sieg der Free-State-Fraktion wurde die Teilung Irlands besiegelt.

Irish Republican Brotherhood (IRB): 1858 gegründet, wurde die IRB der konspirative Kern irischer Revolutionäre, die sich der britischen Herrschaft über Irland entledigen wollten. Die IRB war wesentlich am gescheiterten Osteraufstand von 1916 beteiligt.

Jig: Irischer Tanz im sechsachtel Takt. Johannes Georg Kohl schilderte 1843 eine Jig-Szene: „Paddy ergreift ein sich sträubendes Mädchen und schüttelt im lebhaften und lustigen Jig (...) seine Lumpen, als wären es die mit Schellen besetzten Zipfel eines Narrengewandes.“ (J. G. Kohl, *Reisen in Irland* (2. Teil). – Dresden u. Leipzig: Arnold 1843.)

Knockanure: Ort eines Hinterhalts der 'Black and Tans', einer in England rekrutierten Söldner-Armee, während des irischen Unabhängigkeitskrieges 1919/20. Den hierbei von den Black and Tans getöteten Iren ist das bekannte Lied *The Yalley of Knockanure* gewidmet: „Oh the banshee cried when young Dalton died, in the valley of Knockanure.“

Koffer Murphy (Suitcase Murphy): Lied aus dem festen Repertoire der legendären nordirischen Gruppe 'The People of No Property'.

Langley: Hauptquartier der CIA.

Leprechaun: Einzelgängerischer Gnom oder Kobold von maximal sechzig Zentimeter Größe, Hüter der Goldschätze in der freundlichen irischen 'Anderswelt'.

Long Kesh: Ehemaliges Armeelager, jetzt Hochsicherheitsgefängnis, in dem sich die meisten politischen Gefangenen befinden. Long Kesh liegt sechs Kilometer von Belfast entfernt. Hier befinden sich acht der berüchtigten H-Blocks, in denen 1981 Gefangene aus der IRA und Irish National Liberation Army in einen Hungerstreik für die Anerkennung als politische Gefangene traten. Zehn Gefangene starben.

LURPer: Eine besonders tödliche Aufgabe für viele amerikanische Soldaten in Vietnam: LURPer ist ein Soldat der 'Long Range Patrols', die hinter den feindlichen Linien operierten.

Magilligan: Nach Beginn der britischen Internierungspolitik am 9. August 1971 eines der Internierungslager, in der Grafschaft Derry gelegen.

Maol, Oscar und Conan; MacMorna, Goll: Irische Sagenhelden.

Mavourneen: Irisch: mein Liebling, mein Schatz.

McLaglen, Victor: Irischer Schauspieler mit Hollywood-Ambitionen. Hauptdarsteller in dem Film *The Informer* von John Ford (1935), der auf dem irischen Roman gleichen Namens basiert. McLaglen spielte Gippo Nolan, einen Spitzel während des britischen Unabhängigkeitskrieges.

Mein kleines Armalite (My little Armalite): Bekanntes republikanisches Lied.

MI 5 und *MI 6:* MI 5 (British Security Service) ist der britische Inlands-, MI 6 (British Secret Intelligence Service) der Auslandsgeheimdienst.

Military Reconnaissance Force (MRF): Geheime Spezialeinheit der britischen Armee.

Molly Maguires: Mit Dynamit argumentierende irisch-amerikanische Geheimgesellschaft des 19. Jahrhunderts; besonders aktiv in Pennsylvania.

Mulheron, Mad: Mulheron ist ein bekannter irischer Balladensänger aus Derry.

Na Reabhloid Abu!: Irisch: Es lebe die Revolution!

Noraid ('Irish Northern Aid Committee'): Wurde im April 1970 in den USA gegründet. „Spendenorganisation“ der irischstämmigen Amerikaner mit mehr als siebzig Ortsgruppen und allein zweitausend Mitgliedern in New York.

O zahlt ihnen heim: Textlich abgewandelte Strophe des Liedes von Peadar

Kearny, 'The Bold Fenian Men'. Brendan Behan behauptete einmal: „Dieses Lied wurde von einem Bruder meiner Mutter geschrieben und ich glaube, es spielte in dem amerikanischen Film 'West of the Rio Grande' eine Rolle."

O'Donovan Rossa, Jeremiah (1831–1915): Mitbegründer und Führer der Fenierbewegung in Irland, Herausgeber des *Irish People* (1863–1865), wurde 1865 zu lebenslänglichem Gefängnis verurteilt, 1870 amnestiert, emigrierte danach in die USA, wo er die dortige Organisation der Fenier leitete. Karl Marx schrieb 1870: „O'Donovan Rossa ward 35 Tage lang in eine Dunkelzelle geworfen, die Hände Tag und Nacht hinter dem Rücken angekettet. Man befreite ihn nicht einmal von seinen Fesseln, damit er seine Nahrung zu sich nehmen konnte, eine dünne Suppe, die man ihm auf den Fußboden des Gefängnisses stellte."

O'Dwyer, Sean: Irischer Rebell, der sich nach dem Aufstand der 'United Irishmen' von 1798 jahrelang in den Wicklow Bergen versteckt hielt, sich schließlich stellte und nach Amerika auswandern durfte. Ihm wird immer noch in einem Lied gleichen Namens gedacht.

Ogham: Lesen wir hierzu die Ausführungen des Herrn Karl Gottlieb Küttner, die sich in seinem Buch *Briefe über Irland an seinen Freund, den Herausgeber* (Leipzig 1785, S. 321/22) finden: „Die hieroglyphische Art zu schreiben selbst hieß Ogham, welches ein Phönizisches oder Alt-Celtisches Wort ist und die Elemente der Wissenschaften bedeutet. Es ist bekannt, daß Minerva, die Göttin der Weisheit, bey den Aegyptern Ogga hieß. Euphorion sagt ohne weiteres 'Ogka oder Minerva nach den Phöniziern' (...), Bannier in seiner Mythologie führt an, daß Ogga die älteste Benennung für Minerva sey. Alles dies dünkt mich sehr klar, aber es ist noch weit auffallender, daß das Irische Wort oighe einen Kämpfer, einen Helden oder Ritter bedeutet, und zugleich auch einen Weberstuhl, so daß in diesem einzigen Worte zwey Stände begriffen sind, von denen Minerva die Vorsteherin war. Lucian sagt, daß die Gallier den Herkules Ogmion nannten, daß er sich über diesen Beynamen verwunderte, und daß ein gelehrter Druide ihm sagte, daß Herkules, bey den Galliern, nicht, wie bey den Griechen, körperliche Stärke bedeutete, sondern Stärke in Beredsamkeit. Dies zeigt offenbar, was Bryant sehr weitläufig bewiesen hat, daß man die Etymologie der Griechischen Gottheiten und ihrer Eigenschaften nicht in der griechischen Sprache, sondern in einer weit ältern suchen muß, und diese ältere ist, mit einem allgemeinen Namen, die Celtische."

Oglaigh na Eireann: Irisch, wörtlich übersetzt: Freiwillige Irlands; irischer Name der IRA.

Orangeisten: Mitglieder des 'Orange Order' (Oranier Orden), einem 1795 gegründeten Geheimbund, der streng anti-katholisch ist; klassenübergreifende Volksgemeinschaft der nordirischen Protestanten. Der 'Orange Order' hält die Siedlermentalität der Unionisten aufrecht.

Peel, John: Britischer Fuchsjäger, dem mit einem bekannten englischen Jagdlied ein Denkmal gesetzt wurde: „Do you ken John Peel in his coat so gray, do you ken John Peel, when he's far, far away ..."

Pint: 1 Pint = 0,568 l

PIRA: Provisional Irish Republican Army, kurz IRA oder Provos.

Powell, Enoch: Unionistischer Unterhausabgeordneter für South Down, Nordirland, von 1974–1987.

Presidio: Armeebasis außerhalb San Franciscos.

Rapparees: Von *rapaire,* Räuber. Die ersten, die diesen Namen trugen, waren Soldaten des am Boyne geschlagenen katholischen Königs Jakob II., die nach der Niederlage einen Guerillakampf aufnahmen. J. Venedey schrieb 1844: „Es gab eine Zeit, wo die irischen Chefs sich noch nicht daran gewöhnt hatten, ihr Joch in Ruhe zu tragen. Rechtlos, ihres Eigenthums beraubt, wurden die kräftigeren Naturen Wegelagerer und Straßenräuber, waren als solche die Wohlthäter des gemeinen irischen Volkes, der Schrecken der englischen Gentry (...). Es war eine Art Fortsetzung des Kriegszustands im Kleinen, nachdem Irland im Großen unterdrückt war." (J. Venedey, *Irland* (Zweiter Teil). – Leipzig: F. A. Brockhaus, 1844. S. 257/58)

Bebe Rebozo: „Bebe Rebozo war ein Gauner/Geschäftsmann, ein guter Kumpel Richard Nixons, eine schleimige Kröte." (Brief des Autors vom 20.9. 1989)

SAS: Special Air Service. Eliteeinheit der britischen Armee, im 2. Weltkrieg gegründet, seit Anfang der 70er Jahre in Nordirland. Zuständig für die 'Shoot-to-kill'-Operationen, verdeckt operierend ('Undercover-Einheiten'). SAS-Soldaten erschossen 1988 drei IRA-Freiwillige in Gibraltar und im August 1988 drei IRA-Mitglieder in Tyrone. Motto der Spezialeinheit: „Wer wagt gewinnt."

Sasanaigh: Irisch: Die Engländer (Singular: Sasanach).

sektiererisch: sectarian/Sectarianism: Sectarianism ist ein Begriff, für den es eigentlich keine adäquate deutsche Übersetzung gibt. Er bezeichnet eine Realität, in welcher seine populäre Bedeutung viel mehr ist als nur eine historische Anschauung. Tatsächlich handelt es sich um eine extrem ideologisierte soziale Spannungsbeziehung mit durchgängig alltäglicher Bedeutung. So ergibt sich ein ebenso praktisches wie notwendiges Orientierungsmuster, um immer wieder den Unterschied darzustellen zwischen der einen Gruppe und der anderen. Längst im sozialen Leben verselbständigt und tief verinnerlicht, ist die sektiererische/sectarianistische Unterweisung aller Bevölkerungsmitglieder eine wesentliche Richtschnur für das praktisch-alltägliche Sich-zurecht-Finden innerhalb und zwischen den beiden nordirischen Communities.

Siabra Sidhe: Hier: Feenhügel, 'fairy palaces' (Douglas Hyde). Die Sidhe (oder: Shee) sind aber auch 'Fairies', Feen oder Elfen.

Skin-the-Goat: James Fitzharris, genannt 'Skin-the-Goat', fuhr das Fluchtfahrzeug nach dem Attentat im Phoenix Park, wurde zu zwanzig Jahren Haft verurteilt und verließ das Gefängnis rechtzeitig, um im Joyceschen *Ulysses* aufzutauchen.

Slainte: Irisch: Zum Wohl oder Prost!

Slainte go bragh: Irisch: Auf ein langes Leben!

Spec's: Kneipe in North Beach, San Francisco; berühmter Literatentreff. Hier wurde am 16. Dezember 1989 McGuffins Buch *Tales from the Barricades* vorgestellt, das die Kurzgeschichten enthält, die zuerst in der *Kleinen Bücherei* (Edition Nautilus/Edition Moderne) erschienen.

Starry Plough: Irisch-amerikanische Kneipe. Starry Plough war die Flagge der 1913 in Dublin gegründeten Arbeitermiliz 'Irish Citizen Army'.

Taoiseach: Irisch: Führer, Herrscher. Offizielle Bezeichnung des irischen Premierministers.

Tone, Theobald Wolfe (1763–98): Geboren in Dublin. Barrister. Veröffentlichte unter dem Pseudonym 'A Northern Whig' das Pamphlet 'An argument on behalf of the Catholics in Ireland', das zur Entstehung der 'United Irishmen' in Belfast (Oktober 1791) beitrug. Tone ging nach Nordamerika und Frankreich, um militärische Hilfe für den geplanten Versuch der Errichtung einer irischen Republik zu ersuchen. Frankreich entsandte Truppen, die wegen eines Sturmes ihr Ziel nicht erreichten. Tone wurde später gefangen genommen und in Dublin zum Tod durch Erhängen verurteilt. Sein Wunsch, erschossen zu werden, wurde ihm nicht erfüllt. Er nahm sich am 19. November 1798 das Leben. Oder war es doch Mord? Eine ausführliche Biographie Tones erschien 1989: Marianne Elliott, *Wolfe Tone – Prophet of Irish Independence.* (London, Yale University Press)

Wiegenlied der Provos: Bekanntes republikanisches Lied: *Provo Lullabye* von E. Largey.

Wild Geese ('Wildgänse'): In einem letzten Kraftakt hatten sich die irischen Stammesfürsten mit dem englischen Titel eines Earl of Tyrone und Earl of Tyrconnell, Hugh O'Neill und Hugh O'Donnell, 1595 im rebellischen Ulster gegen englische Herrschaft und protestantische Bevormundung erhoben. Auch die Unterstützung durch eine spanische Flotte konnte nicht verhindern, daß die Engländer die Schlacht von Kinsale (1601) gewannen. Die elisabethanischen Truppen besiegelten das Schicksal der überkommenen gaelischen Ordnung. Sechs Jahre später, am 14. September 1607, begann mit der 'Flucht der Grafen' auf den Kontinent das erste einer langen Reihe von politischen Exilen. Auch nach der Schlacht am Boyne 1690, in der Wilhelm von Oranien auf irischem Boden seinen englischen Thronanspruch gegen den gleichfalls aus Kinsale kommenden Jakob II. durchsetzte, flohen geschlagene Soldaten und machtlose katholische Aristokraten in Scharen aus dem Land und dienten – besungen als die *Wild Geese* – in verschiedenen Armeen auf dem Kontinent. Andere ließen sich an den irischen Kollegien in Rom, Salamanca, Paris und Leuven zu Priestern ausbilden. Andere – wir etwa Herr Hennessey – brannten Cognac.

Winkle, Rip van: Sage von einem Mann, der jahrzehntelang schlief und sich nach dem Erwachen in der veränderten Welt nicht mehr zurechtfand.